Aus dem Englischen
von Christiane Steen

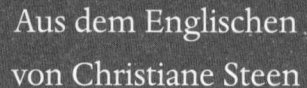

Bücher von David Walliams:

Billionen-Boy

Die Mitternachtsbande

Die schlimmsten Kinder der Welt

Gangsta-Oma

Kicker im Kleid

Propeller-Opa

Ratten-Burger

Terror-Tantchen

Zombie-Zahnarzt

David Walliams

DIE MITTERNACHTS-BANDE

Illustriert von Tony Ross

Rowohlt Taschenbuch Verlag

Deutsche Erstausgabe
Veröffentlicht im Rowohlt Taschenbuch Verlag,
Reinbek bei Hamburg, November 2018
Copyright © 2018 by Rowohlt Verlag GmbH,
Reinbek bei Hamburg
Die englische Originalausgabe erschien 2016
unter dem Titel «The Midnight Gang»
bei HarperCollins Publishers, London
Copyright © 2016 by David Walliams
Lektorat Marie-Ann Helle
Cover-Lettering des Autorennamens
Copyright © 2010 by Quentin Blake
Translated under licence from HarperCollins Publishers Ltd
David Walliams und Tony Ross
sind als Autor und Illustrator dieses Buches
urheberrechtlich geschützt
Satz aus der Dante MT
Gesamtherstellung CPI books GmbH,
Leck, Germany
ISBN 978 3 499 21821 7

*Für Wendy und Henry, zwei eifrige Leser
und zukünftige Autoren.*
David x

⇒ DANKESCHÖNS →

Ich danke:

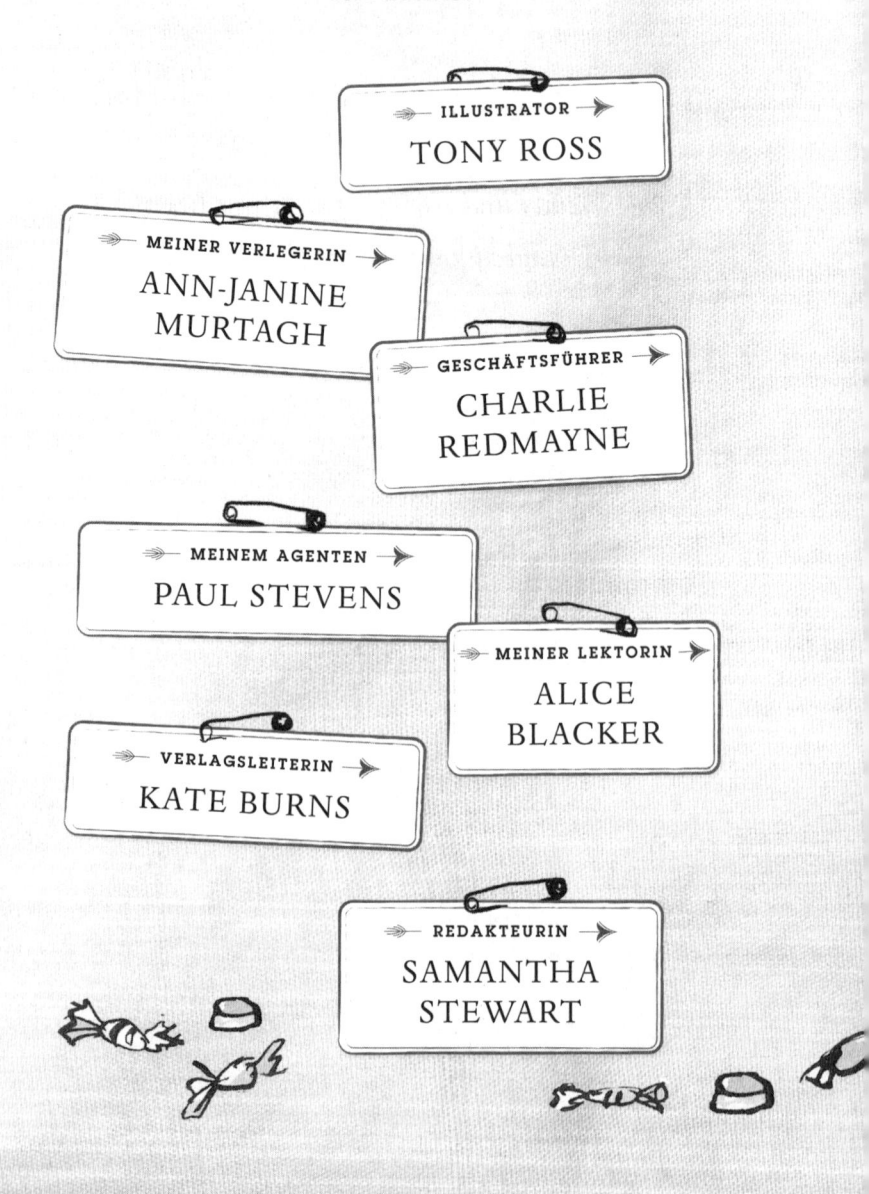

⇒ ILLUSTRATOR →
TONY ROSS

⇒ MEINER VERLEGERIN →
ANN-JANINE MURTAGH

⇒ GESCHÄFTSFÜHRER →
CHARLIE REDMAYNE

⇒ MEINEM AGENTEN →
PAUL STEVENS

⇒ MEINER LEKTORIN →
ALICE BLACKER

⇒ VERLAGSLEITERIN →
KATE BURNS

⇒ REDAKTEURIN →
SAMANTHA STEWART

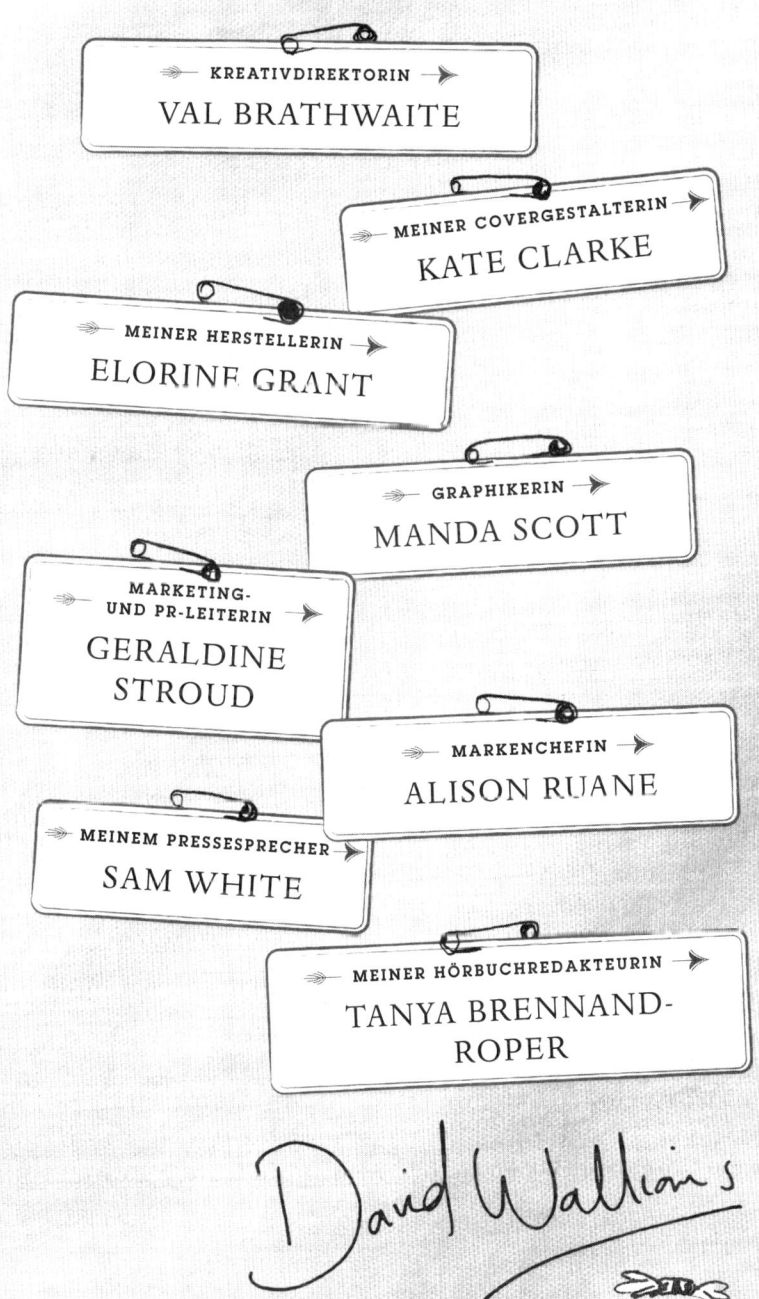

Willkommen in der Welt der Mitternachtsbande

BITTE DREHEN

Dies ist das **LORD FUNT KRANKENHAUS** in London. Es wurde vor vielen Jahren erbaut und hätte schon vor vielen Jahren abgerissen werden sollen. Das Krankenhaus ist nach seinem Gründer, dem verstorbenen Lord Funt, benannt.

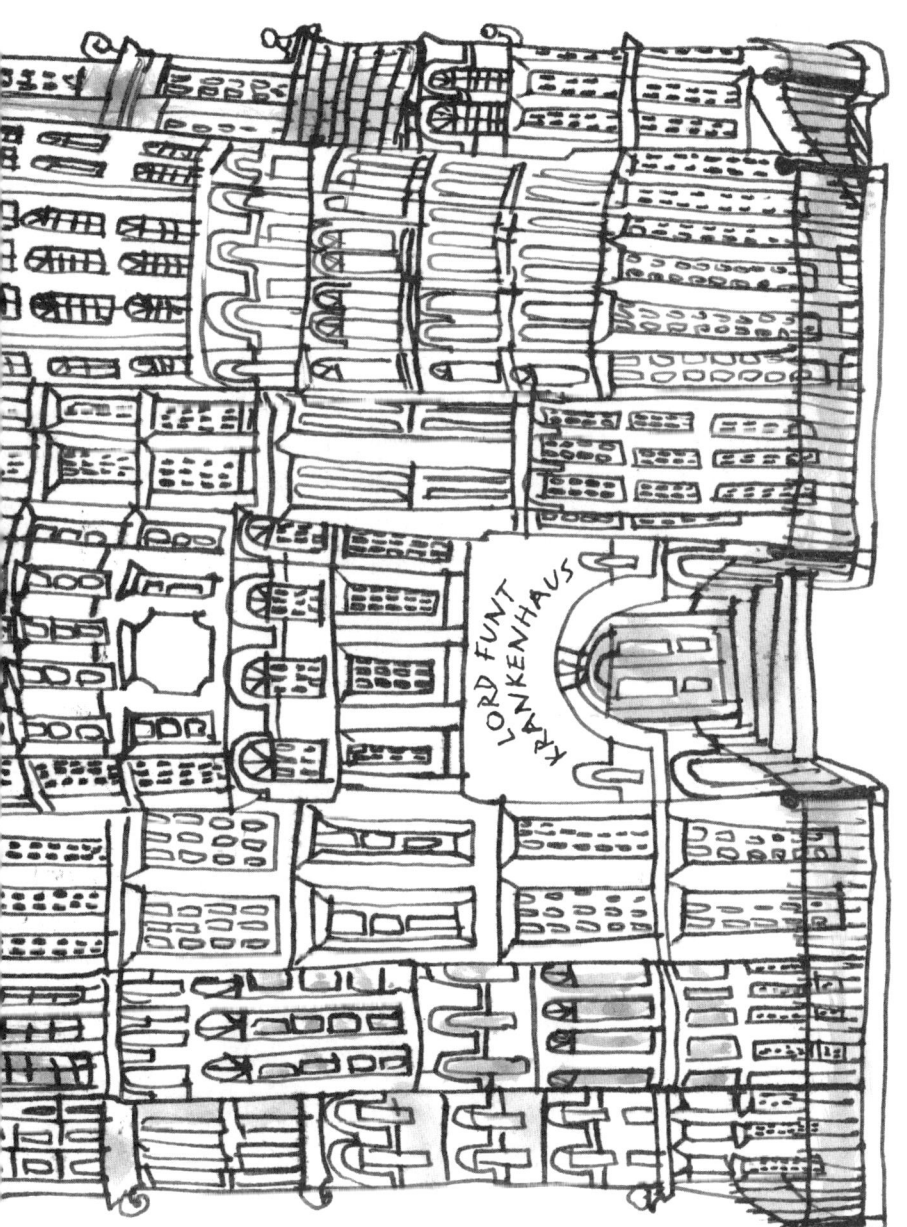

Hier sehen wir das Innere vom **LORD FUNT KRANKENHAUS.** *BITTE DREHEN*

**Und dies sind die Patienten der Kinderstation,
ganz oben im vierundvierzigsten Stock
des Krankenhauses:**

Das ist Tom.
Er ist zwölf und besucht ein
schickes Internat. Er hat sich
am Kopf verletzt.

Amber ist auch zwölf. Sie hat
sich beide Arme und beide Beine
gebrochen und sitzt deshalb
vorübergehend im Rollstuhl.

Robin ist ebenfalls zwölf. Er erholt sich von
einer Augen-Operation und kann wegen
seiner Augenbinde momentan nichts sehen.

George ist elf Jahre und stammt aus Ost-London.
Ihm wurden gerade die Mandeln entfernt.

Sally ist erst zehn Jahre alt und damit das jüngste der Kinder. Weil sie so krank ist, schläft Sally die meiste Zeit.

Ein paar Stockwerke tiefer bei den Erwachsenen liegt die älteste Patientin des Krankenhauses, die neunundneunzigjährige Nelly.

Hunderte von Menschen arbeiten im **LORD FUNT KRANKENHAUS**. Darunter sind:

Der Pfleger. Ein einsamer Mensch, dessen richtigen Namen niemand kennt. Seine Aufgabe ist es, Patienten und Gegenstände im Krankenhaus herumzuschieben, welches er nie zu verlassen scheint.

Die Oberschwester.
Obwohl sie die Kinderstation leitet,
scheint sie Kinder überhaupt nicht
zu mögen.

Doktor Luppers
ist gerade erst Arzt geworden
und ziemlich leicht hereinzulegen.

Tuutsi ist für die Essensausgabe im Krankenhaus zuständig. Sie fährt mit einem Teewagen an die Betten der Patienten.

Schwester Meese ist eine immer müde Krankenschwester, die offenbar ständig Nachtdienst hat.

Dilly ist eine der Putz-
frauen im Krankenhaus. Man
weiß immer, wo sie gerade
geputzt hat, weil sie
eine Spur Zigarettenasche
hinter sich herzieht.

Mr. Cod ist der alte Chemiker.
Er trägt ein Hörgerät und
eine dicke Brille. Ihm gehört
die Apotheke im Krankenhaus.

Sir Quentin Strillers
ist der feine Krankenhausdirektor und
für alles und jeden verantwortlich.

Und außerhalb des Krankenhauses gibt es
noch Mr. Thews, den Direktor von Toms Schule,
des **St. Willets Jungeninternats**.

Mitternacht

ist die Zeit,

wo alle Kinder

fest schlafen,

natürlich mit Ausnahme … der **Mitternachtsbande!** Denn das ist die Zeit, wo ihre **Abenteuer** gerade erst **beginnen.**

KAPITEL 1
MONSTER-MANN

«Aaaaaaaahhhhhhh!», schrie der Junge.

Das monstermäßigste Gesicht, das er je gesehen hatte, schaute auf ihn herab. Es war das Gesicht eines Mannes, doch es war irgendwie völlig verzogen. Die eine Seite war größer, als sie sein sollte, und die andere kleiner. Das Gesicht lächelte, als wollte es den Jungen beruhigen, doch dabei kam eine Reihe schiefer und fauliger Zähne zum Vorschein. Und das erschreckte den Jungen nur noch mehr.

«Aaaaaaaaaaaahhhhhhh!!!», schrie er wieder.

«Alles wird gut, junger Herr. Bitte versuch, dich zu beruhigen», nuschelte der Mann.

Sein Gesicht war derartig verzogen, dass auch seine Sprache verzogen klang.

Wer war dieser Mann, und wohin brachte er den Jungen?

Erst jetzt merkte der Junge, dass er auf dem Rücken lag und zur Decke schaute. Es fühlte sich beinahe so an, als würde er schweben. Aber irgendetwas **klapperte**. *Er **klapperte***. Der Junge erkannte, dass er auf einer Liege lag. Einer Transportliege mit wackligen Rädern.

In seinem Kopf türmten sich die Fragen.

Wo war er?

Wie war er hierhergekommen?

Wieso konnte er sich an nichts erinnern?

Und am wichtigsten: Wer war dieser schreckliche Monster-Mann?

Seine Transportliege wurde langsam den langen Flur entlanggeschoben. Der Junge hörte ein Geräusch, als ob etwas über den Boden schleifte. Es klang wie das *Quietschen* eines Schuhs.

Er schaute hinab. Der Mann humpelte. Ebenso wie sein Gesicht war auch sein Körper ganz verzogen, und die eine Seite war kürzer als die ande-

re, darum zog der Mann sein verkümmertes Bein hinter sich her. Es sah so aus, als müsste ihm jede Bewegung weh tun.

Eine große Doppeltür öffnete sich, und die Transportliege rollte in einen Raum und hielt an. Dann wurden um den Jungen herum Vorhänge zugezogen.

«Ich hoffe, der Transport war nicht zu unangenehm, junger Herr», sagte der Mann. Der Junge fand es seltsam, dass der Mann ihn immer «junger Herr» nannte. Noch nie hatte man ihn so genannt. Er war erst zwölf. «Herr» sagte er zu den Lehrern in seinem Internat. «Nun warte bitte hier. Ich bin nur der Pfleger. Ich hole jetzt die Schwester. Schwester!»

Während der Junge dalag, fühlte er sich seltsam

losgelöst von seinem Körper. Der wiederum fühlte sich ganz schlapp an. Und irgendwie leblos.

Sein Kopf schmerzte allerdings. Es war ein pochender, heißer Schmerz. Hätte er eine Farbe gehabt, wäre er rot gewesen. **Ein helles, heißes, wütendes Rot.**

Der Schmerz war so stark, dass der Junge die Augen schließen musste.

Als er sie wieder öffnete, starrte er in ein grelles Neonlicht hinauf. Dadurch bekam er nur noch mehr Kopfschmerzen.

Dann hörte er, wie sich Schritte näherten.

Der Vorhang wurde zurückgerissen.

Eine kräftige, ältere Dame in einer blau-weißen Uniform und einem Hütchen auf dem Kopf beugte sich über ihn und untersuchte seine Beule. Sie hatte dunkle Schatten unter ihren geröteten Augen. Graue, drahtige Haare sprossen auf ihrem Kopf. Ihr Gesicht war derartig rot, als hätte sie es stundenlang mit einer Käsereibe abgeschrubbt. Kurz gesagt, sie sah aus, als hätte sie eine ganze Woche lang nicht geschlafen und hätte jetzt deswegen schlechte Laune.

«Ach du meine Güte! Ach du meine meine Güte. Ach du meine meine meine Güte …», murmelte sie vor sich hin.

In seiner Verwirrung dauerte es einen Augenblick, bis der Junge begriff, dass die Frau angezogen war wie eine Krankenschwester.

Und endlich wusste der Junge, wo er war: in einem Krankenhaus! Er war noch nie in einem Krankenhaus gewesen, außer bei seiner Geburt. Und daran konnte er sich nicht mehr erinnern.

Der Blick des Jungen wanderte auf das Namensschild der Frau:

SCHWESTER MEESE, **LORD FUNT KRANKENHAUS**.

«Da ist eine Beule. Eine große Beule. Eine sehr

große Beule. Tut das weh?», fragte sie und drückte mit einem Finger fest auf den Kopf des Jungen.

«Aaaaauuuuu!», schrie er so laut, dass es durch den ganzen Flur schallte.

«Leichte Schmerzen», murmelte die Schwester.

«Also, dann hole ich jetzt mal den Doktor. Doktor!» Der Vorhang wurde kurz zur Seite gerissen und dann wieder zugezogen.

Der Junge starrte an die Decke und hörte, wie ihre Schritte sich entfernten.

«Doktor!», bellte sie wieder, jetzt schon ein Stück den Flur entlang.

«Ich komme, Schwester!», hörte man eine entfernte Stimme.

«Schnell!», schrie sie.

«Entschuldigung!», rief die Stimme.

Dann hörte man eilige Schritte näher kommen.

Der Vorhang wurde wieder aufgerissen.

Ein junger Mann mit spitzem Gesicht rauschte herein, und sein langer weißer Kittel flatterte hinter ihm her.

«Du liebe Güte. Ach du liebe Güte», vernahm man eine vornehme Stimme. Es war der Doktor, und er war ein wenig außer Atem, weil er gelaufen war. Der Junge las sein Namensschild: DOKTOR LUPPERS.

«Das ist aber eine dicke Beule. Tut das weh?» Der Mann zog einen Bleistift aus seiner Brusttasche und tippte mit dem Ende auf den Kopf des Jungen.

«**Aaaauuuuu!**», schrie der Junge wieder. Es war nicht so schlimm wie der Druck von dem knorrigen alten Finger vorhin, aber es tat immer noch weh.

«**Tut mir leid, tut mir sehr leid!** Bitte beschwer dich nicht über mich. Ich habe gerade erst meinen Doktortitel bekommen, weißt du?»

«Mach ich nicht», murmelte der Junge.

«Sicher nicht?»

«Ganz sicher!»

«Danke. Dann muss ich jetzt nur noch die richtigen Kreuzchen machen und dieses kleine Aufnahmeformular ausfüllen.» Der Mann zog ein Formular hervor, für das man etwa eine Woche Zeit brauchte.

Der Junge seufzte.

«Also, junger Mann», begann der Doktor mit singendem Tonfall, in der Hoffnung, diese langweilige Aufgabe ein wenig aufzupeppen, «wie heißt du denn?»

Der Junge schwieg verdattert.

Er hatte noch nie seinen eigenen Namen vergessen.

«Name?», fragte der Doktor noch einmal.

Doch sosehr er sich auch bemühte, er fiel dem Jungen nicht ein.

«Ich weiß es nicht», stotterte er.

KAPITEL 2
HIER ODER DORT

Ein panischer Ausdruck huschte über das Gesicht des Doktors. «Oje», sagte er. «Es stehen einhundertzweiundneunzig Fragen auf diesem Formular, und wir stecken schon bei der ersten Frage fest.»

«Tut mir leid», sagte der Junge auf dem Transportbett, und eine Träne lief ihm die Wange hinab. Er fühlte sich wie ein völliger Versager, weil er sich nicht mal an seinen eigenen Namen erinnern konnte.

«O nein, du weinst ja!», sagte der Doktor. «Bitte wein nicht. Wenn der Krankenhausdirektor vorbeikommt, denkt er, dass ich daran schuld bin!»

Der Junge gab sich große Mühe, mit dem Weinen aufzuhören. Doktor Luppers suchte in seinen Taschen nach einem Taschentuch. Als er keins fand, betupfte er die Augen des Jungen mit dem Formular.

«O nein, jetzt ist das Formular nass geworden!», rief er. Er pustete hektisch auf das Papier, um es zu trocknen. Darüber musste der Junge lachen. «Oh, gut!», sagte der Mann. «Jetzt lächelst du wieder! Also, hör zu, bestimmt können wir deinen Namen herausfinden. Fängt er mit **A** an?»

Der Junge war ziemlich sicher, dass er nicht mit A anfing. «Ich glaube nicht.»

«**B?**»

Der Junge schüttelte den Kopf.

«**C?**»

Er schüttelte wieder den Kopf.

«Das kann ja dauern», murmelte der Doktor.

«**T!**», rief der Junge.

«Du möchtest eine Tasse Tee?»

«Nein! Mein Name – er fängt mit **T** an!»

Dr. Luppers lächelte und schrieb den ersten Buchstaben oben auf das Formular. «Nun, mal sehen, ob ich ihn errate. **Tim? Ted? Terry? Tony? Theo? Tizian?** Nein, du siehst nicht aus wie ein Tizian ... Ich hab's: **Tina?!**»

Bei den ganzen Vorschlägen fiel es dem Jungen noch schwerer, sich zu erinnern, doch schließlich drang sein eigener Name zu ihm durch.

«**Tom!**», sagte Tom.

«**Tom!**», rief der Doktor, als hätte er genau das eben selbst sagen wollen. Er schrieb die nächsten beiden Buchstaben hin. «Also, wie nennt man dich: **Thomas? Tommy? Großer Tom? Kleiner Tom? Tom Tom?**»

«Nur Tom», antwortete Tom erschöpft. Immerhin hatte er doch gerade gesagt, dass er Tom hieß.

«Hast du auch einen Nachnamen?»

«Er fängt mit C an», sagte er Junge.

«Nun, zumindest haben wir schon mal den ersten Buchstaben. Das ist ja wie bei einem Kreuzworträtsel!»

«Charper!»

«*Tom Charper!*», sagte der Mann und schrieb den Namen auf das Formular. «Die erste Frage haben wir erledigt. Nur noch einhunderteinundneunzig. Also, wer hat dich heute ins Krankenhaus gebracht? Sind deine Eltern hier?»

«Nein», antwortete Tom. Er war ganz sicher, dass seine Eltern nicht hier waren. Sie waren niemals hier; sie waren immer dort. Schon vor einigen Jahren hatten sie ihr einziges Kind auf ein schickes Internat weit draußen auf dem Land geschickt: Auf das *St. Willets Internat für Jungen*.

Toms Vater verdiente eine Menge Geld in weit entfernten Wüstenländern, wo er Öl aus dem Boden förderte, und seine Mutter war sehr gut darin, das Geld wieder auszugeben. Tom sah seine Eltern nur in den Ferien, und das war normalerweise immer in einem anderen Land. Und obwohl Tom

dann viele Stunden allein gereist war, um seine Eltern zu sehen, arbeitete sein Vater trotzdem meistens noch den ganzen Tag, und seine Mutter ließ ihn mit dem Kindermädchen allein, während sie noch mehr Schuhe und Handtaschen einkaufen ging. Der Junge bekam bei seiner Ankunft eine Masse Geschenke – eine neue elektrische Eisenbahn, ein Modellflugzeug oder eine Ritterrüstung. Doch weil niemand mit ihm

spielte, langweilte Tom sich schnell. Er hätte die Zeit viel lieber mit seinen Eltern verbracht, doch Zeit war das Einzige, was sie ihm niemals schenkten.

«Nein, Mutter und Vater sind im Ausland», antwortete Tom. «Ich weiß nicht, wer mich ins Krankenhaus gebracht hat. Das muss ein Lehrer gewesen sein.»

«Ouuuh!», sagte Doktor Luppers aufgeregt. «Könnte es dein Sportlehrer gewesen sein? Vorhin war ein Mann im Wartezimmer, mit einem Strohhut und einem weißen Jackett, der sah aus wie ein

Cricket-Schiedsrichter. Er ist mir gleich aufgefallen, weil wir normalerweise keine Cricketspiele im Wartezimmer abhalten.»

«Das muss mein Sportlehrer Mr. Carsey gewesen sein, ja.»

Dr. Luppers' Blick huschte über das Formular. Dann blitzte wieder Panik in seinen Augen auf. «Oje, hier gibt es bloß ‹Eltern›, ‹Vormund›, ‹Freund› oder ‹anderes› zur Auswahl. Was soll ich denn jetzt machen?»

«Kreuzen Sie ‹anderes› an», sagte der Junge bestimmt.

«Danke!», sagte der Doktor und sah sehr erleichtert aus. «Ich danke dir vielmals. Was für eine Verletzung hast du erlitten?»

«Eine Beule am Kopf.»

«Natürlich, ja!», antwortete Doktor Luppers und kritzelte die Antwort auf das Formular. «So, nächste Frage: Würdest du sagen, der allgemeine Eindruck, den du vom **LORD FUNT KRANKENHAUS** hast, entsprach ‹überhaupt nicht› deinen Erwartungen, entsprach ‹voll und ganz› deinen Erwartungen›, ‹hat deine Erwartungen übertroffen› oder ‹hat deine Erwartungen bei weitem übertroffen›?»

«Wie war noch mal die erste Frage?», fragte Tom. Seine Kopfschmerzen machten ihm das Denken nicht gerade leichter.

«Oooh, das war: ‹entsprach überhaupt nicht deinen Erwartungen›.»

«Was denn?»

«Dein allgemeiner Eindruck vom Krankenhaus.»

«Bisher habe ich ja nur die Decke gesehen», seufzte der Junge.

«Und wie würdest du deinen allgemeinen Eindruck von der Decke beschreiben?»

«Gut.»

«Dann kreuze ich ‹entsprach voll und ganz deinen Erwartungen› an. – Nächste Frage: Würdest du sagen, die ärztliche Versorgung, die du heute erhalten hast, war ‹schlecht›, ‹in Ordnung›, ‹gut›, ‹sehr gut› oder sogar ‹zu gut›?»

«Sie war okay», antwortete Tom.

«Mmm, tut mir leid, aber ‹okay› steht nicht zur Auswahl.»

«Dann ‹gut›?»

«Nicht vielleicht ‹sehr gut›?», bat Doktor Luppers. «Es wäre so schön, wenn ich sagen könnte, dass ich in meiner ersten Woche schon ein ‹sehr gut› bekommen habe.»

Tom seufzte. «Dann kreuzen Sie ‹zu gut› an.»

«Ooooh, danke!», rief der Doktor, und seine Augen strahlten vor Freude. «Niemand bekommt ein ‹zu gut›! Allerdings überlege ich, ob ‹zu gut› vielleicht eher etwas Schlechtes ist. Kann ich einfach ‹sehr gut› ankreuzen?»

«Ja, machen Sie, was Sie wollen.»

«Ich nehme ‹sehr gut›. Vielen Dank! Das wird dem Krankenhausdirektor Sir Quentin Strillers sehr gefallen. Also, zur nächsten Frage. Das läuft ja jetzt wie geschmiert! Würdest du das **LORD FUNT KRANKENHAUS** Familie und Freunden ‹nur schweren Herzens› empfehlen, ‹halbherzig›, ‹mit ganzem Herzen› oder ‹aus vollstem Herzen›?»

Plötzlich schob sich Schwester Meese durch die Vorhänge. «Wir haben keine Zeit für all Ihre dummen Fragen, Doktor!»

Der Mann hielt sich die Hand ans Gesicht, als

fürchte er, gleich eine Ohrfeige zu bekommen.
«Hauen Sie mich nicht!»

«Sie dummer Junge! Als würde ich das tun!», antwortete die Schwester, bevor sie ihm mit ihrer großen, schweren Hand aufs Ohr schlug.

«AU!», schrie Doktor Luppers. «Das tat weh!»

«Na, falls Sie verletzt sind, dann sind Sie hier auf jeden Fall richtig! Ha ha!» Die Frau lachte vor sich hin und lächelte dabei beinahe. «Ich brauche diesen Platz hier jetzt. Gleich wird ein Kioskbesitzer eingeliefert, der es geschafft hat, seine eigenen Finger zusammenzutackern. Dieser Dummkopf!»

«O nein!», sagte der Doktor. «Ich kann kein Blut sehen.»

«Bringen Sie den Jungen hier weg, sonst komme ich wieder und haue Ihnen aufs andere Ohr!» Und mit diesen Worten riss Schwester Meese die Vorhänge wieder zu und stürmte den Flur entlang davon.

«Okay», begann Doktor Luppers, «dann will ich mich mal beeilen.» Der Mann sprach sehr schnell. «Schlimme Schwellung. Behalten dich ein paar

Nächte hier, nur zur Kontrolle. Hoffe, das macht dir nichts aus.»

Tom machte es gar nichts aus, im Krankenhaus zu bleiben. Alles war ihm recht, wenn er dafür nicht in sein verhasstes Internat zurückmusste. Es war eine der teuersten Schulen des Landes, und die meisten der Jungen, die dort hingingen, waren außerordentlich vornehm. Toms Eltern waren zwar reich, weil die Arbeit seines Vaters so gut bezahlt wurde, doch die Familie war kein bisschen vornehm. Viele der Jungen rümpften deshalb über Tom ihre adeligen Nasen.

«Ich lasse dich gleich auf die Kinderstation bringen. Da ist es nett und friedlich. Du solltest dich erst einmal ausschlafen. Pfleger?»

Tom erstarrte vor Angst, als der unheimliche Mann wieder herbeihumpelte.

«Ja, Doktor Luppers, Sir?», nuschelte er.

«Bringen Sie ... tut mir leid, tut mir leid, wie war dein Name noch mal?»

«Tom!», antwortete Tom.

«Bringen Sie Tom rauf auf die Kinderstation.»

KAPITEL 3
BEULE

Der alte, missgestaltete Krankenpfleger schob die Transportliege mit Tom darauf zum Fahrstuhl. Dabei summte er leise vor sich hin und drückte den Knopf zum obersten Stockwerk. Tom fand es schrecklich, allein mit dem Mann zu sein. Er hatte zwar nichts **Unheimliches** getan; aber er *sah unheimlich aus*.

Noch nie zuvor hatte der Junge jemanden gesehen, der so unglaublich hässlich war. Na ja, es gab ein paar Lehrer an seinem Internat, die so unvorteilhaft aussahen, dass die Jungen ihnen fiese Spitznamen verpasst haben, doch niemand sah derartig gruselig aus wie dieser Pfleger.

Da waren:

Mrs. Karnickel

Der Berg des Grauens

Mr. Totes-Eich- hörnchen-auf- dem-Kopf

Der Haarige Zwerg

Mrs. Glubschauge

Dr. Oktopus

Mr. Clown-Schuh    Der Dinosaurier

Miss Riechkolben    Professor Strähne

PING! Die Fahrstuhltüren schlossen sich.

Der Pfleger lächelte Tom an, doch der Junge schaute zur anderen Seite. Er konnte den Anblick des Mannes einfach nicht ertragen. Wenn er lächelte, wirkte er nur noch unheimlicher. Diese fauligen und schiefen Zähne sahen aus, als könnten sie Knochen zermalmen. Tom schielte auf das Namensschild des Mannes. Anders als die Schwester und der Arzt trug der Mann kein Namensschild, sondern nur eine Jobbezeichnung.

PFLEGER

Während der Fahrstuhl langsam nach oben stieg, fiel Tom nach und nach wieder ein, was passiert war und warum er hierhergekommen war.

Es war ein heißer Sommertag gewesen, und er hatte auf dem Sportplatz Cricket gespielt. Tom hob leicht den Kopf und sah an sich herab. Er trug immer noch seine Cricket-Hose.

Toms Schule gehörte sowohl im Cricket als auch im Rugby zu den besten Schulen des Landes. Ihre Helden wurden mit Pokalen und Trophäen und Medaillen gefeiert, und bei den morgendlichen Versammlungen wurden die besten Sportler vom Direktor immer namentlich erwähnt. Leider war Tom nicht besonders gut in Sport. Er vergrub sich am liebsten mit einem staubigen alten Buch in der hintersten Ecke der Bibliothek, und darum fühlte er sich an seinem Internat wie ein Niemand. Nichts wünschte er sich sehnlicher, als dass die Zeit schneller verstreichen würde. *Wenn doch die Tage und Nächte nur schneller vergehen würden*, dachte er oft. Er war erst zwölf, doch am liebsten hätte er die Kindheit sofort hinter sich gelassen. Dann wäre er erwachsen und müsste nicht länger zur Schule gehen.

Im Sommer spielte man im Internat also Cricket, und Tom fand schnell heraus, wo seine Unsportlichkeit am wenigsten auffiel: in der Feldmannschaft. Er stellte sich darum immer am alleräußersten Rand des Spielfeldes auf, so weit weg, dass er sich seiner Lieblingsbeschäftigung widmen konnte: dem Tagträumen. So weit am Rand war er ziemlich sicher vor dem schweren Lederball.

Das glaubte Tom jedenfalls.

Doch diesmal hatte er sich geirrt.

Total geirrt.

Während der Fahrstuhl ein Stockwerk nach dem anderen hinter sich ließ, durchfuhr Tom das letzte Bild, an das er sich noch erinnerte:

Ein schwerer roter Lederball, der in atemberaubender Geschwindigkeit durch die Luft direkt auf ihn zuflog.

PLUMPS

Dann wurde alles schwarz.

PING!

«Dies ist deine Station, junger Herr! Im obersten Stockwerk! Die Kinderstation vom **Lord Funt Krankenhaus**!», nuschelte der Pfleger.

Die Fahrstuhltüren gingen auf, und der Pfleger rollte Tom einen langen Flur entlang. Als er an eine große Doppeltür kam, fuhr er mit der Liege einfach dagegen, um sie zu aufzuschieben.

DÄNG!

Dahinter lag die Kinderstation.

«Willkommen in deinem neuen Zuhause», sagte der Pfleger.

KAPITEL 4
DIE KINDERSTATION

Tom hob seinen geschwollenen Kopf, um einen Blick auf sein neues Zuhause zu werfen: die Kinderstation vom **LORD FUNT KRANKENHAUS**. Vier andere Kinder saßen oder lagen in ihren Betten. Alle schwiegen, und niemand schenkte dem Neuankömmling viel Beachtung. Langeweile hing in der stickigen Luft. Es wirkte mehr wie ein Altenheim als eine Kinderstation.

Im ersten Bett lag ein pummeliger Junge. Er trug einen alten, fleckigen Schlafanzug, der ihm viel zu klein war, blätterte durch ein eselsohriges Bilderbuch über Hubschrauber und aß heimlich Schokolade, die er unter seinem Bett versteckt hatte. Der Name George stand mit Kreide auf einer Tafel über seinem Bett.

Neben ihm lag ein kleiner, dünner Junge mit or-

dentlich gekämmten roten Haaren. Offenbar hatte er eine Augenoperation hinter sich, denn er trug einen Verband über den Augen, sodass er bestimmt

gar nichts sehen konnte. Ein Stapel CDs mit klassischer Musik und ein CD-Spieler standen auf seinem Nachttisch. Der Schlafanzug dieses Jungen sah viel besser aus als der von George, und er hatte ihn ordentlich bis oben zugeknöpft. Über seinem Bett stand mit Kreide der Name Robin.

Ihm gegenüber auf der anderen Seite des Zimmers lag ein Mädchen mit einem schwarzen Kurzhaarschnitt und einer runden Brille. Erstaunlicherweise waren ihre beiden Arme *und* ihre beiden Beine eingegipst. Alle vier Extremitäten wurden durch ein komplexes System aus Flaschenzügen und Winden in der Luft gehalten. Sie sah aus wie eine Marionette. Auf ihrer Namenstafel stand Amber.

In der hinteren Ecke der Station, weit entfernt von den anderen Kindern, bemerkte Tom eine traurige Gestalt. Es war ein Mädchen, doch ihr Alter war schwer zu schätzen, denn sie sah aus, als wäre sie von einer schweren Krankheit stark geschwächt. Ein paar dünne Haarsträhnen standen ihr vom Kopf ab. Über ihrem Bett stand der Name Sally.

«Sag hallo zu den anderen, junger Herr», forderte der Pfleger ihn auf.

Tom fühlte sich so eingeschüchtert, dass er so

leise wie möglich «Hallo» sagte, aber doch laut genug, dass er es nicht wiederholen musste. Als Antwort kamen undeutlich gemurmelte «Hallos» zurück, nur Sally schwieg.

«Das hier muss dein Bett sein», nuschelte der Pfleger und rollte die Liege hinüber. Gekonnt beförderte er den Jungen von der Liege ins Krankenhausbett. «Liegst du bequem?», fragte der Pfleger und schüttelte Tom das Kissen auf.

Tom antwortete nicht. Er lag aber kein bisschen bequem. Es fühlte sich an, als läge er auf einer Pritsche aus Beton und hätte einen Ziegelstein als Kissen. Selbst die Transportliege war gemütlicher gewesen. Doch es war albern, so zu tun, als hätte er den Pfleger nicht gehört – er stand schließlich direkt neben ihm. Er stand sogar so dicht, dass Tom ihn riechen konnte. Tom war sogar sicher, dass die ganze Station ihn riechen konnte. Der Mann müffelte ziemlich streng, als hätte er sich eine ganze Weile nicht gewaschen. Seine Kleidung war ausgebeult und abgetragen. Seine Schuhe fielen fast auseinander, und sein Kittel war voller Fett-

und Schmutzflecken. Er sah aus wie ein Obdachloser.

«Das ist also der weltschlechteste Cricketspieler!», hörte man eine Stimme, und alle Kinder auf der Station zuckten zusammen und **erschauderten**.

Eine große, dünne Dame trat aus ihrem Büro am Ende der Station. Es war die Oberschwester, die die Station leitete. Langsam, aber sicher schritt sie die Betten ab, und ihre hohen Absätze knallten laut auf dem Fußboden.

Von weitem hätte man die Oberschwester für hübsch halten können: Ihre langen blonden Haare waren perfekt frisiert, ihr Gesicht leuchtete vor lauter Make-up, und ihre Zähne leuchteten weiß. Doch als sie näher kam, erkannte Tom, dass ihr Lächeln nur künstlich war. Ihre Augen ähnelten zwei großen schwarzen Fenstern, die in die Dunkelheit ihres Inneren wiesen. Das Parfüm der Oberschwester war so eklig süß, dass es den Kindern in der Kehle brannte, wenn sie an ihnen vorbeiging.

«Du solltest den Cricketball doch fangen und nicht Kopfball damit spielen», sagte die Dame. «Du dummes, dummes Kind! Ha ha ha!» Keiner außer ihr lachte – Tom am allerwenigsten, dessen Kopf immer noch vor Schmerz pochte.

«Der Cricketball hat eine scheußliche Beule hinterlassen, Madam Oberschwester», nuschelte der Pfleger. Seine Stimme klang etwas zittrig, so als hätte er Angst vor der Frau. «Ich glaube, der junge Herr sollte gleich morgen früh geröntgt werden.»

«Ich brauche Ihre Meinung nicht, danke!», fauchte die Oberschwester, und schon sah ihr Gesicht gar nicht mehr hübsch aus, so abfällig schaute sie drein. «Sie sind nichts weiter als ein einfacher Pfleger, der Niedrigste der Niedrigen. Sie wissen kein bisschen über die Behandlung von Patienten. Also halten Sie in Zukunft gefälligst den Mund!»

Der Pfleger senkte den Kopf, und die anderen Kinder tauschten unruhige Blicke. Es war klar, dass die Oberschwester sie alle einschüchterte.

Mit einer kurzen Handbewegung scheuchte die Oberschwester den Pfleger zur Seite, und er stolperte ein wenig, bevor er sich wieder fing. «Dann lass mich mal die Beule sehen», sagte sie und betrachtete den Jungen. «Mmmm, ja, das ist eine scheußliche Beule. Du solltest gleich morgen früh geröntgt werden.»

Der Pfleger verdrehte die Augen, doch Tom reagierte nicht.

Ohne auch nur einen Blick auf ihn zu werfen, sagte die Oberschwester zu dem Mann: «Pfleger, Sie können jetzt gehen, bevor Sie meine Station ganz verpestet haben!»

Der Pfleger seufzte, dann lächelte er den Kindern auf der Station kurz zu.

«Hopp hopp!», rief die Frau, und der Mann humpelte, so schnell er konnte, davon, wobei er sein verkümmertes Bein hinter sich herzog.

Tom begann, sich nach seiner Schule zurückzusehnen. Die Kinderstation schien wirklich ein **grauenhafter** Ort zu sein.

KAPITEL 5
DER JUNGE IM ROSA RÜSCHENNACHTHEMD

Die Oberschwester setzte jetzt zu einer Rede an, die sie offenbar allen neuen Patienten hielt.

«Nun, junger Mann, das hier ist MEINE Station, und das sind MEINE Regeln: Um Punkt 8 Uhr ist Licht aus. Nach Licht aus sind Gespräche verboten. Lesen unter der Bettdecke ist verboten. Süßigkeiten sind verboten. Höre ich im Dunkeln das Rascheln von Einwickelpapier, konfisziere ich sie sofort. Ja, das gilt auch für dich, George!»

Der pummelige Junge hörte sofort auf zu kauen und presste die Lippen fest aufeinander, damit die Oberschwester nicht sah, dass er genau in diesem Moment Schokolade aß.

Die Frau redete in ziemlicher Geschwindigkeit weiter. Ihre Worte knallten wie Peitschenhiebe:

«Aufstehen ist verboten. Toilettenbesuche in der

Nacht sind verboten, dafür ist die Bettpfanne da. Du findest eine Bettpfanne unter dem Bett. An der Wand über deinem Kopf ist eine Klingel. Die Klingel wird nachts nur im absoluten Notfall betätigt. Hast du das verstanden?»

«Ja», antwortete Tom. Er fühlte sich irgendwie ausgeschimpft, obwohl er noch gar nichts falsch gemacht hatte.

«Also, hast du einen Schlafanzug mitgebracht?», fragte sie.

«Nein», antwortete Tom. «Man hat mich wohl

in einem Krankenwagen direkt vom Cricket-Platz hergebracht. Ich hatte keine Gelegenheit, irgendetwas einzupacken, darum habe ich bloß die Cricketsachen dabei, die ich anhabe. Aber darin kann ich ruhig schlafen.»

Die Lippen der Oberschwester kräuselten sich. «Du abscheuliches Kind! Du bist ja genauso schlimm wie diese widerliche Kreatur, die sich Pfleger nennt. Der riecht genauso, als würde er in seinen Kleidern schlafen. Ha ha! Können wir deine Eltern anrufen, damit sie dir einen Schlafanzug bringen?»

Tom schüttelte traurig den Kopf.

«Warum nicht?»

«Meine Eltern leben im Ausland.»

«Wo?»

Der Junge zögerte mit der Antwort. «Ich weiß nicht genau.»

«Du weißt nicht genau?!», wiederholte die Oberschwester so laut, dass jeder es hören konnte. Es schien, als wollte sie alle Kinder auf der Station an Toms Beschämung teilhaben lassen.

«Sie ziehen oft um, wegen der Arbeit meines Vaters. Aber es ist irgendwo in der Nähe einer Wüste.»

«Na, das grenzt es ja sehr ein!», schnaubte sie höhnisch. «Du weißt nicht mal, in welchem Land deine eigenen Eltern leben?! Na, dann passt du ja perfekt hierher. Die Kinder auf dieser Station werden auch nie von ihren Eltern besucht, aus den verschiedensten Gründen. Entweder sind sie zu arm, um zu reisen, so wie Ambers Eltern, oder zu krank, wie Robins, oder sie wohnen zu weit weg, wie die von Sally. Georges Eltern haben allerdings den besten Grund. Willst du uns nicht erzählen, warum deine Eltern nie zu Besuch kommen, George?»

«Nee», murmelte der Junge schnodderig. Der arme Junge sah äußerst verlegen aus. «Nich' …»

«Georges Vater sitzt im Gefängnis! Und zwar wegen Diebstahls! Wenn also auf der Station irgendwas verlorengeht, dann wissen wir ja, wer es war. Wie der Vater, so der Sohn! Ha ha!»

«**Ich bin kein Dieb!**», brüllte George.

«Kein Grund, so empfindlich zu reagieren, Kind. Das war doch bloß ein kleiner Scherz von mir!»

«Is' aber nich' lustig», antwortete er.

«Ooooch!», fügte sie höhnisch hinzu. «Hab ich dich verletzt? Also, ich weiß was, Tom. Ich suche dir was zum Anziehen aus der Fundkiste.»

Mit funkelnden Augen drehte sich die Oberschwester auf dem Absatz um und verschwand in ihrem Zimmer. Augenblicke später kehrte sie mit den Händen auf dem Rücken und einem verdächtigen Grinsen im Gesicht wieder zurück.

«Es tut mir schrecklich leid, Tom, dass ich keinen passenden Schlafanzug für dich habe!», sagte sie. «Also musst du wohl das hier anziehen!»

Und damit zog die Oberschwester ein rosa Rüschennachthemd hinter dem Rücken hervor. Ihr *gemeines* Grinsen wurde noch *gemeiner*.

Tom betrachtete das Nachthemd entsetzt. Wenn die anderen Jungen in seinem Internat jemals mitbekamen, dass er das angezogen hatte, würde er den Makel niemals wieder loswerden. Er wäre für alle Zeiten nur noch der *Junge im rosa Rüschennachthemd*.

«Bitte lassen Sie mich einfach meine Cricketsachen tragen, Oberschwester», bat Tom.

«Ich habe *nein* gesagt!», fauchte die Oberschwester.

«Ich hab noch 'nen Schlafanzug, den kann er sich borgen», sagte George.

«Sei nicht albern, Kind!», schoss die Dame zurück. «Schau dich doch mal an, Junge! Der wäre ihm doch viel zu groß! Deine Schlafanzüge wären sogar einem Elefanten zu groß. Ha ha ha!»

Wieder einmal lachte niemand außer der Oberschwester.

«Also, zieh das hier sofort an, sonst melde ich dich beim Krankenhausdirektor, Sir Quentin Strillers. Der wird von dir nicht sehr erbaut sein und dich auf die Straße werfen!», sagte die Dame, während sie die Vorhänge um das Bett des Jungen zuzog. Dann wartete sie davor, während Tom sich aus seiner Kleidung schälte und das Nachthemd anzog.

«Schneller!», befahl die Oberschwester.

«Ich bin gleich so weit!», rief Tom, als er das Ding über seinen Kopf zog. «Okay!», sagte er, auch wenn er sich überhaupt nicht okay fühlte.

Die Oberschwester riss die Vorhänge wieder auf.

Da stand der *Junge im rosa Rüschennachthemd* in all seinem Rosa-Rüschennachthemd-Glanz.

«Sieht eigentlich ganz cool aus!», meinte George.

«Ich wünschte, ich könnte es sehen», murmelte Robin.

«Nein, das wünschst du dir nicht», antwortete Amber.

KAPITEL 6
ETWAS IM SCHILDE

Tom hatte über die Jahre schon so einige peinliche Situationen an seiner Schule erlebt.

Zum Beispiel, als ...

seine Shorts mitten im Sportunterricht rissen ...

seine Tonvase im Töpferunterricht von der Drehscheibe flog und seine Kunstlehrerin mitten ins Gesicht traf ...

er sich in der Bibliothek bückte, um ein Buch vom Boden aufzuheben, und dabei ziemlich laut pupste ...

er vom Jungsklo kam und das Ende der Klorolle noch hinten in seiner Hose feststeckte ...

er in der Schulcafeteria ausrutschte und mit dem Gesicht im Vanillepudding landete ...

er im Musikunterricht die Geige falsch rum hielt und sich fragte, warum sie keinen Ton herausbrachte, bis er merkte, dass die Saiten auf der anderen Seite waren …

ein paar ältere Jungen seine Sportsachen versteckt hatten und er nur in Unterhose Rugby spielen musste …

er sich ein hautenges Katzenkostüm mit Schwanz anziehen musste, um darin bei einer Aufführung des Musicals *Cats* zu singen und zu tanzen …

er es für eine Fangfrage hielt, als sein Mathelehrer ihn fragte, was 2 + 2 ergibt, und darum 5 hinschrieb ...

er vom Kreidestaub einen Niesanfall bekam und dem Schuldirektor Mr. Thews mitten ins Gesicht schnodderte.

Aber jetzt stand er mitten in einer Krankenhausstation und trug ein rosa Rüschennachthemd.

«Passt dir wie angegossen!», lachte die Oberschwester. Wieder war sie die Einzige, die lachte. Dann schaute sie auf die Uhr, die an ihrer Uniform steckte. «Eine Minute nach acht. Schon weit nach Schlafenszeit! Also, Kinder: **Lichter aus!**»

Die Oberschwester marschierte auf ihr Büro zu. Nach ein paar Schritten drehte sie sich jedoch plötzlich um, um zu sehen, ob sich eins der Kinder gerührt hatte. Das wiederholte sie noch einmal. Und dann noch mal. Bevor sie das Licht ausknipste, warf sie noch einen letzten Blick auf die Kinder.

KLICK!

Dunkelheit legte sich über die Station. Tom hasste die Dunkelheit. Er war froh, dass das große Ziffernblatt des Uhrenturms in der Ferne etwas Licht abgab. «Big Ben» nannte man diesen Uhrenturm, nach der riesigen Glocke, die jede Stunde schlug.

BONG!

Das Licht von Big Ben schien geisterhaft durch die hohen Fenster herein.

Im Zimmer der Oberschwester brannte außerdem eine kleine Schreibtischlampe. Die Frau saß dort hinter der Scheibe und starrte in die Dunkelheit hinaus. Sie behielt die Betten auf der Kinderstation im Blick, falls sich dort irgendetwas regte.

Stille.

Und dann hörte Tom ein Geräusch. Es klang, als würde jemand eine Schachtel öffnen. Dann folgte Papiergeraschel. Aber nicht irgendein Papier. Es klang wie das krause Silberpapier, mit dem Süßigkeiten eingewickelt sind. Dann hörte Tom Kauen.

Tom hatte seit dem Mittag nichts gegessen, und auch dann hatte er kaum etwas angerührt, weil das Schulessen so ekelhaft war. Heute hatte es Leber mit Roter Beete gegeben und zum Nachtisch Rhabarbergrütze. Jetzt lag Tom in seinem Krankenhausbett und spürte seinen knurrenden Magen. Als er hörte, wie jemand noch eine Süßigkeit auspackte und dann noch eine, hielt er es nicht mehr aus und rief leise in die Dunkelheit: «Bitte, kann ich auch etwas haben?»

«*Psssst!*», antwortete eine Stimme. Tom war ziemlich sicher, dass sie von Georges Bett kam.

«Bitte», flüsterte Tom. «Ich habe schon ewig nichts mehr gegessen.»

«*Pssst!*», hörte man eine andere Stimme. «Wenn du noch lauter redest, kriegen wir alle Ärger.»

«Aber ich will doch nur ein kleines Stück!», sagte Tom.

Doch er musste zu laut gewesen sein, denn in diesem Moment gingen

KLICK!

die Lichter auf der Kinderstation wieder an.

Tom blinzelte in die Helligkeit und sah die Oberschwester aus ihrem Büro stürmen.

«NACH ‹LICHT AUS› WIRD NICHT MEHR GEREDET!», schrie sie. «Also, *wer* hat geredet?»

Alle Kinder schwiegen.

«Ihr sagt mir sofort, wer gerade geredet hat, sonst bekommt ihr alle richtig Ärger!»

Sie schwenkte den Blick über die Station und suchte nach jemandem, der vielleicht einknickte. Dann nahm sie George ins Visier, der sehr schuldbewusst dreinschaute.

«Warst du das, George?», fragte sie.

George schüttelte den Kopf.

«Sprich, Junge!»

Selbst von der anderen Seite des Zimmers konnte Tom sehen, dass George den Mund voll hatte.

George versuchte zu sprechen, doch weil so viel Schokolade in seinem Mund steckte, bekam er keine Worte heraus. «*Mmm, mmm-mmm*», murmelte er.

«Was hast du da im Mund?»

George schüttelte den Kopf und versuchte, «gar nichts» zu sagen, doch heraus kam nur «*mmm-mmm*».

Die Oberschwester pirschte sich an sein Bett wie ein Krokodil an sein Opfer. «George! Du sollst nach deiner Operation strenge Diät halten! Und stattdessen stopfst du dich wieder mit Schokolade voll, stimmt's?»

George schüttelte den Kopf.

Die Frau riss seine Bettdecke zurück, und darunter kam eine große Schachtel mit Pralinen zum Vorschein. Die Schachtel war riesig. Es war die Sorte, die ganze Familien zu Weihnachten geschenkt bekommen und die bis zum nächsten Weihnachten halten.

«Du gefräßiges Ferkel!», sagte die Oberschwester. «Die sind konfisziert!»

Und damit riss sie ihm die Schachtel aus

der Hand und zog ein Tuch aus einem Spender, der in der Nähe stand. «Und jetzt spuck das Stück aus, das du im Mund hast.»

Zögernd gehorchte George.

«Wer hat dir die geschickt?», wollte sie wissen.

«Dein Vater wird es wohl nicht gewesen sein. Ich glaube nicht, dass Schokolade im Gefängnis erlaubt ist!»

Tom konnte sehen, dass George wütend war, doch der Junge bemühte sich, es nicht zu zeigen.

«Die sind von meinem Kioskbesitzer», antwortete George. «Ich bin nämlich sein Lieblingskunde.»

«Das glaube ich gern! Schau dich nur mal an!»

«Er weiß, dass ich diese Pralinen am liebsten mag.»

«Und wie heißt der dumme Mann?»

«Raj», antwortete George.

«Raj und weiter?»

«Raj der Kioskbesitzer.»

«Ich meinte seinen Nachnamen, du dummes Gör!»

«Keine Ahnung.»

«Nun, ich werde ihn finden, und mit ein biss-

75

chen Glück muss er dann seinen Laden schließen. Nach deiner Operation darfst du keine Süßigkeiten essen, George.»

«'tschuldigung, Oberschwester.»

«‹Entschuldigung› reicht nicht! Der Krankenhausdirektor, Sir Quentin Strillers, muss darüber informiert werden, wie du dich den ärztlichen Anordnungen widersetzt, George!»

«Ja, Oberschwester», antwortete der Junge niedergeschlagen.

«Ich knöpfe mir dich morgen früh vor! Und jetzt schlaft! Alle!»

Die Oberschwester stapfte wieder zurück in ihr Büro. Erneut drehte sie sich mehrmals ruckartig um, um zu überprüfen, dass die Kinder immer noch so reglos wie Statuen in ihren Betten lagen.

KLICK!

Das Licht erlosch, und die Oberschwester setzte sich in ihrem Büro an den Tisch. Nach einer Weile aber tat die Frau etwas Unglaubliches: Sie öffnete die Pralinenschachtel und fing an, sich selbst Pralinen in den Mund zu schieben!

Ihr schienen besonders die großen Pralinen in

lila Einwickelpapier zu schmecken, denn sie aß sie in ziemlicher Geschwindigkeit auf. Kaum hatte sie sich eine in den Mund geworfen, da war die nächste bereits ausgewickelt und folgte hinterher. Die Zeit verging, und je mehr sie aß, desto schläfriger wurde sie. Um neun Uhr wurden ihr die Lider schwer. Trotzdem aß sie weiter und weiter. Vielleicht hoffte sie, dass der Zucker in den Pralinen sie wach halten würde. Seltsamerweise schien das Gegenteil der Fall zu sein. Um zehn Uhr fielen ihr die Augen sekundenweise zu. Trotzdem aß und aß und aß sie weiter. Um 11 Uhr stützte sie den Kopf in die Hände, doch er wurde immer schwerer und schwerer und schwerer. Sie aß auch langsamer, und bald tropfte ihr der Schokoladenbrei aus dem Mund. Schließlich fiel ihr Kopf auf die Tischplatte.

DONG!

Durch das Glas hörte man die Oberschwester schnarchen.

«ZZZZZ, ZZZZZ, ZZZZZ, ZZZZZ ...»

Die Kinder auf der Station verhielten sich noch eine Weile still. Dann flüsterte jemand aus der Dunkelheit: «Gut gemacht, George!»

«Ich glaub, der Plan hat funktioniert!», flüsterte er zurück.

«Welcher Plan?», fragte Tom.

«*Pssst!*», hörte man eine andere Stimme.

«Schlaf, Neuling. Steck deine Nase nicht in anderer Leute Angelegenheiten», sagte ein Mädchen. «Alle anderen machen sich bereit zum Aufbruch um Mitternacht.»

Natürlich konnte Tom nicht mehr einschlafen, schon gar nicht jetzt, wo er gehört hatte, dass die

anderen Kinder irgendetwas im Schilde führten.
Was würde um Mitternacht passieren?

KAPITEL 7
DIE MITTERNACHTS-STUNDE

Das leuchtende Ziffernblatt von Big Ben schien durch das hohe Fenster hinter Toms Bett herein. Plötzlich sah Tom Schatten durch die Kinderstation huschen. Umrisse bewegten sich in der Dunkelheit.

Tom keuchte vor Angst auf. «Aaah!»

Eine Hand legte sich über seinen Mund und brachte ihn zum Schweigen.

Davon bekam Tom nur noch mehr Angst.

«*Psssst!*», zischte jemand. «Sei leise. Wir wollen nicht, dass die Oberschwester aufwacht.»

Die Hand war weich und fleischig und roch nach Schokolade, und als Toms Augen sich an die Dunkelheit gewöhnt hatten, stellte er fest, dass sie tatsächlich George gehörte.

Toms Blick huschte zum Zimmer der Oberschwester. Die Frau saß tief schlafend in ihrem Stuhl, ihr Kopf lag auf dem Tisch, und sie schnarchte.

«ZZZzz, ZZZzz, ZZZzz, ZZZzz ...»

«Keinen Mucks!», mahnte George.

Tom nickte, und der Junge nahm langsam die Hand von Toms Mund.

Dann schaute Tom hinter sich auf die große Uhr. Von seinem Fenster aus konnte er über die Dächer von London blicken. Gleich war es Mitternacht.

Bald merkte Tom, dass nicht nur George aufgestanden war. Auch Robin war aus seinem Bett geklettert und schob Amber in einem Rollstuhl vor sich her. Der Rollstuhl war alt und verrostet und hatte sogar einen platten Reifen. Und weil Robins Augen verbunden waren, konnte er nicht sehen, wohin er fuhr. Ambers Gipsbeine knallten direkt gegen die Wand.

«AU!», schrie sie.

«Pssst!», zischten Robin und George. Und auch Tom fiel ein:

«Pssst!»

«Lass mich mal!», sagte George. Er zog Robin zur Seite, dann schob er Amber vorwärts. Robin legte seine Hand auf Georges Schulter, und dann zog das mitleiderregende Trio in einer Art Polonnaise aus der Station hinaus.

«Wo wollt ihr hin?», fragte Tom.

«*Pssst!*», antworteten die drei Kinder.

«Könnt ihr mal aufhören, ständig *Pssst* zu sagen!», beschwerte sich Tom.

«Schlaf einfach weiter, Neuling!», zischte Amber.

«Aber …», protestierte Tom.

«Du gehörst nicht zu unserer Bande!», fügte George hinzu.

«Aber ich möchte wirklich gern zu eurer Bande gehören», bat Tom.

«Na, daraus wird aber nix, Kumpel», antwortete George.

«Aber das ist unfair!», beklagte sich Tom.

«Kannst du bitte mal leiser reden, Schätzchen!», fauchte Robin.

«JA, SEI ENDLICH STILL!», sagte Amber laut.

«Ich bin doch still!», antwortete Tom.

«Du bist überhaupt nicht still! Du redest, und das ist nicht still sein! Wir müssen alle still sein!», sagte Amber.

«Dann sei du doch mal still!», meinte Tom.

«Du meine Güte, seid ihr jetzt bitte alle mal still?!», sagte Robin etwas zu laut.

Alle Kinder drehten den Kopf und schauten zum Zimmer der Oberschwester am Ende der Station. Die Oberschwester rührte sich bei dem Lärm etwas, schlief aber weiter. Alle atmeten erleichtert auf.

«Die alte Kuh müsste mindestens ein paar Stündchen schnarchen», sagte George. «Ich hab meine Spezial Schlummer-Pillen, die Dr. Luppers mir gegeben hat, in die Pralinen gesteckt.»

«Gut, dass du dir gemerkt hast, dass sie die lila Pralinen am liebsten mag», meinte Amber.

«Wollte ja schließlich nicht meine ganze Packung Pralinen opfern», grinste George schelmisch.

«Ihr seid ja gerissen!», sagte Tom.

«Vielen Dank!», antwortete Robin und verneigte sich, als würde man ihm applaudieren.

«Also, Neuling», sagte Amber, «jetzt geh wieder schlafen. Und denk dran: Du hast nichts gesehen! – Abmarsch.»

Und damit rollten die drei Freunde aus der Doppeltür hinaus. In diesem Moment schlug Big Ben die Stunde:

**BONG! BONG! BONG!
BONG! BONG! BONG!
BONG! BONG! BONG!
BONG! BONG! BONG!**

Tom lauschte und zählte dabei. Zwölf Schläge. Es war Mitternacht.

Der Junge setzte sich in seinem Bett auf. Jetzt waren nur noch er und Sally auf der Krankenstation. Er schaute zu ihrem Bett hinüber. Sie schlief, genau wie bei Toms Ankunft vor ein paar Stunden.

Trotz seiner Beule war Tom unruhig. Auf keinen Fall wollte er etwas verpassen. Und darum beschloss er, den anderen zu folgen. Tom fühlte sich wie ein Spion. Doch das Gefühl hielt nicht lange an. Als er aus dem Bett glitt, trat er mit dem linken Fuß direkt in die Bettpfanne, die vor seinem Bett auf dem Boden lag.

SCHEPPER!

SCHEPPER!

SCHEPPER!

KAPITEL 8
EIN VERSPRECHEN

SCHEPPER!
 SCHEPPER!
  SCHEPPER!

Tom konnte seinen Fuß nicht aus der Bettpfanne ziehen. Der Junge hätte am liebsten vor Wut gebrüllt, doch das hätte alles nur noch schlimmer gemacht. Das Letzte, was er wollte, war, die Oberschwester zu wecken, die immer noch in ihrem Zimmer schnarchte. Er schaute hinüber zu Sally. Sie lag in ihrem Bett, und das Licht von Big Ben schien ihr gerade noch auf den kahlen Kopf. Tom wollte auch sie nicht wecken.

Zumindest war die Bettpfanne leer, dachte er.

So schnell und leise er konnte, bückte er sich und löste die Bettpfanne von seinem Fuß. Dann schlich er auf Zehenspitzen zur Doppeltür. Zu seinem Ärger machten seine nackten Füße platschende Geräusche auf dem glänzenden Fußboden.

**PLATSCH
PLATSCH
PLATSCH**

Als seine Finger die schweren Schwingtüren am Eingang zur Kinderstation berührten, fehlten nur noch wenige Zentimeter bis zur Freiheit. Doch dann ließ ihn eine Stimme zusammenfahren.

«Wo willst du denn hin, Neuling?»

Tom drehte sich um. Es war Sally.

«Nirgendwohin», log er.

«Du kannst nicht nirgendwohin gehen; du musst irgendwohin gehen.»

«Bitte schlaf weiter», bat Tom. «Du weckst noch die Oberschwester auf.»

«Oh nein, die machen das jede Nacht mit ihr. Die furchtbare Frau wacht in den nächsten paar Stunden bestimmt nicht auf.»

«Ich glaube wirklich, du solltest dich ausruhen.»

«Langweilig!»

«Gar nicht langweilig», antwortete Tom. «Bitte, schlaf weiter.»

«Nein.»

«Was meinst du mit ‹nein›?»

«Ich meine ‹nein›. Komm schon, Tom, nimm mich mit.»

«Nein.»

«Was meinst du mit ‹nein›?»

«Ich meine ‹nein›.»

«Aber warum nicht?», protestierte das Mädchen.

Der Grund, weshalb Tom Sally nicht mitnehmen wollte, war, dass sie so schwach wirkte. Er hatte Sorge, dass er mit ihr nicht schnell genug war. Aber das wollte er ihr nicht sagen. Das hätte sie bestimmt verletzt. Also sagte er etwas anderes.

«Schau, Sally, ich will bloß schnell den anderen nachlaufen und ihnen sagen, dass sie wieder ins Bett kommen sollen.»

«Lügner.»

«Nein, das bin ich nicht!», sagte er etwas übereifrig, sodass er genauso klang wie ein Lügner.

«Du lügst. Lügner, Lügner, Lügner!»

Tom schüttelte etwas zu heftig den Kopf.

«Ich weiß, dass du denkst, ich könnte nicht mit dir mithalten oder so», sagte Sally.

«Nein!»

«Doch. Los, gib's schon zu! Ich bin doch nicht doof!»

Nein, dachte Tom, *doof ist sie wirklich nicht. Sogar superschlau.* In Toms Internat gab es keine Mädchen, darum kannte er sich nicht gut mit ihnen aus. Tom hatte nicht gedacht, dass Mädchen so schlau sein konnten. Plötzlich hatte er das Gefühl, dass ihm dieses Mädchen in allem überlegen war. Und das gefiel ihm gar nicht.

«Nein, das ist es nicht, ehrlich», log er. Doch als er sie so ansah, wurde er neugierig. «Sally, kann ich dich was fragen?»

«Kannst du.»

«Warum hast du keine Haare?»

«Ich habe beschlossen, sie abzurasieren, damit ich genauso aussehe wie ein gekochtes Ei», antwortete Sally schlagfertig.

Tom kicherte. Was immer das Mädchen verloren hatte, ihr Sinn für Humor war es schon mal nicht.

«Liegt es an deiner Krankheit?»

«Ja und nein.»

«Das verstehe ich nicht.»

«Es ist eigentlich die Behandlung meiner Krankheit, die dazu geführt hat.»

«Die Behandlung?» Tom traute seinen Ohren nicht. Wenn die Behandlung der Krankheit so etwas tat, was machte dann die Krankheit erst? «Aber du wirst wieder gesund, oder?»

Das Mädchen zuckte die Schultern. «Ich weiß nicht.» Dann wechselte sie das Thema. «Glaubst du, du wirst dich je davon erholen, dass dir ein Cricketball auf den Kopf geflogen ist?»

Tom kicherte. «Ich hoffe nicht. Denn dann muss ich wieder zurück zur Schule.»

«Ich wünschte, ich könnte wieder zurück zur Schule gehen.»

«Was?» Noch nie hatte Tom ein Kind so etwas sagen hören.

«Ich bin jetzt schon Monate hier. Ich vermisse meine Schule. Selbst die furchtbaren Lehrer.»

Auch wenn er Sally gerade erst kennengelernt hatte, fühlte Tom sich, als würde er mit einer alten Freundin sprechen. Doch dann fiel ihm ein, dass er sofort losmusste, wenn er die anderen Kinder noch einholen wollte. «Ich muss los.»

«Und du willst mich wirklich nicht mitnehmen?» Tom schaute Sally an. Sie sah viel zu krank aus, um das Bett zu verlassen, und erst recht viel zu krank, um ein verrücktes Abenteuer zu bestehen. Tom hatte ein schlechtes Gewissen, weil er sie nicht mitnahm, aber er schien einfach keine andere Wahl zu haben.

«Vielleicht das nächste Mal», log er.

Sally lächelte. «Ich verstehe, Tom. Die anderen haben mich noch nie gefragt. Dann geh. Aber ich möchte, dass du mir etwas versprichst.»

«Was?», fragte er.

«Ich möchte, dass du mir alles über euer nächtliches Abenteuer erzählst, wenn du zurückkommst.»

«Das mache ich», sagte er.

«Versprichst du es?»

«Ich verspreche es.» Tom sah Sally direkt an, als er das sagte. Er wollte seine neue Freundin nicht enttäuschen.

Dann stieß er die schwere Doppeltür auf. Licht drang vom Flur herein. Kurz bevor er verschwand, sagte Sally: «Ich hoffe, es ist ein riesengroßes Abenteuer.»

Tom lächelte das Mädchen an. Dann ging er durch die Türen und wurde vom Licht verschluckt.

KAPITEL 9
«K» FÜR KELLER

Als Tom so durch den hell erleuchteten Flur draußen vor der Kinderstation eilte, merkte er auf einmal, dass er nicht die leiseste Ahnung hatte, wohin er gehen sollte. Seine neue Freundin Sally hatte ihn etwas aufgehalten, und die anderen drei Kinder waren längst verschwunden.

Außerdem war es im **LORD FUNT KRANKENHAUS** nach Einbruch der Dunkelheit ganz schön unheimlich. Ferne Geräusche hallten die langen Flure hinunter. Das Gebäude hatte vierundvierzig Stockwerke mit Krankenstationen und Operationssälen, und es gab alles: vom Kreißsaal, wo die Babys geboren wurden, bis zur Leichenhalle, wo die Verstorbenen aufgebahrt wurden. Hunderte von Patienten lagen hier, und dann gab es fast noch einmal so viele Menschen, die hier arbeiteten. Um

Mitternacht sollten alle Patienten fest schlafen, doch natürlich hatten einige Angestellte Nachtdienst, darunter die Putzleute und die Wachen, die durch die Flure gingen. Wenn man feststellte, dass Tom nicht in seinem Bett lag, dann würde er richtige Schwierigkeiten bekommen. Und dazu trug er auch noch ein rosa Rüschennachthemd. Falls ihn jemand darin erwischte, müsste er das bestimmt auch noch erklären.

Tom warf einen Blick auf die Wegweiser an der Wand, die ihm allerdings nicht weiterhalfen, da einige Buchstaben abgefallen waren.

EINGANG & AUSGANG waren zu **E NG** geworden.

UNFALL- & NOTAUFNAHME hieß nun **FALL AUF**.

EMPFANG las sich **FANG**.

CHIRURGIE lautete jetzt **CHIR I**.

RADIOLOGIE war zu **RAD LOG** geworden, was auch immer das hieß.

VERWALTUNG war jetzt **ALT**.

KINDERSTATION hieß nun **INDER**, was eine Menge Kinder ausschloss.

OPERATIONEN las sich **OPER**.
PHYSIOTHERAPIE war zu **HYS T ER IE** geworden.
REHA war genauso geblieben.
RÖNTGEN war jetzt **GEN**.

Es gab ein Schild, das **ZUG** lautete, und Tom schätzte, dass es irgendwann einmal **AUFZUG** geheißen haben musste, also folgte er diesem Pfeil.

Als er die Aufzüge erreicht hatte, sah Tom, dass sich der Pfeil über den großen, glänzenden Metalltüren schnell nach unten drehte. Er nahm an, dass die drei Kinder im Fahrstuhl nach unten fuhren, und verfolgte den Pfeil, bis er bei «**K**» wie Keller anhielt.

Tom schluckte. Bestimmt war es dunkel im Keller. Und Tom hasste die Dunkelheit. Außerdem fürchtete er, den Krankenpfleger zu treffen. Was, wenn er nun plötzlich eine Hand auf seiner Schulter spürte und wenn er sich umdrehte, stünde dieser gruselige Mann hinter ihm?

Einen Augenblick lang überlegte Tom, wieder umzukehren. Doch dann dachte er, dass Sally ihn vermutlich für einen Feigling halten würde. Also drückte er ein wenig zögernd auf den Fahrstuhlknopf und wartete nervös auf seine Ankunft.

PING!

Die Türen öffneten sich.

PING!

Die Türen schlossen sich wieder.

Mit zitterndem Finger drückte Tom auf den Knopf mit dem Buchstaben «K» für Keller, und der Fahrstuhl fuhr hinunter in die dunklen Tiefen des Krankenhauses.

Mit einem Ruck hielt der Fahrstuhl an.

PING!

Die Türen öffneten sich, und Tom trat in die Dunkelheit hinaus.

Jetzt war er allein im Keller des **LORD FUNT KRANKEN-**

HAUSES. Seine nackten Füße tasteten sich über den kalten, feuchten Betonboden. Über ihm an der Decke gab es eine Reihe Neonlampen, doch die meisten von ihnen waren kaputt, sodass es beinahe stockfinster hier unten war.

PING!

Tom schrak zusammen. Doch es waren nur die Fahrstuhltüren, die sich hinter ihm schlossen.

Das Geräusch von tropfendem Wasser in den Rohren hallte durch den Gang. Langsam schlich Tom vorwärts. Am Ende des Ganges erreichte er eine Kreuzung. Rechts und links gingen jeweils zwei Gänge ab. Es war wie ein Labyrinth hier unten. Der Junge suchte den Boden nach Spuren ab, die der Rollstuhl hinterlassen haben musste. Es war schwierig, in der Dunkelheit etwas zu erkennen, darum bückte er sich, um den Boden besser sehen zu können. In diesem Moment strich irgendetwas an seinem Gesicht vorbei.

«**Aaaaaahhhhhhh!**» Sein Schrei hallte den Gang entlang. Zuerst dachte Tom, es könnte eine Ratte gewesen sein, doch dann sah er gerade noch, wie das Wesen davonhüpfte. Es sah irgendwie aus wie ein Vogel, doch wenn es wirklich ein Vogel war, was hatte er hier unten verloren?

Im Staub auf dem Boden konnte Tom Reifenspuren entdecken, die nach rechts abbogen, also folgte er ihnen.

Nach ein paar Schritten spürte er, dass die abgestandene Kellerluft wärmer wurde. Vor ihm befand sich ein riesiger Ofen, in welchem der Krankenhausmüll verbrannt wurde. Nicht weit davon entdeckte Tom einen großen Korb auf Rädern. Er schaute hinein. Er war voller Wäsche. Darüber in der Decke befand sich eine schmale Klappe. In diesem Moment fielen weitere Wäschestücke aus der Klappe und landeten im Wäschekorb. Der Junge begriff, dass die Klappe am Ende eines Schachts liegen musste, der von den Stationen oben bis hier herunterführte.

Alle paar Meter gab es Türen und weitere Gänge. Tom folgte den Reifenspuren, die sich durch den Keller schlängelten.

Die Spuren führten zu einem vollkommen dunklen Gang.

In diesem Teil des Kellers müssen alle Glühbirnen ka-

putt sein, dachte Tom. Er zögerte. Die Dunkelheit war seine größte Angst. Doch es wäre albern gewesen, jetzt wieder umzukehren. Bestimmt fand er die anderen Kinder gleich, und dann würde er das Geheimnis um ihr Mitternachtsabenteuer lüften. Langsam schlich Tom sich voran. Bald war es so dunkel, dass er die Hand vor Augen nicht mehr sehen konnte. Er musste sich an der feuchten Wand entlangtasten. In diesem Moment ...

BÄNG!

... hallte ein ohrenbetäubender Lärm die Kellergänge entlang. Es klang, als wäre eine schwere Metalltür zugefallen. Tom fragte sich, wer wohl noch hier unten sein mochte. Etwa der Krankenpfleger?

Tom blieb starr vor Angst stehen. Er lauschte. Und lauschte. Und lauschte. Doch nun war nichts mehr zu hören. Eine tiefe Furcht ergriff von ihm Besitz. Obwohl er ganz still stand, fühlte es sich an, als würde er rennen oder fallen oder ertrinken.

Tom merkte, dass es ein großer Fehler gewesen war, allein in den Keller zu kommen. Er musste hier raus. Sofort. Langsam ging er den Gang zurück, doch in seiner Panik verirrte er sich. Schon bald lief er barfuß durch die Gänge, und sein rosa Rüschennachthemd flatterte hinter ihm her. Außer Atem blieb er einen Augenblick stehen. Von dem Schlag auf den Kopf heute Morgen war ihm immer noch ein wenig schwindelig. Und dann spürte er, wie ihn etwas an der Schulter packte. Er wirbelte herum. Es war eine Hand.

«Aaaaaahhhhh!», schrie er.

KAPITEL 10
HASENKÖTTEL-ROULETTE

«Was haste hier zu suchen?», erklang eine ärgerliche Stimme. Es war George. Und neben ihm befanden sich Amber und Robin. Tom drehte sich zu ihnen um, und Amber und George prusteten beide sofort los.

«Ha ha ha!»

Sie schütteten sich förmlich aus vor Lachen.

«Was ist denn so schrecklich lustig?», fragte Robin. «Bitte sagt es mir!»

«Ja, was ist so lustig?», wollte auch Tom wissen. Er hatte das unbestimmte Gefühl, dass sie über ihn lachten.

«Dein rosa Rüschennachthemd! Ha ha ha!», lachte Amber.

«Das ist nicht meins!», protestierte Tom.

«Oh, ich verstehe», sagte Robin. «Zu schade,

dass ich ihn nicht sehen kann», und er tippte gegen seine Augenbinde.

«Du würdest dich wegschmeißen vor Lachen», kicherte George.

«Wie rüschig ist es denn?», fragte Robin.

«Na ja ...», meinte Amber. «Es gibt so viele Lagen mit Rüschen wie auf einer Hochzeitstorte.»

Offenbar stellte Robin sich das Bild sehr lebhaft vor, denn er kicherte bei dem Gedanken vor sich hin. «Ach du je! Ha ha!»

«Haltet die Klappe! Ihr alle drei!», rief Tom wütend.

«Ja, Jungs, hört auf zu kichern», sagte Amber, auch wenn sie am lautesten von allen gekichert hatte.

«Hör zu, Tom», begann George, «wir haben dich was gefragt. Was hast du hier unten verloren?»

«Ich bin euch gefolgt», antwortete Tom. «Was habt ihr hier unten verloren?»

«Das sagen wir dir nicht!», antwortete Amber. «Und jetzt geh wieder ins Bett, du Nervensäge!»

«Nein, das tue ich nicht!», antwortete Tom.

«Geh wieder ins Bett!», fügte George hinzu.

«NEIN!», widersprach Tom. «**Das tue ich nicht!**»

«Wenn ich sehen könnte, wo du bist, würde ich dir eine knallen», fauchte Robin. «Du hast echt Glück, du Memme!»

«Ich werde euch alle verpetzen, wenn ihr mich nicht mitmachen lasst!», sagte Tom.

Die anderen drei schwiegen erschrocken.

Eine Sache, die an Toms Internat als echter Frevel galt, war Petzen. Trotz der strengen Atmosphäre auf St. Willet's war es einfach nicht erlaubt, die anderen Jungen an die Lehrer zu verpetzen, selbst wenn sie …

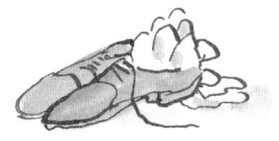

dir Pudding in die Schuhe steckten …,

deine Hausaufgaben im Klo runterspülten …,

alle deine Unterhosen vergruben ...,

dich in deinem Schrank einsperrten ...,

eine riesige haarige Spinne in deinem Bett aussetzten ...,

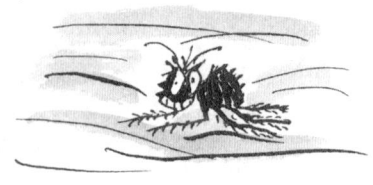

dich zwangen, eine schweißige Rugbysocke zu essen, über die man noch etwas Hornhaut gekrümelt hatte ...,

dir im Schlaf die Nase blau anmalten ...,

dich an den Schnürbändern kopfüber an einen Baum banden …,

deinen Tennisschläger mit Kleber einschmierten, sodass er nicht mehr abging …,

Kaninchenköttel unter deine Schokobonbons mischten und dich zwangen, alles beim Kaninchenköttel-Roulette aufzuessen.

Tom petzte also eigentlich nicht und drohte auch nicht damit, doch jetzt hatte er das Gefühl, keine andere Wahl zu haben.

«Lasst mich lieber mitmachen, sonst fange ich sofort an zu schreien, bis alle im Krankenhaus wach sind!», sagte Tom.

«Ich glaube, hier unten hört dich keiner», bemerkte Robin.

Damit hatte er wohl recht.

«Na gut, dann nehme ich den Fahrstuhl, fahre ins Erdgeschoss und fange in ein paar Minuten an zu schreien, bis alle im Krankenhaus wach sind.»

Es war nicht ganz so wirkungsvoll, doch glücklicherweise reichte es. Die anderen drei fingen an zu reden.

«Du kannst nicht mitkommen. Denn was wir vorhaben, ist streng geheim», sagte Amber.

«Was ist geheim?», fragte Tom.

«Wir haben eine geheime Bande», sagte Robin.

«Was auch immer ihr jetzt sagt, erzählt ihm nicht, dass sie die Mitternachtsbande heißt!», sagte George.

«**Die Mitternachtsbande!**», rief Tom.

KAPITEL 11
KACKI! KACKI! UND DOPPEL-KACKI!

Was soll das heißen, ‹erzähl ihm nicht, dass sie die Mitternachtsbande heißt›?!», wollte Amber wissen.

Dabei verdrehte sie die Augen, und Robin seufzte.

«Cooler Name, der gefällt mir! Und jetzt lasst mich bitte mitmachen», sagte Tom.

«**Nein!**», sagte George. «**N-E-I-N!**»

«Dann erklärt mir, warum nicht!», protestierte Tom. Er wollte zu gern zur Mitternachtsbande dazugehören, auch wenn er gar keine Ahnung hatte, was die Mitternachtsbande tat, denn das war ja geheim. Aber was könnte aufregender sein als eine geheime Bande? Es war eigentlich egal, was sie tat. Es war bloß wichtig, dass sie geheim war. Und nicht bloß geheim, sondern streng geheim!

Alle schwiegen auf Toms Frage und suchten nach einer Antwort.

«Weil es eine geheime Bande ist», antwortete Amber schließlich. «Und das schon seit Jahren.»

«Aber ich weiß doch jetzt schon davon», sagte Tom. «Ihr drei seid die Mitglieder, und sie heißt Mitternachtsbande.»

«Kacki! Kacki! Doppel-Kacki! Und dreifach Kacki mit einer Extra-Kelle Kacki obendrauf, und dazu noch Kacki-Soße!», sagte Robin.

«Er hat uns erwischt», meinte George.

Tom grinste in sich hinein.

«Nein, hat er nicht», sagte Amber. «Diese Bande ist nämlich viel mehr als das. Sie ist so alt wie das Krankenhaus.»

«Was meinst du damit?», fragte Tom.

«Sie wurde vor fünfzig Jahren gegründet. Vielleicht sogar noch davor», antwortete sie.

«Von wem?», fragte Tom.

«Das kann ich dir nicht sagen!», sagte Amber.

«Spielverderber!», antwortete Tom.

«Amber kann es dir nicht sagen, weil sie es wirklich nicht weiß», meinte George.

«Vielen Dank, George!», sagte Amber sarkastisch.

«Gern geschehen», antwortete George, der von ihrem Sarkasmus nichts merkte.

> Die Mitternachtzbande war hir

«Niemand weiß, wer die Mitternachtsbande gegründet hat», sagte Robin. «Wir wissen nur, dass es ein Kind in diesem Krankenhaus gewesen ist. Und seitdem wurde das Geheimnis unter den Patienten immer weitergegeben.»

«Und warum kann ich dann nicht mitmachen?», fragte Tom.

«Weil nicht einfach jeder mitmachen kann», sagte Amber. «Die Mitternachtsbande kann nur überleben, wenn sie geheim ist. Wenn jemand quatscht, dann ist sie für alle verdorben. Und wir wissen nicht, ob wir dir schon vertrauen können.»

«**Das könnt ihr! Ich schwöre es!**», bat Tom.

«Na gut, Tom, dann hör zu», seufzte Amber. «Du kannst mit uns kommen, aber nur heute Nacht. Und das heißt nicht, dass du schon zur Mitternachtsbande gehörst. Wir schauen erst mal, wie du dich machst. Heute Nacht ist deine Probezeit. Wenn du den Test bestehst, dann bist du dabei. Hast du verstanden?»

«Ja», antwortete Tom. «Ja, tue ich. Und jetzt kommt, Mitternachtsbande. **Auf ins Abenteuer.** Folgt mir!»

Und damit marschierte der Junge den Gang entlang.

Die drei anderen blieben stehen und schüttelten die Köpfe.

«Ähm, hallo?», sagte Robin.

«Was?», antwortete Tom und drehte sich um.

«Du kennst den Weg doch gar nicht.»

«Oh, ja, stimmt.»

«Mann, Mann, die Probezeit fängt ja gar nicht gut an», sagte Amber. Und da sie die Arme nicht bewegen konnte, deutete sie mit dem Kopf in die Richtung. «Da runter, Mitternachtsbande. Folgt mir!»

KAPITEL 12
MIR NACH!

Weil Ambers Arme und Beine in Gips lagen, war sie ziemlich hilflos. Wäre sie aus dem Rollstuhl gefallen, hätte sie Mühe gehabt aufzustehen. Vermutlich hätte sie wie ein auf den Rücken gefallener Käfer auf dem Boden gelegen, die Arme und Beine in der Luft. Doch durch reine Willenskraft war Amber trotzdem zur Anführerin der Mitternachtsbande geworden. Und nun bellte sie George, Robin und auch Tom, dem neuesten Mitglied der Bande, ihre Befehle zu.

«Geradeaus! Rechtsrum! Noch mal rechts! Am Ende des Ganges wieder links!»

Man hatte George die Aufgabe übertragen, Ambers Rollstuhl zu schieben, nachdem Robin zu oft mit ihr gegen Wände gefahren war. Man verdächtigte Robin, es vielleicht sogar absichtlich getan zu haben, damit er nicht länger schieben musste. Nun war der arme George bereits schweißnass und hechelte wie ein Hund. Wegen des platten Reifens war es ziemlich anstrengend, den Rollstuhl zu fahren.

«Willst du nicht auch mal, Tom?», quetschte George heraus, während er versuchte, den alten Rosthaufen in einer geraden Linie zu schieben.

«Nein danke.»

«Es macht wirklich Spaß, stimmt's, Robin?», meinte George.

«O ja, George, es ist ein Riesenvergnügen», sagte Robin nicht sehr überzeugend.

«Hör zu, Tom», fing George wieder an, «wenn du wirklich bei unserer Bande mitmachen willst und wenn deine Probezeit hier gut laufen soll, dann würde ich dir raten, Ambers Rollstuhl zu schieben, jedenfalls eine Weile.»

Tom seufzte. Er wusste, dass das nur ein Trick war, damit er George ablöste, aber er konnte nichts dagegen tun. «Na gut, na gut, dann mache ich es eben!»

«JA!», rief George und stieß die Faust in die Luft.

«Ihr solltet euch um die Ehre *streiten*, eure Anführerin zu schieben», meinte Amber.

«Wer hat gesagt, dass du unsere Anführerin bist?», fragte Robin.

«Ich!», antwortete Amber. «Und jetzt komm, Tom, wir wollen weiter!»

Zögernd packte der Junge die Griffe und schob den Rollstuhl an. Amber war schwerer, als er gedacht hatte, und es war anstrengend, einigermaßen voranzukommen.

«Schneller! Schneller!», befahl sie.

«Wohin gehen wir?», fragte Tom.

«Tom, wie ich dir gerade schon erklärt habe, bist du in der Probezeit», sagte Amber. «Unser Ziel kennen nur die, die es wirklich wissen müssen, und du musst es nicht wissen. Rechtsrum!»

Pflichtbewusst schob Tom den Rollstuhl nach rechts und stand auf einmal in einer Sackgasse.

«STOP!», sagte Amber. «Du bist falsch abgebogen!»

«Ich habe genau das getan, was Sie gesagt haben, Madam», antwortete Tom. «Ich meine … du. Amber.»

«Nein, ‹Madam› ist schon gut», sagte das Mädchen.

«Ich muss einen Augenblick pausieren», gab Tom bekannt und hockte sich auf den Boden. Die anderen beiden Jungs machten es ihm nach. «Bevor wir weitergehen, musst du mir was erklären.»

«Was?», wollte Amber wissen. Sie war nicht erfreut. Ihr war klar, dass sie keinen Millimeter weitergeschoben würde, wenn sie dem Jungen nicht ein paar gute Antworten gegeben hatte.

«Ich verstehe immer noch nicht, warum dieses

Kind vor all den Jahren diese geheime Bande gegründet hat.»

«Normalerweise erfährt man keine Geheimnisse über die Mitternachtsbande, bevor man kein richtiges Mitglied ist», antwortete das Mädchen.

«Bitte sag's ihm, Amber», jammerte George. «Ich kann auch nicht weiterschieben, ich hab Seitenstechen.»

Das Mädchen *schnaubte* über die jämmerlichen Jungen. Dann sagte sie: «Der Legende nach hat dieses Kind jahrelang im **LORD FUNT KRANKENHAUS** gelegen.»

«Warum?», fragte Tom.

«Vermutlich, weil mit ihm etwas wirklich nicht in Ordnung war», antwortete Amber. «Etwas Schlimmeres als ‹Seitenstechen›!»

Sie warf George einen kühlen Blick zu, bevor sie weitersprach. «Das Kind langweilte sich. Kranksein ist langweilig. Immer im Krankenhaus sein, ist langweilig. Es wünschte sich etwas Aufregung. Und darum hatte es eines Nachts, um Mitternacht, diese großartige Idee, eine geheime Bande zu gründen, mit allen Kindern auf der Station.»

«Aber was tat diese geheime Bande?», fragte Tom.

«Dazu komme ich gleich», antwortete Amber, «wenn du mich einmal ausreden lassen könntest.»

Im dunklen Keller konnte Tom gerade noch sehen, wie George die Augen verdrehte. Amber war ganz offensichtlich ein richtiger Dickkopf. Und bestimmt hatte sie Robin und George schon oft zurechtgewiesen, seit sie im Krankenhaus waren.

«Dieser eine Patient dachte, warum sollen alle Kinder draußen den ganzen Spaß haben, wenn die anderen Kinder noch nicht mal das Krankenhaus verlassen durften? Wieso sollten nicht alle Kinder auf der Station zusammen daran arbeiten, sich ihre Träume zu erfüllen? Und zwar jede Nacht um Mitternacht?»

«Warum gerade um Mitternacht?»

«Weil die Erwachsenen natürlich etwas dagegen haben würden. Sie würden die Bande mit allen Mitteln aufhalten, wenn sie davon erführen. Also durfte die Bande erst in Aktion treten, wenn alle Erwachsenen eingeschlafen waren. Mit der Zeit, wenn die Kinder wieder gesund waren und die Station wieder verließen, kamen neue Kinder dazu. Und wenn die Mitglieder der Mitternachtsbande glaubten, dass man einem neuen Patienten vertrauen konnte – *wirklich* vertrauen –, wenn sie hundertprozentig sicher waren, dass er den Ärzten oder Schwestern oder Eltern oder Lehrern oder auch nur seinen Freunden außerhalb des Krankenhauses nichts davon erzählen würde, dann und *nur dann* durfte er bei der Bande mitmachen.»

«Glaubst du, sie hätten mir erlaubt mitzumachen?», fragte Tom.

«Vermutlich nicht», antwortete Amber prompt.

«Warum nicht?», fragte Tom gekränkt.

«Um ehrlich zu sein, scheinst du ein ziemliches Weichei zu sein.»

«EIN WEICHEI?!»

«JA! EIN WEICHEI. Dieser ganze Zirkus, bloß

weil dir ein Tennisball gegen den Kopf geflogen ist!»

«Es war ein Cricketball!», protestierte Tom.

«Ist doch dasselbe», meinte George.

«Nein, ist es nicht!», rief Tom. «Ein Cricketball ist viel, viel schwerer!»

«Ja, ja, natürlich!», antwortete Amber sarkastisch. «Ich glaube, er ist derartig schwer, dass ein Weichei wie du ihn nicht mal aufheben könnte.»

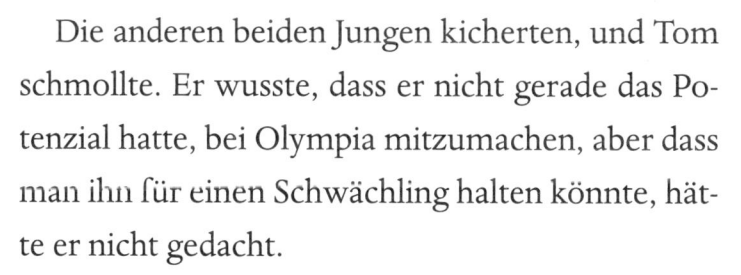

Die anderen beiden Jungen kicherten, und Tom schmollte. Er wusste, dass er nicht gerade das Potenzial hatte, bei Olympia mitzumachen, aber dass man ihn für einen Schwächling halten könnte, hätte er nicht gedacht.

«Komm schon, Tom, jetzt schmoll nicht», sagte Amber.

«Ich glaube, die Mitternachtsbande ist vor allem eine Idee», überlegte Robin. «Eine, die von einem Kind zum anderen weitergegeben wird.»

«So wie Läuse?», fragte George nicht besonders hilfreich.

«Ja, genau wie Läuse, George!», rief Robin. «Du

bist eine richtige Leuchte. Die Mitternachtsbande ist ganz genauso wie Läuse, bloß ohne juckende Köpfe, Spezialshampoo, Läusekämme und natürlich ohne die Läuse selbst.»

«Schon gut, schon gut!», antwortete George. «Kann ja nicht jeder das Eiweiß mit Löffeln gefressen haben. Die Weisheit, meine ich!»

«Wenn die Mitternachtsbande nicht weitergegeben wird, dann wird sie eines Tages aussterben», fuhr Amber fort. «Wir müssen immer daran denken, selbst ich als Anführerin, dass man allein gar nichts ausrichten kann.»

«Besonders wenn man jemanden braucht, der einem den Rollstuhl schiebt», bemerkte Robin.

«Die Mitternachtsbande kann nur erfolgreich sein, wenn alle Mitglieder zusammenarbeiten», sagte Amber.

«Aber um was zu tun?», fragte Tom.

«Jetzt kommt der beste Teil», flüsterte Amber: «Um jedem Kind seinen größten Traum zu erfüllen!»

KAPITEL 13
GÄHN

Und je größer der Traum, desto besser!», sagte George.

«Jetzt rede ich!», sagte Amber zu George.

«'tschuldigung», antwortete George.

«Das heißt, 'tschuldigung, *Madam*», spottete Robin.

«Also denk am besten schon mal drüber nach, welchen Traum du hast, Tom», sagte Amber. «Was du schon immer gern tun wolltest. Weißt du einen Traum?»

«Na ja, ich wünschte, das Essen im Internat wäre besser.»

«LANGWEILIG!», sagte Robin.

«Ähm, tja, vielleicht, dass ich in Zukunft nicht mehr Cricket spielen muss ...»

«GÄHN!»

«Also dann, ähm, äh, ich wünschte, ich hätte mittwochs keine Doppelstunde Mathe ...»

«Bitte weckt mich, wenn er fertig ist.»

«Ich weiß nicht! Mir fällt nichts ein.»

«Komm schon, Tom», sagte George. «Dir fällt bestimmt was ein. Denken ist nicht grade meine Stärke, aber selbst ich hab mir was ausgedenkt.»

Doch leider war Toms Hirn wie leergefegt.

«Na, da hatte ich wohl von Anfang an recht!», rief Amber. «Tut mir leid, Tom, aber du passt einfach nicht zur Mitternachtsbande. Deine Probezeit ist vorbei!»

«Nein!», protestierte Tom.

«Doch!», antwortete Amber.

«Gib mir noch eine Chance! Bitte! Mir fällt bestimmt etwas ein!»

«Nein», sagte das Mädchen. «Es ist sinnlos, in der Mitternachtsbande mitzumachen, wenn man keinen Traum hat, der in Erfüllung gehen soll. Lasst uns abstimmen! Ich bin dafür, dass Tom nicht mitmachen darf. Jungs, stimmt ihr mir zu?»

«Ich bin dafür, dass Tom bleibt!», sagte Robin.

«Was?», rief Amber.

«Solange er deinen Rollstuhl schiebt.»

«Ja, wenn Tom den Rollstuhl schiebt, kann er bleiben!», stimmte George zu.

«Ihr zwei seid derartig nervig!», sagte Amber. «Fein, sieht so aus, als könntest du bleiben. Und schieben!»

«JA!», rief Tom.

«Fein! Dann los, steh auf!»

Tom sprang auf die Füße.

«Und jetzt drehst du mich um. Und schiebst. **SCHNELL!**»

Der Junge schob Amber, so schnell er konnte, den Gang entlang.

«*SCHNELLER!*», schrie sie.

KAPITEL 14
TIEFKÜHLRAUM

Die Kinder liefen durch die Kellergänge des LORD FUNT KRANKENHAUSES. Sie kamen am Boiler-Raum vorbei, und Tom spähte hinein, als er Amber im Rollstuhl an der offenen Tür vorbeischob. Drinnen befand sich ein riesiger Wassertank von der Größe eines Schwimmbads. Große Kupferrohre führten durch den Tank, und in ihnen **ratterte** und *zischte* es.

Als Nächstes kamen die Kinder an einem dunklen, feuchten Lagerraum vorbei. Wieder spähte Tom durch die Tür. Darin schien bloß Sperrmüll gelagert zu werden. Eine aufgerissene Matratze lag auf dem Fußboden. Die Bande eilte weiter.

Schließlich kamen sie auf ein Schild zu, auf dem TIEFKÜHLRAUM stand.

«Da sind wir!», erklärte Amber.

Tom trug nichts als sein rosa Rüschennachthemd.

«Das soll wohl ein Witz sein!», rief er.

«Wieso?», antwortete Amber.

«Wir können nicht in den Tiefkühlraum gehen!», protestierte der Junge.

Sie öffneten die Tür. Dahinter befand sich der Tiefkühlraum des Krankenhauses, in dem tonnenweise Krankenhausessen gelagert wurde. «Wir gehen nicht in den Tiefkühlraum», sagte Amber. «Wir gehen zum Nordpol!»

«Zum Nordpol?», wiederholte Tom. Er schaute zu Robin und George hinüber, doch sie antworteten nicht. «Was meinst du damit, ‹wir gehen zum Nordpol›?»

«Ich habe schon immer davon geträumt, das erste Mädchen

zu sein, das den Nordpol erreicht», erklärte Amber. «Sobald ich aus dem Krankenhaus komme, werde ich eine weltberühmte Entdeckerin. Ich werde auch das erste Mädchen am Südpol sein. Ich will ganz allein die Welt umsegeln. Ich will die höchsten Berge erklimmen und auf den Grund des Meeres tauchen. Ich will die wildesten Abenteuer erleben!»

Tom lauschte schweigend und wünschte, er hätte ebensolche großen Träume. Er war bisher immer eher still und schüchtern gewesen. Tom wollte niemals auffallen. Und jetzt, wo er seinen größten Traum erzählen sollte, musste er zu seiner Schande erkennen, dass er keinen einzigen hatte. Er fragte: «Hast du dir bei einem solchen Abenteuer deine Arme und Beine gebrochen?»

George sah Tom an, als wollte er sagen: «Frag lieber nicht nach.» Was Amber betraf, so schien die Frage sie ziemlich zu ärgern.

«Wenn du es unbedingt wissen musst», begann sie, «es war ein Bergsteigerunfall.»

«Na ja, das stimmt ja nicht so ganz, oder?», sagte Robin.

Das Mädchen sah ziemlich verlegen aus. «Na ja, gut, es war beim Bergesteige-Training.» Das klang in Toms Ohren immer noch eindrucksvoll.

«Ich würde das nicht gerade Bergesteige-Training nennen», sagte Robin.

«Wie würdest du es denn nennen, du Schlaumeier?», fauchte Amber.

«Ich würde es Vom-Hochbett-Fallen nennen», antwortete Robin trocken.

Tom versuchte, nicht zu lachen, aber er konnte es einfach nicht unterdrücken. Es platzte einfach aus ihm heraus. «Ha! Ha! Ha!»

«Ha! Ha! Ha!», lachte George.

Und selbst Robin lachte: «Ha! Ha! Ha!»

«RUHE! Alle miteinander!», schrie Amber.

Doch als sie merkten, wie wütend Amber wurde, mussten die Jungs nur noch mehr lachen.

«Ich warte», sagte sie und klang dabei wie eine Lehrerin.

Schließlich ebbte das Gelächter ab, und Amber sagte: «Also los jetzt, ihr dummen Jungen. Wir werden die ersten Kinder sein, die den Nordpol erreichen!»

George bat Tom, ihm zu helfen, und gemeinsam öffneten die beiden die riesige Metalltür zum Tiefkühlraum.

Eine Böe aus eiskalter Luft wehte den vier Kindern ins Gesicht.

Als die kalte Luft auf die warme Luft traf, bildete sich weißer Nebel. Zuerst verdeckte er allen die Sicht, doch dann verzog er sich langsam, und schließlich bot sich den Kindern ein *phantastischer Anblick*.

KAPITEL 15
DER NORDPOL

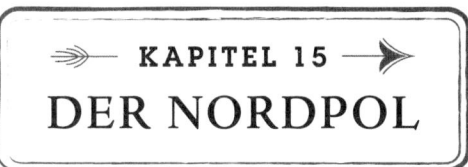

Beim Anblick des Nordpols leuchteten die Gesichter der Kinder auf.

Es war nicht der richtige Nordpol, aber es war eine beeindruckende Nachahmung davon. Der Boden des Tiefkühlraums war mit mehreren Zentimetern Schnee bedeckt. Er musste von der Frostschicht stammen, die auf all den vielen Fischstäbchenpackungen und Tüten mit gefrorenen Erbsen lag. Es gab Schneewehen und Eishöhlen und sogar ein Iglu. Ein Ventilator an der Decke wirbelte den Frost herum, und das sah aus, als würde es schneien. Der Schnee funkelte im Neonlicht des Ganges wie Diamantenstaub.

«**Wow!**», machte Tom.

«Das ist wunderschön», sagte Amber.

Die ganze Zeit über hatte sie so streng gewirkt,

doch nun sah Tom, dass Amber Tränen in den Augen hatte.

«Bitte erzählt mir, was ihr seht», sagte Robin.

Bei alldem Staunen hatten die Kinder ganz vergessen, dass Robin nach seiner Augenoperation noch nichts sehen konnte. Er musste die Augenbinde noch wochenlang tragen.

«Es ist perfekt», antwortete Amber.

«Wie genau?», fragte Robin.

«Robin, hier liegt überall Schnee», sagte Tom. «Er fällt vom Himmel.»

«Ich kann ihn auf meinem Gesicht spüren.»

«Und es gibt eine Schneewehe und sogar ein Iglu», sagte Tom. «Ich kann es nicht glauben: Schau dir das an, Amber!»

Hinter dem Iglu lehnte die britische Flagge. Sie war an einer Holzstange befestigt, die so aussah, als hätte man sie von einem Gebäude abgebrochen.

Möglicherweise hatte man sie sogar von *diesem* Gebäude hier abgebrochen, vom **LORD FUNT KRANKENHAUS**.

«Die steht da, damit du sie in den Schnee stecken kannst!», sagte George. «So wie die Abenteurer das immer machen. Um jedem zu beweisen, dass du wirklich hier warst!»

«Was soll sie in den Schnee stecken?», wollte Robin wissen.

«Eine Fahne», antwortete Tom. «Tut mir leid, das hätte ich dir sagen sollen.»

«Gebt sie mir!», befahl Amber.

Tom legte ihr die Fahnenstange vorsichtig in die Hand. Amber versuchte, sie in den Schnee zu schieben, doch da ihre Arme im Gips steckten, gelang es ihr nicht.

«Ich schaffe es nicht!», sagte Amber frustriert.

«Ich helfe dir», sagte Tom.

«NEIN!», fauchte sie. «Vergessen wir's einfach. Das ist doch albern!»

«Das ist gar nicht albern», sagte Tom. «Ich dachte, bei der Mitternachtsbande geht es darum, dass die Kinder zusammenarbeiten.»

«Stimmt», grummelte Amber.

«Dann lass mich dir doch helfen. Oder wir helfen dir alle. Wir können es alle zusammen tun.»

«Gute Idee», sagte George. Er führte Robins Hände zur Fahnenstange, und zusammen steckten sie das Ende in den tiefen Schnee mitten im Tiefkühlraum.

«Hiermit erkläre ich, Amber Florence Harriet Latty, mich zum ersten Mädchen, das den Nordpol erreicht hat!»

«Hurra!», jubelten die Jungen.

«Danke, danke», begann Amber mit getragener

Stimme. «Ich möchte mich gern bei ein paar Menschen bedanken.»

«Oje, jetzt geht's los», meinte George.

«Das kann eine Weile dauern», flüsterte Robin Tom zu. «Amber hält gern Reden.»

«Der größte Dank geht an mich selbst, ohne die all das nicht möglich gewesen wäre.»

«Wie bescheiden!», bemerkte Robin.

«Doch ich möchte auch die Gelegenheit nutzen, meinen alten und neuen Freunden aus der Mitternachtsbande zu danken.»

Es war vielleicht nicht der *echte* Nordpol, aber der Stolz in Ambers Gesicht war absolut echt.

Tom schaute sich in dieser Mini-Eiswüste um. Als der Nebel sich verzogen hatte, entdeckte er, dass das gesamte tiefgefrorene Krankenhausessen, das hier im Tiefkühlraum gelagert wurde, an einer Wand gestapelt und unter Eis versteckt worden war. Die Frage war: Wer hatte all das getan?

In diesem Moment huschte ein Schatten durch den Gang. Jemand oder etwas war eben an der Tür vorbeigegangen.

«Was war das?», fragte Tom erschrocken.

«Was war was?», wollte George wissen.

«D-d-d-da ist j-j-j-jemand», stotterte er.

«Wo?», fragte Amber.

«Vor der Tür», antwortete Tom.

«Da war nichts», sagte Amber.

«Wenn da nichts war, dann geh doch raus und schau nach», sagte Tom.

Eine Weile herrschte Stille.

«Na, ich kann wohl schlecht in meinem Rollstuhl rausgehen und nachsehen, oder?», antwortete Amber.

«Ich könnte gehen, aber das Nachsehen fände ich schwierig», meinte Robin.

Alle Augen richteten sich auf George. «Ich würde ja gern gehen, aber erst muss ich diese Packung Eiscreme aufessen», sagte George. Sein ganzes Gesicht war mit Schokoladeneis verschmiert, und er schob die Hand in die Packung, um sich noch mehr herauszuschaufeln.

Jetzt richteten sich alle Blicke auf Tom.

«Ich kann nicht!», rief er.

«Und warum nicht?», fragte Amber.

Tom schaute hinab auf sein rosa Rüschenhemd.

«In diesem Aufzug?»

«Das ist ja wohl keine Ausrede!», antwortete Amber. «Mädchen tragen schließlich auch Nachthemden. Also lasst uns abstimmen: Alle, die finden, dass Tom nachsehen muss, heben die Hand.»

Logischerweise hoben die anderen beiden Jungen ihre Hände.

«Und meine wäre auch oben, wenn ich sie heben könnte. Das ist also geklärt», sagte Amber mit wichtiger Miene. «Dann ab mit dir, Tom.»

«*Aber* ...», protestierte er.

«Willst du jetzt ein richtiges Mitglied in der Mitternachtsbande werden oder nicht?», fragte sie, auch wenn sie die Antwort schon kannte.

«*Ja, a-a-aber* ...»

«Dann raus mit dir!», befahl sie. «Und zwar jetzt!»

Das Eis auf dem Boden wurde allmählich glitschig, und Tom fiel beinahe hin. Langsam erreichte er die Tür des Tiefkühlraums. Er spähte nach links. Nichts zu sehen. Dann spähte er nach rechts. Aus den Schatten näherte sich etwas – es war eindeutig die Figur eines ... eines Eisbären.

«**Grrrr!**», machte er.

«Aaaaaahhhhhh!»,

schrie Tom.

KAPITEL 16
DER EISBÄR

Es war kein echter Eisbär. Es war ein Mann in einem Eisbär-Kostüm. Und es war auch nicht das allerbeste Eisbär-Kostüm. Es bestand aus Wattestreifen, die offenbar aus dem Krankenhaus entwendet worden waren. Man hatte zwei Löcher für die Augen gelassen, die Ohren bestanden aus Schwämmen, und die Nase war das Bruststück eines Stethoskops. Die Krallen waren aus Gardinenhaken und die Reißzähne nichts weiter als zusammengefaltete Stücke weißer Pappe aus einer Pillenpackung.

Als er den «Eisbär» von nahem sah, hatte Tom keine solche Angst mehr. Er wusste, dass ein Mensch in dem Kostüm stecken musste.

Dann nahm der Mensch den Eisbärenkopf ab.

Es war der Krankenpfleger.

Mann im Eisbär-Kostüm

Augen: Zwei Löcher

Ohren: Schwämme

Nase: Bruststück vom Stethoskop

Fell: Krankenhaus-Watte

Reißzähne: Pappstücke von einer Pillenpackung

Krallen: Gardinenhaken

Als er das schiefe Gesicht des Pflegers erblickte, schrie Tom wieder: **«Aaaaahhhh!»**

«Hallo, Kinder!», sagte der Pfleger fröhlich. «Tut mir leid, dass ich so spät komme.»

Tom bekam vor Schreck kaum noch Luft. «W-w-was …?», keuchte er.

«Beruhige dich, junger Herr», sagte der Mann. «Ich bin es nur, der Pfleger.»

«Sie stecken also hinter alldem hier?»

«Ja! Ich habe Wochen gebraucht, um die Eiswüste aus dem Frost im Tiefkühlraum zu bauen. Glücklicherweise ist er schon Jahre nicht mehr abgetaut worden, also hatte ich reichlich ‹Schnee›.»

Tom war verwirrt. Er hatte geglaubt, die Mitternachtsbande bestünde nur aus Kindern und müsste vor den Erwachsenen geheim gehalten werden. Wieso hatte also dieser unheimliche Mann etwas damit zu tun?

«Hallo, Pfleger!», sagte Amber, während George und Robin angestrengt ihren Rollstuhl zum Eingang des Kühlraums schoben.

«Guten Abend, Fräulein Amber», antwortete der Mann. «Ich wollte eigentlich als Eisbär hinter dem

Iglu hervorspringen und euch überraschen, aber ich habe die Ohren nicht schnell genug angenäht bekommen.»

Der Mann zeigte Amber den Eisbärenkopf. Eines der schwarzen Schwamm-Ohren baumelte nur an einem einzigen Faden.

«Es ist phantastisch!», rief Amber. «Es ist das Beste, was Sie bisher gemacht haben. Wenn ich könnte, würde ich Sie umarmen.»

Der Pfleger tätschelte ihr sanft mit seinem Wattehandschuh den Kopf. «Das ist nett. Danke, Fräulein Amber. Für deinen Traum von einer Expedition zum Nordpol musste ich eine ganze Weile nachdenken.»

«Als ich ins Krankenhaus kam, um mir die Mandeln rausnehmen zu lassen, hätte ich nie gedacht, dass ich einen Eisbären treffen würde», meinte George.

«Das ist kein echter, George», sagte Robin.

«Ja, das hab ich schon gemerkt», sagte George. «Gleich nachdem er den Kopf abgenommen hat.»

«O Mann», stöhnte Robin.

«Aber Pfleger, warum tun Sie das alles?», wollte Tom wissen.

«Ich? Nun, ich habe der Mitternachtsbande schon von Anfang an gern geholfen», antwortete der Mann mit funkelnden Augen. «Ich muss bloß aufpassen, dass die Oberschwester es nicht herausfindet, sonst werde ich sofort gefeuert.»

«Also, warum tun Sie es dann?»

«Nun, ich finde, das Risiko ist es wert. Ich glaube, wenn die Patienten in diesem Krankenhaus glücklich sind, dann werden sie auch schneller gesund.»

Das macht Sinn, dachte Tom, bevor er fragte: «Aber was, wenn sie nicht gesund werden?»

«Selbst wenn die Patienten nicht gesund werden, *fühlen* sie sich doch besser. Und das ist doch schon mal etwas.»

«Absolut», stimmte Robin zu.

«Ich bin nur ein niedriger Pfleger, der Niedrigste der Niedrigen ...», nuschelte der Mann.

«Sie sind gar nicht der Niedrigste der Niedrigen!», unterbrach ihn Amber.

«Das ist nett von dir», sagte er.

«Es gibt immer noch den Kloputzer», fügte George nicht gerade hilfreich hinzu.

«Na, jetzt fühlt er sich bestimmt gleich viel besser», meinte Robin.

«Kloputzen ist eine wichtige, wenn auch geruchsintensive Arbeit, junger Herr. Ich hatte nie die Möglichkeit, zur Universität zu gehen und Medizin zu studieren. Ich wäre nämlich wirklich gern Arzt geworden. Ich habe einen Großteil meiner Jugend in einem Krankenhaus verbracht, das diesem hier sehr ähnlich war. Und man hat versucht, mir hier etwas zu richten und dort etwas zu entfernen», sagte er und deutete auf sein verzogenes Gesicht. «Nichts hat etwas genützt. Und ich verpasste eine ordentliche Schulausbildung. Ich wäre zu gern zur Schule gegangen, aber man sagte mir, ich solle besser im Krankenhaus bleiben, um die anderen Kinder nicht zu erschrecken.»

Plötzlich überfiel Tom heiße Scham. Jedes Mal, wenn er dem Pfleger begegnet war, hatte er geschrien.

«Ich bin jetzt seit zwei Monaten wegen dieser blöden gebrochenen Arme und Beine im Krankenhaus», sagte Amber. «Und so viele Kinder sind in dieser Zeit auf Station gewesen. So viele Träume sind wahr geworden. Und keiner von uns hätte das ohne Sie geschafft.»

Der Pfleger sah ein wenig beschämt aus. «Nun, danke, Fräulein Amber. Ich muss zugeben, es waren ein paar nette Sachen dabei, nicht wahr?»

«Erzählt sie mir, erzählt sie mir!», bat Tom.

KAPITEL 17
GESCHICHTEN GESCHICHTEN

Die Mitternachtsbande ist in einer Nacht Rennen gefahren!», begann Amber.

«In Rollstühlen!», fuhr der Pfleger fort. «Ein junger Mann namens Henry konnte nicht laufen. Er war schon so auf die Welt gekommen. Doch der junge Henry wollte so gern Rennfahrer werden. Also baute ich seinen elektrischen Rollstuhl ein bisschen um, bis er superschnell fahren konnte. 70 Meilen in der Stunde! Wenn er an einem vorbei*zischte*, sah man bloß noch seinen Schatten. Und dann wollten die anderen Kinder auf Station natürlich auch alle fahren!»

«Total unfair!», sagte George. «Henry hatte es gut!»

«Er hatte es gut?», wiederholte Robin. «Er konnte nicht gehen!»

«Okay, das war vielleicht nicht so toll.»

«Darum holte ich ein paar alte, verrostete Rollstühle, die hier unten vor sich hinrotteten», nuschelte der Pfleger. «Ich stattete sie mit Motoren aus, die ich mir von den Rasenmähern aus dem Gärtnerschuppen borgte. Alle Kinder bekamen eine Nummer, die hinten auf ihrem Schlafanzug befestigt wurde. Ich wedelte mit einem Geschirrhandtuch als Startflagge, und los ging's!»

«Wir rasten die ganze Nacht durch die Krankenhausflure!», rief George. «Ich bin Dritter geworden!»

«Es gab immer nur drei Kinder pro Rennen», bemerkte Amber.

«Ja, aber trotzdem wurde ich Dritter!»
«Ich hatte ungefähr hundert Auffahrunfälle, aber ich fand es trotzdem super», fügte Robin hinzu. «Irgendwie bin ich Zweiter geworden.»

Obwohl die Kinder allmählich vor Kälte im Tiefkühlraum zitterten, konnten sie nicht aufhören, von den Abenteuern der Mitternachtsbande zu erzählen. ‹Schnee› rieselte vom Himmel, während sie ihre phantastischen Geschichten erzählten, die alle wahr waren.

«Dann war da ein kleines Mädchen namens Valerie», sagte Amber. «Sie war gerade mal zehn Jahre alt, aber besessen von Geschichte. Sie wollte unbedingt Archäologin werden, wenn sie groß war. Ihr Traum war, die Schätze aus dem alten Ägypten zu erforschen.»

«Wie habt ihr diesen Traum erfüllt?», fragte Tom.

«Ich habe viele Meter Mullbinden aus der Apotheke gestohlen – ich meine, ‹geborgt›», sagte der Pfleger. «Dann wickelten sich alle Kinder gegenseitig in die Bandagen ein, bis sie aussahen wie ägyptische Mumien. Ich baute eine Pyramide aus leeren

Pappkartons, und alle warteten in ihrem Inneren. Dann musste Valerie den Eingang zur Pyramide finden und wurde die erste Archäologin, die das Grab des Pharaos entdeckte.»

«Auf meinem Weg zurück zur Kinderstation konnte ich nichts sehen, darum verlief ich mich», erzählte Robin. «Ich spazierte auf die falsche Station, und dort erschreckte ich ein paar alte Leute. Sie dachten, eine Mumie wäre lebendig geworden! **Ha ha!**»

«Das klingt alles so aufregend», sagte Tom. «Was für ein wunderbar unheimliches Abenteuer.»

«Zu schade, dass du am letzten Halloween nicht hier gewesen bist, junger Herr Tom», sagte der Pfleger.

«Was ist denn da passiert?», wollte Amber wissen.

«Ja, keiner von uns vieren war damals hier im Krankenhaus», fügte Robin hinzu. «Erzählen Sie!»

«Nun, da war ein junges Mädchen namens Wendy auf Station. Sie sollte operiert werden. Wendy hasste es, dass sie so lange hierbleiben musste, denn sie würde nicht nur Halloween verpassen, wo sie doch so gern verkleidet von Haus zu Haus zog, sondern auch ihre Tanzstunden.»

«Was haben Sie da gemacht?», fragte Tom.

«Ich dachte, warum sollte man nicht beides miteinander verbinden? Also organisierte ich einen Tanzwettbewerb, der um Mitternacht begann.»

«Das klingt aber kein bisschen *unheimlich*», meinte Amber.

«Nun, Fräulein Amber, der Clou daran war, dass alle Kinder mit Skeletten tanzten!»

«Mit echten?», fragte Tom ziemlich entsetzt.

«Nein, natürlich nicht! Mit den Plastikmodellen, die in den Arztzimmern stehen.»

«Gott sei Dank!»

«Und natürlich ließ ich Wendy gewinnen.»

«Wenigstens keins von den Skeletten», sagte Robin. «Das wäre etwas seltsam gewesen.»

«Aber ihr drei wart schon im Krankenhaus, als die Mitternachtsbande surfen gegangen ist» sagte der Pfleger.

«Oh ja, mit diesem Jungen namens Gerald, der

nach einem schrecklichen Autounfall ein Bein verloren hatte», sagte Amber.

«Das ist ja furchtbar», meinte Tom.

«Und furchtbar war auch, als die Oberschwester ihm sagte, dass er nun niemals ein professioneller Surfer werden könne.»

«Diese grässliche Frau!», sagte Robin.

«Doch die Mitternachtsbande wollte das nicht hinnehmen», fuhr das Mädchen fort. «Wir halfen Gerald auf eine der Transportliegen, und dann schossen wir die ganze Nacht mit ihm die Treppen rauf und runter, so als würde er auf der perfekten Welle reiten!»

«Cool!», sagte Tom.

«Und vergessen wir nicht den jungen Mann, der so gern mit der Königin Tee trinken wollte», nuschelte der Pfleger. «Sandy hieß er.»

«Und wie haben Sie das fertiggebracht?», fragte Tom.

«Ich glaube nicht, dass ich der Königin besonders ähnlich sah», sagte Robin. «Ich hatte einen Duschvorhang über den Schultern, und als Krone trug ich auf dem Kopf eine Bettpfanne.»

«Und ich war für die Hunde der Königin verantwortlich!», gab George stolz bekannt.

«Wie hast du das gemacht?», fragte Tom.

«Wir sind nachts durch die Stationen geschlichen und haben die flauschigsten Hausschuhe eingesammelten. Dann haben wir sie mit Draht an einen Stock gebunden, und ich habe sie hin und her geschoben und dabei wie ein Hund gekläfft.»

«Es war unglaublich echt», sagte Robin sarkastisch.

«Sandy hat es total gefallen!», sagte George.

«Ihm hat es aber nicht gefallen, als du ihn mit deinem Stock auf den Kopf gehauen hast.»

«Das war nicht meine Schuld!», protestierte George. «Diese Hunde waren außer Rand und Band!»

«Na klar», meinte Robin.

«Gerade letzte Woche hatten wir einen Jungen auf Station, der furchtbar gern Komiker werden wollte», erzählte Amber.

«Er hieß David, aber er war einfach überhaupt nicht lustig», fügte Robin hinzu. «Er war sogar absolut unlustig. Wenn er einen Witz erzählte, dann verriet er die Pointe noch vor dem Anfang. Er sagte zum Beispiel: ‹Ein Klopfsalat. Was ist grün und klopft an die Tür?›»

«Was?», fragte Tom.

«Oh, es ging noch schlimmer. ‹Tee oder Kaffee? Theo wer? Theo. Wer ist da? Klopf-Klopf!›»

«Das ist ja schrecklich», sagte Tom.

«Und das war noch sein bester: ‹Aufmachen, Polizei!›, sagt er. ‹Wie öffnet ein Polizist eine Konservendose?›»

«Ich kapier es nicht», meinte George.

«Es hätte heißen müssen: ‹Wie öffnet ein Polizist eine Konservendose?› Er sagt: ‹Aufmachen, Polizei!›», sagte Amber.

«Ich kapier's immer noch nicht», meinte George.

«Der liebe Mr. David», sagte der Pfleger. «Er ahnte nicht, wie unlustig er war. Aber der Junge wollte unbedingt alle Menschen zum Lachen bringen.»

«Und was haben Sie dann gemacht?», fragte Tom.

«Ich ‹borgte› mir einen Behälter mit Lachgas», erzählte der Mann.

«Was ist das?», fragte Tom.

«Ärzte benutzen Lachgas gegen Schmerzen. Aber man nennt es so, weil die Leute davon lachen müssen. Also pumpte ich das Gas ohne Davids Wissen in ein Wartezimmer voller werdender Väter, die auf Nachricht von der Geburtsstation warteten. Dann schickte ich den jungen Herrn David hinein. Er erzählte alle seine Rückwärts-Witze, und – Überraschung! – die werdenden Väter lachten über absolut alles, was er sagte!»

«HA! HA! HA! HA! HA! HA! HA! HA! HA! HA! HA! HA! HA! HA! HA! HA! HA! HA! HA! HA! HA! HA! HA! HA! HA! HA! HA! HA! HA! HA! HA! HA! HA! HA! HA! HA! HA! HA! HA! HA! HA! HA! HA! HA! HA! HA! HA! HA! HA! HA! HA! HA! HA! HA! HA! HA! HA! HA! HA! HA! HA! HA! HA! HA!»

«Mein Lieblingsabenteuer war, als die Mitternachtsbande mit Delfinen geschwommen ist!», erinnerte sich George.

«Wo war das?», wollte Tom wissen.

«Das war natürlich im Wassertank des Krankenhauses!», antwortete der Pfleger. «Der ist riesig! So groß wie ein Schwimmbad!»

«Aber was war mit den Delfinen?»

«Ich überlegte erst, ob ich mir einen echten aus dem Aquarium ‹borgen› sollte, aber dann entschied ich mich dagegen. Stattdessen malten wir alle zusammen ein paar aufblasbare Kissen wie Delfine an. Dann nahm ich ein paar Seile und Flaschenzüge und zog sie damit durch das Wasser. Der kleine Patient Mohammed war erst sechs, aber er genoss jede einzelne Minute!»

«Die Safari war auch super», meinte George.

«Ja, die war für die Zwillinge Hugh und Jack», erzählte der Pfleger. «Hugh hatte eine kranke Niere, und Jack wollte ihm eine von seinen Nieren spenden. Sie lagen deswegen beide eine Zeitlang im Krankenhaus. Also bastelte die Mitternachtsbande für dieses Abenteuer Tierkostüme aus den Sachen, die sie im Krankenhaus fanden. Ein Schlauch wurde zum Elefantenrüssel, eine filzige Badematte zur Löwenmähne, eine Beinprothese zum Giraffenhals. Wir ‹borgten› uns ein Elektromobil als Jeep, und dann fuhren die Zwillinge eines Nachts durch das Krankenhaus, und die anderen Kinder sprangen als wilde Tiere verkleidet aus den Ecken.»

«Großartig!», sagte Tom. «Einfach großartig. Sind eure Träume denn auch schon in Erfüllung gegangen, Robin und George?»

⇛ KAPITEL 18 ⟶
TA TA TA TAAAAA

Mein Traum ist erst vor ein paar Nächten in Erfüllung gegangen», antwortete Robin im Keller des Krankenhauses. «Eigentlich hatte ich nicht geglaubt, dass die Mitternachtsbande das schaffen würde. In der Schule habe ich ein Musik-Stipendium bekommen. Ich bekomme immer die besten Noten in Klavier und Geige, eigentlich bei allen möglichen Instrumenten, und später möchte ich mal Komponist werden. Ich will hier gar nicht auf die Pauke hauen, aber tatsächlich kann ich ziemlich gut auf die Pauke hauen. Ich liebe klassische Musik. Vor allem Opernmusik. Darum war es mein größter Traum, einmal der Dirigent eines großen Orchesters zu sein.»

«Das war keine leichte Aufgabe», fügte der Pfleger hinzu. «Ein Orchester kann aus hundert Musikern bestehen. Also musste ich mir Kinder aus mehreren Krankenhäusern von ganz London zusammenborgen.»

«Und worauf haben sie gespielt?», wollte Tom wissen.

«Auf medizinischen Instrumenten!», antwortete Robin. «Und ich war der Dirigent. Ich hatte mir mein Lieblingsstück ausgesucht, Beethovens Fünfte.»

«Wie hat es geklungen?», fragte Tom.

«Grauenvoll! Aber das war gar nicht wichtig!», sagte Robin. «Es ging vielmehr darum, wie es sich angefühlt hat.»

Tom sah das Glück in Robins Gesicht.

«Wie hat es sich denn angefühlt?», fragte er.

«Das ist ziemlich schwer zu beschreiben. Aber als ich das Orchester dirigierte, hatte ich das Gefühl, als würde ich den Himmel berühren!», sagte Robin.

«Wow», machte Tom. Er würde sich wirklich etwas Besonderes überlegen müssen, wenn er bei diesen Träumen mithalten wollte.

«Als Nächstes bin ich dran!», sagte George aufgeregt. «Wenn die Mitternachtsbande das nächste Mal aktiv wird, dann wird mein Traum wahr werden.»

«Nun, du musst noch ein wenig warten, junger Herr George», sagte der Pfleger. «An diesem besonderen Wunsch stecke ich noch fest.»

«Wie lautet denn dein Wunsch?», fragte Tom.

«Er will fliegen», sagte Amber.

«In einem Flugzeug?», fragte Tom.

«Oh, nein, nein, nein! Das wäre viel zu einfach», antwortete Robin. «Unser George hier will fliegen wie ein Superheld. Einfach abheben und *wusch!* Ist es ein Vogel? Ist es ein Flugzeug? Nein, es ist Super-George!»

Tom schaute zu George hinüber. Er war ganz schön dick. Es gab kaum jemanden, der ungeeigneter war, einfach abzuheben. Es schien unmöglich.

Vielleicht war dieser Traum doch zu weit hergeholt, selbst für die mächtige Mitternachtsbande.

Doch der Pfleger gab sich nicht so leicht geschlagen.

«Wir finden schon einen Weg», nuschelte er. «Keine Sorge, junger Herr George, wir finden immer eine Lösung. Man braucht dazu nur ein bisschen Phantasie. So, nun wird es aber spät – oder früh, je nachdem, wie man es nimmt. Ich werde hier aufräumen.» Der Mann deutete auf den Nordpol, den er extra für diese Nacht erschaffen hatte. «Zeit für euch, ins Bett zu gehen.»

Doch den Kindern gefiel es zu gut.

«Neeeeiiiiiin!», protestierten sie.

«DOCH!», antwortete der Pfleger. «Es ist schon lange nach Schlafenszeit.»

Zögerlich schlurften die Kinder aus dem Tiefkühlraum und den Kellergang entlang.

«Und, junger Herr Thomas?», rief der Pfleger noch.

«Ja?», sagte Tom.

«Ich weiß ja nicht, ob dir viel an diesem *rosa Rüschennachthemd* liegt ...»

«Nein, tut es nicht. Kein Stück.»

«Das dachte ich mir schon. Ich weiß nicht, warum die Oberschwester es dir gegeben hat. Sie hat reichlich Schlafanzüge in ihrem Zimmer.»

«Wirklich?» Tom traute seinen Ohren kaum. «Warum hat sie mich dann das hier anziehen lassen?»

«Diese Frau hat ein **finsteres** Herz. Es macht ihr Freude, die Kinder auf ihrer Station zu quälen.»

«Warum?»

«Die Oberschwester ist gern grausam. Vermutlich fühlt sie sich dann mächtig. Darum hat sie dich das Nachthemd anziehen lassen.»

«Ich hasse sie», sagte der Junge durch zusammengebissene Zähne.

«Tu es nicht. Das ist vermutlich genau das, was sie will. Wenn du sie hasst, hat sie gewonnen. Und dein Herz wird sich ebenfalls verfinstern. Ich weiß, es ist schwer, aber lass sie nicht über dich gewinnen.»

«Ich versuche es.»

«Gut», sagte der Pfleger. «Und in der Zwischenzeit suche ich dir ein paar richtige Schlafanzüge raus.»

«Danke ...», antwortete Tom. «Entschuldigen Sie, aber ich weiß gar nicht, wie Sie heißen.»

«Nenn mich einfach ‹Pfleger›. Das tun hier alle.»

Es war seltsam, ihn so zu nennen, aber Tom hatte keine Zeit, mit ihm darüber zu streiten. «Gut, dann vielen Dank, Pfleger.»

«Komm schon, Neuling!», befahl Amber. «Schieb mich!»

Seufzend schob Tom den Rollstuhl wieder an, und die Bande marschierte zu den Fahrstühlen.

«Aufmachen, Polizei!», sagte George. «Ha! Ha! Ha!»

«Was soll das jetzt?», fragte Robin.

«Jetzt habe ich den Witz verstanden!»

«Ich glaube, es geht schneller, wenn man dir die Pointe per Post zuschickt», witzelte Robin.

«Nein, das würde zu lange dauern», antwortete George mit vollem Ernst.

KAPITEL 19
FIESE GESCHÄFTE

Niemand wagte zu sprechen, während der Fahrstuhl in den vierundvierzigsten Stock des Krankenhauses hinaufstieg. Amber, George, Robin und Tom, das neueste Mitglied der Mitternachtsbande, wussten alle, dass sie in schlimmen Schwierigkeiten stecken würden, wenn man herausfand, dass sie mitten in der Nacht nicht in ihren Betten lagen. Gespannt verfolgten die vier Kinder den Wechsel der Stockwerk-Anzeigen – «**K**» für Keller wurde zu

E, 1, 2, 3 ...

Mittlerweile war es schon früh am Morgen.

4, 5, 6 ...

Im **LORD FUNT KRANKENHAUS** war es still.

7, 8, 9 ...

Die erwachsenen Patienten schliefen alle fest.

10, 11, 12 …

Nur ein paar Ärzte und Schwestern wachten in der Nacht über ihre Patienten.

13, 14, 15 …

PING!

Die Kinder starrten sich erschrocken an. Der Fahrstuhl hatte angehalten, und es war nicht die Kinderstation.

«O nein! Jetzt sind wir geliefert!», sagte George.

«Pssssst!», zischte Amber.

Zu seinem Pech stand Tom direkt neben den Fahrstuhltüren, die sich langsam öffneten.

«Sag was, Tom!», flüsterte Amber.

«Ich?», protestierte der Junge.

«Ja, du!», wiederholte sie.

Die Fahrstuhltüren glitten auf, und davor stand die Putzfrau des Krankenhauses. Auf ihrem Namensschild stand DILLY.

Dilly hielt ihren dreckigen alten Schrubber und den Eimer in der Hand, und eine brennende Zigarette hing von ihren Lippen. Als sie die Kinder sah, riss sie vor Schreck den Mund auf, und eine Schlange aus Asche rieselte von der Zigarette zu Boden.

Dilly starrte die Kinder misstrauisch an. Vorn stand ein Junge in einem rosa Rüschennachthemd, und hinter ihm befanden sich drei Kinder, die ebenfalls Nachtwäsche trugen.

«Wieso seid ihr nicht in euren Betten?», fragte die Putzfrau. Dillys Stimme war tief und knarzig – bestimmt, weil sie schon seit Ewigkeiten rauchte. Die Zigarette in ihrem Mund hüpfte beim Sprechen auf und ab.

«Das ist wirklich eine sehr gute Frage, Madam!», antwortete Tom, um Zeit zu schinden.

«Tatsächlich bekamen wir vom Krankenhausdirektor persönlich, also von Sir Quentin Stimmers ...»

«Strillers!», zischte Amber.

«... von ihm persönlich den Auftrag, die Sauberkeit im Krankenhaus zu kontrollieren.»

«Hä?», fragte Dilly.

«Ja, genau», übernahm Robin. «Wir haben das ganze Gebäude von oben bis unten untersucht.»

PING!

Erleichtert sahen die Kinder, wie die Türen wieder zuglitten. Doch die Putzfrau schob gerade noch rechtzeitig ihren Fuß dazwischen, und die Türen gingen wieder auf.

«Wieso soll Sir Quentin ein paar Gören mit so was beauftragen?», wollte Dilly wissen.

Einen Augenblick fiel der Mitternachtsbande keine Antwort ein.

Alle Blicke richteten sich auf Robin, der als das schlaueste Mitglied der Bande galt.

«Der Direktor wollte, dass Kinder die Sauberkeit des Krankenhauses kontrollieren, *weil*», fing er an, «wie Sie vielleicht schon gemerkt haben, Kinder ja kleiner sind als Erwachsene und darum näher dran am Fußboden. Darum können wir Staub und Schmutz schneller erkennen», sagte er.

Die anderen drei Kinder sahen mächtig beeindruckt aus.

«Aber du hast 'ne Binde über den Augen! Du kannst gar nix sehen!», meinte die Putzfrau.

Da hatte sie auch wieder recht.

«Darum bin ich ja dabei», sagte Tom. «Ich bin sozusagen die Augen der Gruppe. Und ich muss sagen, dieser Fußboden ist eine Schande!»

Dilly gehörte zu der seltenen Sorte von Putzfrauen, bei der alles nach dem Putzen schlimmer aussah als vorher. Gerade hatte sie den Fußboden mit dreckschwarzem Wasser geputzt. Und nun war dort, wo sie mit dem Schrubber gewischt hatte, ein schmutziger Schmierfilm auf dem Boden zu sehen.

«Den hab ich gerade gewischt!», protestierte Dilly.

«Nun, es tut mir leid, aber das müssen Sie noch mal machen», sagte Tom.

PING!

Die Fahrstuhltüren schlossen sich wieder.

Doch wieder gab es kein Entkommen.

Der Fuß der Putzfrau stand fest zwischen den Türen des Fahrstuhls.

«Und ich bin die Nase der Gruppe», fügte Amber hinzu. «Und ich muss leider sagen, dass es im siebten Stock eine Toilette gibt, die dringend geputzt werden muss.»

«Ich hab die Klos da gerade geputzt!», beschwerte sich Dilly.

«Na, dann haben Sie da wohl etwas übersehen», meinte Amber.

«Oder jemand war eben gerade drauf und hat ein richtig fieses Geschäft hinterlassen», fügte Robin.

«Ja, denn ich kann es sogar von hier aus riechen», stimmte Amber zu und rümpfte die Nase vor dem angeblichen Gestank.

«Ich riech nix», bemerkte George.

Tom boxte ihn, damit er still war.

«Also, würden Sie jetzt bitte Ihren Fuß aus dem Fahrstuhl nehmen», begann Tom, «denn unser Krankenhaus-Inspektions-Komitee-Gruppen-Dings muss jetzt weiter. Wir möchten Sie ja nicht bei Sir Quentin Strillers melden müssen, oder?»

Die Mitglieder der Bande schüttelten die Köpfe und murmelten vor sich hin.

«Also, wenn ich Sie wäre, dann würde ich diese Toilette im siebten Stock ruck, zuck putzen», meinte Amber

«Ja, ja, klar», sagte die Frau und zog ihren Fuß fort. Wieder regnete Asche auf den Boden.

«Und noch eine Sache, Dilly», sagte Robin.

«Ja?»

«Sie sollten aufhören zu rauchen. Im Krankenhaus geht das Gerücht um, dass Rauchen ungesund ist. Der nächste Fahrstuhl fährt nach unten. Vielen Dank!», lauteten die Abschiedsworte des Jungen.

PING!

KAPITEL 20
DER SCHWUR

Endlich schlossen sich die Fahrstuhltüren, und die vier Kinder atmeten erleichtert auf. Der Fahrstuhl rumpelte hinauf zur Kinderstation. Sobald sie sicher waren, dass die Putzfrau sie nicht hören konnte, brachen sie in lautes Gelächter aus.

«HA! HA! HA!»

«Gut gemacht, Tom», sagte Amber. «Du hast uns wirklich aus der Klemme geholfen. Wenn ich könnte, würde ich dir jetzt auf die Schulter klopfen.» Mit den Augen deutete sie auf ihre Gipsarme.

«Und ich würde dir auf die Schultern klopfen, wenn ich wüsste, wo du stehst», meinte Robin und grinste unter seiner Augenbinde.

«Dann mache ich das für euch!», sagte George und klopfte Tom viermal auf die Schulter. «Von jedem von uns einmal.»

«Wir sind aber drei!», korrigierte Amber.
«Na ja, Mathe war noch nie meine Stärke», antwortete George.
«Heißt das, ich bin jetzt ein richtiges Mitglied der Mitternachtsbande?», fragte Tom hoffnungsvoll. «Nach den Abenteuern von heute Nacht ist die Probezeit doch bestimmt vorbei, oder?»
Im Fahrstuhl breitete sich Schweigen aus.
«Bitte gib uns einen Moment zur Beratung», sagte Amber.

Die anderen drei drängten sich in einer Ecke des Fahrstuhls zusammen und flüsterten miteinander, während Tom sich fühlte wie das fünfte Rad am Wagen.

«Nach einer eingehenden Besprechung der Mitternachtsbande», begann Amber schließlich, «hat der Vorstand beschlossen ...»

«Du darfst!», rief George.

Amber sah George wütend an, weil er ihr den Auftritt vermasselt hatte. «Ich wollte ihn doch zappeln lassen!», protestierte sie.

«DANKE!», sagte Tom. Er hätte am liebsten getanzt. In seinem Internat fühlte Tom sich immer wie ein Außenseiter. Er gehörte nicht zur Rugby-Gang oder zu den coolen Kindern – noch nicht mal zu den doofen Kindern. Und jetzt war er Mitglied in der aufregendsten Bande der Welt: der Mitternachtsbande. «Ich bin ja so froh!»

«Der Mitgliedsbeitrag beläuft sich auf eintausend Pfund im Jahr, die bar an mich gezahlt werden müssen», fügte Robin hinzu.

Tom sah einen Augenblick verwirrt drein, doch dann erkannte er an Robins Grinsen, dass er ihn bloß auf den Arm nahm.

«Das hab ich gar nicht bezahlt», sagte George besorgt, der den Witz offenbar nicht verstanden hatte.

«Du kannst mir das Geld ja morgen früh geben», meinte Robin.

«Aber ich hab keine tausend Pfund!», protestierte George.

«Das ist ein Witz, du Dussel!», sagte Amber. «Aber du musst einen Eid schwören, Tom.»

«Einen feierlichen Eid», fügte Robin hinzu. «Dass du der Mitternachtsbande treu sein wirst.»

«Wiederhole, was ich sage», sagte Amber. «Hiermit schwöre ich feierlich ...»

«Hiermit schwöre ich feierlich», sagte George.

«Du doch nicht, George», sagte Amber. «Du bist doch schon Mitglied.»

«Ach ja», sagte George.

«Hiermit schwöre ich feierlich ...», sprach Tom nach.

«Dass ich die Wünsche meiner Brüder und Schwestern der Mitternachtsbande immer über meine eigenen stelle ...», fuhr Amber fort.

«Dass ich die Wünsche meiner Brüder und

Schwestern der Mitternachtsbande immer über meine eigenen stelle ...»

«Und die Geheimnisse der Mitternachtsbande für alle Zeiten bewahre.»

«Und die Geheimnisse der Mitternachtsbande für alle Zeiten bewahre.»

PING!

Die Fahrstuhltüren öffneten sich im vierundvierzigsten Stock.

«Herzlichen Glückwunsch, Tom!», sagte Amber. «Jetzt bist du ein offizielles Mitglied der MITTERNACHTSBANDE.»

KAPITEL 21
EINE STIMME IN DER DUNKELHEIT

Sobald die Fahrstuhltüren sich im obersten Stock des Krankenhauses öffneten, verstummten die vier Kinder. Sie wussten, dass sie auf ihrem Weg zurück in die Kinderstation mucksmäuschenstill sein mussten. Die Oberschwester würde bald aufwachen. Falls sie nicht schon längst aufgewacht war.

In der Stille der Nacht klang jedes winzige Geräusch ohrenbetäubend laut.

Das **Knarren** der großen Doppeltüren, die zur Station führten.

Das **Platschen** von Toms nackten Füßen auf dem glänzenden Boden.

Das **Quietschen** von Robins Ledersohlen bei jedem Schritt.

Das **Knartschen** vom platten Reifen des Rollstuhls.

Toms **schweres** Atmen, weil er Amber schieben musste.

Georges **Summen**, weil er ein lustiges Liedchen vor sich hinsang.

«*Pssssst!*», zischte Amber. «Wir müssen leise sein.»

«'tschuldigung!»

Es war stockdunkel auf der Kinderstation. Das einzige Licht strömte aus dem Zimmer der Oberschwester und von Big Bens Zifferblatt, das durchs Fenster hereindrang.

Erleichtert stellte die Mitternachtsbande fest, dass die Oberschwester immer noch in ihrem Zimmer schlief und dabei laut schnarchte.

«*ZZZzz, ZZZzz, ZZZzz, ZZZzz* ...»

Ihr Kopf lag auf dem Tisch. Tom sah, dass ihre Lippen nach wie vor mit Schokolade verschmiert waren. Außerdem hatte sich eine kleine braune Schokoladenpfütze aus Sabber auf der Tischfläche gesammelt. Tom musste über ihren würdelosen Anblick grinsen. Dann schlich er auf Zehenspitzen zurück zu seinem Bett.

«Los, Jungs! Helft mir erst mal!», befahl Amber. Sie erklärte den Jungen, wie sie sie aus dem Rollstuhl heben mussten, um sie dann in ihr Bett zu befördern.

Doch als Amber in der Luft schwebte, drang eine Stimme durch die Dunkelheit: «Wo seid ihr denn diesmal gewesen?»

Erschrocken ließen die Jungen Amber fallen.

«AAUUU!», heulte das Mädchen auf.

KAPITEL 22
ANGEROTZT

Ich habe gefragt: ‹Wo seid ihr diesmal gewesen?›»

Es war Sally.

Das kleine, blasse und kahlköpfige Mädchen lag in ihrem Bett am anderen Ende der Kinderstation. Wie immer hatte sie zurückbleiben müssen, während die anderen Kinder Abenteuer erlebten.

«Nirgendwo!», antwortete Amber barsch. Sie hatte immer noch Schmerzen, weil die Jungen sie hatten fallen lassen, auch wenn sie mittlerweile in ihrem Bett lag.

«Ihr könnt nicht *nirgendwo* gewesen sein», sagte Sally. «Ihr müsst *irgendwo* gewesen sein.»

«Schlaf weiter!», zischte Amber.

«Nein!», antwortete Sally. «Tom hat mir versprochen, mir alles über die Abenteuer von heute Nacht zu erzählen. Stimmt's, Tom?»

Alle Kinder drehten sich zu Tom um, der schnell unter seine Bettdecke kroch.

«Na ja ...», sagte er. Innerlich wand er sich. Bestimmt würden die anderen drei niemals wollen, dass die Geheimnisse der Mitternachtsbande jemandem erzählt wurden, der kein Mitglied war. Tom zögerte. Er fühlte sich hin- und hergerissen. Immerhin hatte er gerade der Mitternachtsbande seine ewige Treue geschworen – aber Sally tat ihm leid, weil sie jede Nacht allein auf der Station bleiben musste. Er glaubte jedoch, dass er keine andere Wahl hätte.

«Ich habe gar nichts versprochen», antwortete er. Sofort schämte er sich, weil er gelogen hatte.

«Hast du doch!» Sallys Stimme klang brüchig. Das kleine Mädchen regte sich langsam richtig auf. «Vorhin um kurz nach Mitternacht habe ich Tom gebeten, dass er mich mitnimmt. Er hat nein gesagt, aber mir versprochen, dass er mir nachher alles erzählt.»

«Hast du das, Tom?», fragte George.

Tom zögerte, doch dann antwortete er: «Nein.»

«HAST DU WOHL!», protestierte Sally.

«HAB ICH NICHT!»

«HAST DU WOHL! HAST DU WOHL!»

«Bitte, sei doch leise!», bat Amber.

«NEIN, BIN ICH NICHT!», antwortete Sally. Für ein so zartes Mädchen hatte sie eine ganz schön laute Stimme. «Nicht, bevor ihr mir nicht erzählt habt, was heute Nacht passiert ist. Ich habe euch jetzt schon so oft um Mitternacht davonschleichen sehen. Ihr müsst mir sagen, was ihr da macht!»

«Bitte, Sally, wirklich, schlaf weiter», drängte Amber. «Wenn die Oberschwester das rausfindet, dann kriegen wir alle einen Riesenärger.»

«NEEEEIIIINNN!», schrie Sally.

Der Lärm musste die Oberschwester geweckt haben, denn plötzlich brach ihr Schnarchen ab.

«ZZZZZ, ZZZZZ, ZZZ-»

Hinter der Scheibe, die die Krankenstation vom Zimmer der Oberschwester trennte, stand die Frau umständlich auf. Ihre Haare standen an einer Seite ab, und ihr Make-up war ganz verschmiert. Sie sah aus wie ein Clown, den man rückwärts durch eine Hecke gezerrt hatte. Leicht schwankend marschierte die Oberschwester durch die Tür in die Station hinein. Alle Kinder verstummten und lagen wie Statuen in ihren Betten. Sie wagten nicht einmal zu atmen, was eigentlich eher auffällig war.

«Ich weiß genau, dass ihr kleinen Biester irgendwas im Schilde führt», schnarrte die Oberschwester. «Vielleicht seid ihr diesmal davongekommen, aber ich sage euch, ich habe jeden Einzelnen von euch im Auge.»

Sie schritt an den Betten entlang und schob ihr Gesicht ganz nah an jedes einzelne Kind. Der Geruch ihres Parfüms war so stark, dass es Tom in der Nase kribbelte, als sie neben ihm stand. Einen schrecklichen Augenblick lang glaubte er, niesen zu müssen. Doch dann ging das Gefühl wieder vorbei. Bevor es mit aller Heftigkeit zurückkehrte.

«HAAATSCHIIIIEEE!»

Tom nieste der Oberschwester direkt ins Gesicht.

Vor Schreck wagte er nicht, die Augen zu öffnen – bestimmt tropfte sein Schnodder wie Eiszapfen vom Gesicht der Oberschwester. Darum kniff er die Augen weiterhin fest zu und tat so, als wäre er von seinem eigenen Niesen nicht aufgewacht.

Die Oberschwester war so angewidert davon, dass man ihr derartig vollmundig ins Gesicht geniest hatte, dass sie in ihr Zimmer eilte. Drinnen zog sie sich ein paar Gummihandschuhe über und wischte sich den Schnodder mit sehr vielen antiseptischen Tüchern vom Gesicht. Es dauerte eine Weile, bis sie sicher war, dass sie jeden Tropfen Schnodder entfernt hatte. Zum Trost nahm sie sich eine weitere Praline. Sofort fielen ihr die Augen zu, und sie schlief wieder ein. Ihr Kopf sackte auf die Tischplatte. Die Spezial Schlummer-Pille in der Praline hatte sie erneut ausgeknockt.

«ZZZZZ, ZZZZZ, ZZZZZ, ZZZZZ, ZZZZZ…»

«Na toll, Neuling!», zischte Amber Tom zu. «Das ist alles bloß deine Schuld. Wieso musstest du Sally auch versprechen, dass du ihr alles erzählst?»

«Ich hab gar nichts versprochen.» Tom hatte sich

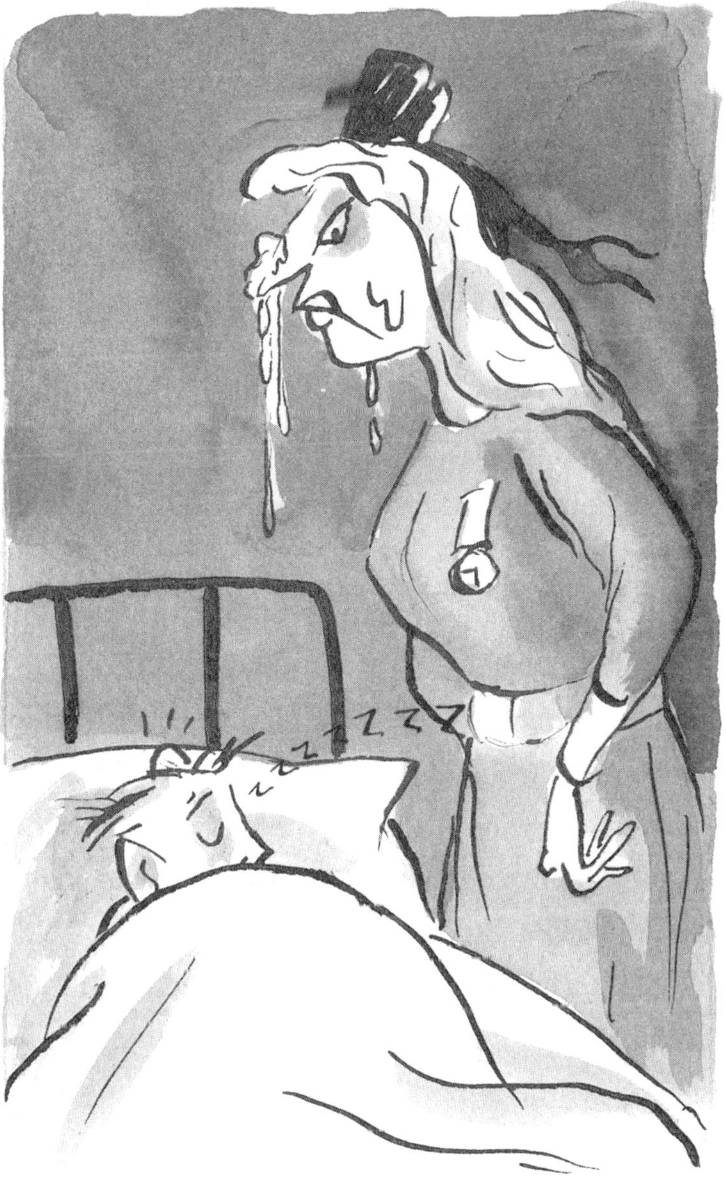
zzzzzzz

schon zu tief in seine Lügen verstrickt, und jetzt musste er auch dabei bleiben. Jedes Mal, wenn er log, hatte er das Gefühl, als würde ein kleiner Teil von ihm sterben.

«Das ist jetzt egal», flüsterte George. «Wichtig ist nur, dass keiner mehr einen Mucks sagt. Die Oberschwester hat uns im Visier, kapiert?»

«Ja, haben wir, Herzchen», meinte Robin. «Und darum solltest du jetzt auch mal leise sein!»

«Sei nicht blöd, Robin. Sei einfach still und schlaf!»

«Ich würde gern schlafen! Sobald du aufhörst, mir zu sagen, ich soll schlafen, und endlich mal Ruhe gibst, dann ja!»

«Werdet ihr beiden dummen Jungen jetzt endlich die Klappe halten und sofort schlafen!», flüsterte Amber.

Und danach sagte keiner mehr ein Wort.

KAPITEL 23
FRITTIERTER OTTER

«Frühstück! Kinder, wacht auf, wacht auf, wacht auf, es gibt Frühstück!»

Bei diesem Ruf schlugen Tom und alle Kinder auf der Station die Augen auf, nur wenige Stunden, nachdem sie eingeschlafen waren.

Auch die Oberschwester fuhr hoch. An ihrer Stirn klebte ein Pralinenpapier.

«Was was was?!», schrie die Oberschwester. Offenbar wusste sie nicht, ob Tag oder Nacht war oder ob sie wach war oder schlief.

Tuutsie war die Frau, die für die Verteilung des Krankenhausessens zuständig war. Sie war eine füllige Frau mit einer riesigen Afro-Frisur und einem sonnigen Lächeln. Wie jeden Tag schob Tuutsie ihren Essenswagen vor sich her.

«O nein, Sie sind das!», fauchte die Oberschwester, als Tuutsie in die Station einfuhr.

«Ja, ich bin's, Tuutsie!», antwortete die Frau strahlend. «Ich hoffe, Sie sind nicht wieder bei der Arbeit eingeschlafen, Oberschwester!»

Die meisten Kinder saßen mittlerweile in ihren Betten. Tuutsie brachte sie immer zum Lächeln, besonders wenn sie sich ihre Feindin, die Oberschwester, vorknöpfte.

«Nein, nein, nein!», log die Oberschwester. «Natürlich habe ich nicht geschlafen.»

«Was haben Sie denn dann gemacht?», forschte Tuutsie nach.

«Na, ich, äh, ich habe mir gerade ein Formular durchgelesen, und ähm ... die Schrift war sehr klein, also musste ich mein Gesicht ganz nah dranhalten! Und jetzt servieren Sie den Kindern ihr Frühstück!»

«Ja, natürlich, Oberschwester!»

Während sich die Oberschwester vor den Spiegel stellte und versuchte, sich einigermaßen herzurichten, schob Tuutsie ihren Wagen an Toms Bett.

«Guten Morgen …» Tuutsie versuchte, den Namen zu entziffern, der auf der Tafel über Toms Bett hing, darum schob sie sich die Lesebrille auf die Nase, die in ihren lockigen Haaren saß.

«Thomas! Guten Morgen, guten Morgen und guten Morgen für dich!»

Tom war nicht sicher, warum sie so oft «guten Morgen» sagte, aber er musste doch lächeln. Wenn die Frau sprach, klang es, als würde sie singen.

«Guten Morgen!», sagte Tom.

«Guten Morgen, guten Morgen und guten Morgen», antwortete sie.

Tom fiel nichts anderes ein, was er sagen sollte, darum sagte er noch einmal: «Guten Morgen!»

«Guten Morgen! Und was für ein guter Morgen

das ist. Guten Morgen, alle miteinander! Nun, Thomas, was hättest du denn gern zum Frühstück?»

«Was haben Sie denn?», wollte Thomas wissen.

«Alles», antwortete Tuutsie.

«Alles?», wiederholte Tom. Das war zu schön, um wahr zu sein.

«Alles!», wiederholte sie zuversichtlich.

Alle anderen Kinder kicherten. Es war Toms erster Morgen im Krankenhaus, und offenbar wussten sie etwas, das er nicht wusste.

Das Essen in Toms Internat war schrecklich. Auch wenn die Schule unglaublich teuer war, hatte sich der Speiseplan anscheinend seit der Gründung der Schule vor hundert Jahren nicht verändert.

Eine typische Wochen-Speisekarte sah so aus:

Montag
Frühstück
Haferschleim
Mittag
Poschierte Nieren
Abendessen
Kalbskopf-Suppe

Dienstag
Frühstück
Schweinefüße auf Toast
Mittag
Schweineschmalz-Sandwiches
Abendessen
Gekochte Lammzunge

Mittwoch
Frühstück
Reste der gekochten Lammzunge

Mittag
Taubensuppe
Abendessen
Gekochter Aal

Donnerstag
Frühstück
Innereien
Mittag
Geschmorter Schwanenhals
Abendessen
Gerösteter Dachs
mit Rote-Bete-Soße

Freitag
Frühstück
Spatzeneier auf Toast 
Mittag
Nesseleintopf
Abendessen
Frittierter Otter

Samstag
Brunch
Kröten auf Toast
Nachmittagstee
Ein Pferdehuf und
dazu so viel gekochter Kohl,
wie man essen kann
Abendessen
Geräucherte Wühlmaus

Sonntag
Frühstück
Eine rohe Zwiebel
Mittag
Gebackener Maulwurf mit allen Schikanen,
gefolgt von Knochenmarks-Gelee
Abendessen
Rosenkohl-Überraschung
(die Überraschung ist, dass es
nichts anderes gibt als Rosenkohl)

Deshalb war Tom begeistert von der Vorstellung, dass er absolut alles zum Frühstück haben konnte. Während er Tuutsie seine Bestellung aufgab, lief ihm das Wasser im Mund zusammen.

«Heiße Schokolade – oh, mit Schlagsahne obendrauf und Marshmallows an der Seite; ein warmes Buttercroissant – nein, lieber zwei warme Buttercroissants; Bananen-Muffins; Rührei mit Schinken und Würstchen – zwei Würstchen, bitte, nein, drei – und Bratensoße; und zum Nachtisch hätte ich gern Blaubeerpfannkuchen mit Ahornsirup, bitte! Vielen Dank! Oh, und noch ein weiteres Würstchen.»

Es würde das beste Frühstück der Welt werden. Warum aber lachten die anderen Kinder auf der Station dann so laut?

«HA! HA! HA! HA! HA! HA! HA! HA! HA! HA! HA! HA! HA! HA!»

KAPITEL 24
ALLERGUTESTER MORGEN

Tuutsie antwortete Tom mit einer Frage. «Toast oder Cornflakes?»

«Aber Sie haben doch gesagt, Sie hätten alles, Tuutsie!», antwortete Tom verwirrt.

«Ja, ich weiß, Thomas. Die Wahrheit ist, dass wir hier im **Lord Funt Krankenhaus** einige Einschnitte machen mussten. Das Krankenhaus wird immer trübsinniger. Der neue Direktor hat uns das Geld dafür gekürzt. Niemand will auch nur einen Moment länger hierbleiben als absolut notwendig.»

«Nein, vermutlich nicht», antwortete der Junge.

«Und nach meinen dreißig Jahren hier weiß ich, dass es die Patienten glücklich macht, wenn sie sich vorstellen, sie könnten absolut alles zum Frühstück bekommen, was sie sich wünschen.»

«Aber sie bekommen es ja nicht», sagte Tom.

Tuutsie schüttelte den Kopf und seufzte. Dieser neue Junge verstand es einfach nicht. «Solange die Patienten bloß nach Toast oder Cornflakes fragen, können sie sich immerhin einbilden, dass sie alles bekommen, was sie wollen. Dann vergessen sie, dass sie in einem alten Krankenhaus liegen, das schon vor Jahren hätte abgerissen werden sollen, und denken, sie wären im Hotel Ritz!»

Tom lächelte. Jetzt endlich verstand er, und er war entschlossen mitzuspielen. «Nun, danke, Tuutsie. Wissen Sie, ich denke, heute Morgen hätte ich gern bloß ein bisschen Toast.»

«Toast ist leider alle.»

«Dann Cornflakes!», sagte Tom. «Das wäre sowieso meine erste Wahl gewesen.»

Tom fand es gar nicht schlimm. Er mochte Cornflakes.

«Ich hätte gern ordentlich viel Milch über meine Cornflakes», fügte er hoffnungsvoll hinzu.

«Oder vielleicht lieber Sahne?»

«Ooh, ja, gern!»

«Zu schade, dass ich keine Sahne habe.»

«Milch ist völlig in Ordnung.»

«Ich habe leider auch keine Milch. Hast du schon mal Cornflakes mit einem Schuss kalten Tee getrunken?», fragte Tuutsie.

Hätte es auf einer Speisekarte gestanden, hätte diese Variante nicht sehr verlockend gewirkt, aber so wie die Dame mit der singenden Stimme es sagte, klang ‹Cornflakes mit kaltem Tee› absolut köstlich.

Tuutsie kippte die Cornflakes wie ein Chefkoch mit einer Handbewegung aus der Schachtel in eine angeschlagene grüne Schüssel. Dann hob sie die Teekanne so hoch, wie ihr Arm es erlaubte, und goss die dunkelbraune Flüssigkeit ebenfalls in die Schüssel. Sie spritzte über Toms Bettdecke.

«Und das hier soll ich dir vom Pfleger geben», sagte sie und reichte Tom einen Schlafanzug.

Tom strahlte. Endlich würde er das rosa Rüschennachthemd loswerden!

«Danke, Tuutsie», sagte er.

«Bitte sehr, Thomas! Und ich wünsche dir den allergutesten Morgen! Guten Morgen.»

«Guten Morgen», sagte Tom.

«Guten Morgen», wiederholte Tuutsie.

«Guten Morgen», sagte Tom wieder.

«Guten Morgen.»

«Guten Morgen.»

Wenn sie nicht aufhörten, dann würden sie sich bis zum Ende aller Zeiten «guten Morgen» wünschen.

Tom musste den Kreis unterbrechen, darum wechselte er zu «Danke».

«Nein, danke dir», sagte Tuutsie.

«Danke Ihnen.»

«Nein, danke dir!»

«Danke Ihnen.»

«Nein, danke dir!»

Es ging schon wieder los! Darum nickte der Junge und sagte gar nichts mehr. Tuutsie nickte zurück und schob ihren Wagen weiter zu Ambers Bett.

«Guten Morgen, Amber, und, was kann ich dir an diesem schönen Morgen bringen?», fragte sie.

«Guten Morgen, Tuutsie!»

«Und einen guten Morgen für dich!»

«Lass uns das nicht jeden Morgen wiederholen, bitte. Heute möchte ich zur Abwechslung mal nicht den *frisch gepressten Orangensaft, die Blaubeeren mit Vanillejoghurt und Honig und die Pfannkuchen mit Nüssen, geschlagener Sahne und Schokoladensoße.*»

«Bist du dir sicher?», fragte Tuutsie.

«Absolut sicher. Ich denke, heute möchte ich wirklich gern mal ein paar Cornflakes mit ... lass mich nachdenken ... mit kaltem Tee!»

«Kommt sofort, Amber!»

Tom hatte umgehend das Rüschennachthemd aus- und den Schlafanzug angezogen. Während er nun versuchte, sein ‹ungewöhnliches› Frühstück zu genießen, bemerkte er, wie sich Tuutsie vorbeugte und Amber etwas ins Ohr flüsterte.

«Im Tiefkühlraum hat man Fußabdrücke von Kindern und Spuren von Rollstuhlreifen gefunden ...»

«WAS?», fragte Amber.

«Der Krankenhausdirektor Sir Mr. Strillers war heute Morgen unten und hat sie selbst untersucht.»

«Also, wir waren es nicht!», log Amber, die offenbar ganz aus der Fassung gebracht war.

«Ich hab ja gar nicht gesagt, dass ihr es wart, Schätzchen. Aber wenn ihr es nicht wart, wer war es dann?»

«Ich weiß es nicht!», protestierte das Mädchen.

«Schau mal, ich weiß ja nicht, was ihr Kinder nach Schlafenszeit so anstellt. Aber bitte seid von jetzt an vorsichtiger.»

«Danke, Tuutsie.»

«Nein, danke dir, Amber.»

«Nein, danke dir.»

«Nein, danke dir.»

«Um Himmels willen, Frau! Kann ich jetzt **BITTE** mein Frühstück haben?!», beschwerte sich Robin. «Ich **VERHUNGERE!**»

«Ja, natürlich, Robin!», antwortete Tuutsie und servierte ihm eine Schüssel mit trockenen Cornflakes. Der kalte Tee war mittlerweile alle. George bekam dasselbe und fing an zu schmollen.

Danach rollte Tuutsie zu Sally hinüber. Unter ihrem Overall zog sie eine kleine weiße Papiertüte hervor. «Erzähl es nicht den anderen», flüsterte Tuutsie. «Aber ich habe dir auf dem Weg zur Arbeit ein Zuckerbrötchen gekauft.»

«Oh, danke, Tuutsie!», flüsterte Sally. Tuutsie lächelte und schob mit ihrem Essenswagen davon.

«Möchtest du die Hälfte, Tom?», fragte Sally.

Tom war gerührt. «Nein danke. Iss du es nur. Du musst wieder zu Kräften kommen.»

«Ich würd die Hälfte nehmen», sagte George. «Wenn du willst, esse ich auch mehr!»

«Lass Sally ihr Zuckerbrötchen essen!», sagte Tom.

«Ist schon in Ordnung», antwortete Sally.

George sprang aus dem Bett, und das Mädchen teilte das Zuckerbrötchen in zwei Teile.

«Bitte-», doch bevor Sally «schön» sagen konnte, hatte George ihr schon die Hälfte des Brötchens aus der Hand genommen und verschlungen.

«Danke, Sally», sagte er. «Ich helf dir echt immer gern.»

Tom sah zum Zimmer der Oberschwester hinüber. Sie telefonierte und schien mit jemandem ein hitziges Gespräch zu führen. «Was hat Tuutsie dir vorhin erzählt, Amber?», fragte er.

«Sie wissen, dass jemand unten im Tiefkühlraum war», antwortete das Mädchen.

«Woher?», fragte Tom.

«Wegen der Fußabdrücke. Und wegen der Reifenspuren. Und jetzt sind sie uns auf der Spur ...»

«Was habt ihr beiden da zu flüstern?», fragte die

Oberschwester. Die Kinder hatten sie gar nicht kommen gehört, und jetzt beugte sie sich drohend über ihre Betten.

«Nichts, Oberschwester», antwortete Amber.

«Ja, absolut gar nichts», fügte Tom hinzu.

Die Oberschwester starrte sie an und versuchte herauszufinden, ob sie logen. Tom spürte, wie sein Gesicht rot anlief.

«Ich glaube euch kein Wort!», fauchte die Oberschwester. «Ich weiß, dass ihr grässlichen Kinder irgendwas im Schilde führt!»

KAPITEL 25
DER JUNGE PROTESTIERT ZU VIEL

«Wir haben nix angestellt, Oberschwester. Wenn wir irgendwas gemacht hätten, was wir aber nicht haben, dann wär's ja o.k., wenn Sie uns ausschimpfen. Aber wir haben nix getan. Alles klar?», sagte George.

Die Oberschwester sah ihm tief in die Augen. Ganz offenbar war sie nicht überzeugt. «Ich glaube, der Junge protestiert zu viel. Gerade hatte ich noch den Direktor des Krankenhauses am Telefon. Sir Quentin Strillers persönlich. Und er *kochte* vor Wut! Sir Quentin hat gesagt, drei Patienten mit kleinen Füßen seien mitten in der Nacht im Tiefkühlraum gewesen. Und es seien auch Reifenspuren eines Rollstuhls zu sehen. Ich weiß genau, dass ihr es wart. Wer soll es sonst gewesen sein? Also, wird einer von euch endlich gestehen?»

Alle Kinder schwiegen. Niemand wusste, wie man sich aus dieser Situation herausreden sollte.

Dann ertönte aus der Ecke der Station eine Stimme. «Ich war die ganze Nacht wach, Oberschwester.» Es war Sally. «Und die anderen haben die ganze Zeit geschlafen. Also können sie es nicht gewesen sein.»

«Schwöre!», verlangte die Oberschwester.

«Ich schwöre, Oberschwester!» Sally legte sich die Hand aufs Herz. «Ich schwöre beim Leben meines Hamsters.»

«Hmmmm», machte die Oberschwester. Jetzt war sie doch unsicher geworden. «Nun, ihr sollt wissen, dass ich jeden Einzelnen von euch im Auge habe. Also, Tom …»

«Ja, Oberschwester?», antwortete der Junge zitternd vor Angst.

«Du wirst in fünf Minuten zum Röntgen abgeholt. Sie müssen diese lächerliche kleine Beule auf deinem Kopf untersuchen. Wenn du Glück hast, kannst du das Krankenhaus heute Mittag wieder verlassen.»

«Ja, Oberschwester», antwortete Tom.

Die Frau drehte sich auf dem Absatz um und marschierte zurück in ihr Zimmer.

Tom ließ sich traurig zurück in die Kissen fallen. Das Letzte, was er wollte, war, seine neuen Freunde hier im Krankenhaus zu verlassen. Zum ersten Mal in seinem Leben hatte Tom das Gefühl dazuzugehören. Seine Eltern reisten wegen der Arbeit seines Vaters so viel herum, dass er gar kein richtiges Zuhause hatte. Und was sein schickes Internat anging, so empfand Tom seine Zeit dort eher wie eine Art Gefängnisstrafe. Im Kopf hakte er die Tage und Wochen nur ab und fand, dass er sein Leben verschwendete.

Tom mochte alle Kinder auf der Station, aber besonders das kleine Mädchen in der Ecke. Sie war etwas ganz Besonderes.

«Danke, dass du uns da rausgeholt hast, Sally», sagte Tom.

«Gern geschehen», antwortete das Mädchen. «Ich fühle mich ein bisschen schlecht, weil du auf das Leben deines Hamsters geschworen hast.» «Das ist nicht schlimm», sagte das Mädchen. «Ich habe gar keinen Hamster.»

Tom und Sally lachten.

KAPITEL 26
DER GESCHMACK NACH TEICH

«Wunderbare Neuigkeiten!», rief Dr. Luppers. «Mit dir ist alles in bester Ordnung!»

«Das ist ja toll», antwortete Tom nicht sonderlich überzeugend.

Die beiden befanden sich unten im Röntgenzimmer. Doktor Luppers zeigte Tom ein seltsam durchsichtiges Schwarz-Weiß-Foto von seinem Kopf, das er unter eine Lampe legte.

«An diesem Umriss hier kannst du die Beule auf deinem Kopf erkennen», fing der junge Arzt an, «aber wenn wir *in* deinen Kopf sehen ...»

Luppers nahm einen Stift hervor und deutete auf ein graues Gebiet, wo das Gehirn des Jungen sein sollte. «... dann sehen wir hier überhaupt keine Schatten. Ich würde also sagen, du hast keine inneren Blutungen davongetragen.»

«Sind Sie ganz sicher, Doktor?», fragte Tom bittend.

«Ja. Das sind wirklich super Neuigkeiten. Es gibt also überhaupt keinen Grund, warum du hierbleiben solltest.»

«Nein?»

«Nein! Du kannst umgehend zurück in dein Internat.»

«Oh!» Tom senkte den Kopf und sagte nichts.

Doktor Luppers sah verwirrt aus. Dieses Kind war traurig, weil es das Krankenhaus verlassen durfte. Normalerweise wollten alle so schnell wie möglich wieder gehen.

«Was ist los, Tom?», fragte der Mann.

«Nichts. Es ist nur ...»

«Was?»

«Na ja, ich habe wirklich gute Freunde auf der Kinderstation gewonnen.»

«Dann sorg dafür, dass du ihre Adressen bekommst, bevor du gehst, und dann könnt ihr Brieffreunde werden.»

Brieffreunde, das klang langweilig. Tom sehnte sich nach noch mehr Abenteuern.

«Ich frage die Oberschwester, ob sie deinen Klassenlehrer gleich anruft, damit du so schnell wie möglich abgeholt wirst.»

Tom merkte, dass er sich schnell etwas ausdenken musste, wenn er noch eine weitere abenteuerliche Nacht bei seinen Freunden verbringen wollte.

«Ich fühle mich aber sehr extrem heiß, Doktor!», rief er aus. Im Internat durfte man den Unterricht verlassen und sich im Krankenzimmer hinlegen, wenn man Fieber hatte. Dies war besonders nützlich, wenn man die Doppelstunde Mathe am Mittwochnachmittag schwänzen wollte. Tom hatte gesehen, wie ein Junge das Ende eines Thermometers an einen brüllend heißen Heizkörper gehalten hatte, um Fieber vorzugaukeln.

«Bist du sicher?», fragte Doktor Luppers. Er befühlte Toms Stirn und sah nicht sehr überzeugt aus.

«Ja! Ich verbrenne innerlich, Doktor!», log Tom. «Ich fühle mich heißer als eine Tasse mit superheißem Tee, an dem man sich die Zunge verbrennt!»

Doktor Luppers zog ein Thermometer aus seiner Tasche und schob es Tom in den Mund. Tom musste den Arzt irgendwie ablenken.

«Ich brauche ein Glas Wasser, Doktor ...», murmelte er mit dem Thermometer im Mund. «Dringend! Sonst könnte ich vor lauter Hitze vielleicht platzen!»

«Ach du meine Güte!», antwortete Doktor Luppers mit leichter Panik in der Stimme. Während er im Röntgenzimmer herumflatterte wie ein eingesperrter Vogel, zog Tom das Thermometer aus dem Mund und hielt es an die glühend heiße Glühbirne. Sofort schoss die Temperaturanzeige nach oben. Dann schob Tom sich das Thermometer wieder in den Mund, wobei er sich die Zunge ein bisschen verbrannte.

Luppers kehrte mit einer Blumenvase zurück. «Ich konnte kein Glas finden. Das ist das Beste, was ich im Moment für dich tun kann, fürchte ich.»

Luppers nahm Tom das Thermometer aus dem

Mund und zog gleichzeitig die Blumen aus der Vase. Grünes Wasser mit braunen Stückchen darin schwappte am Boden hin und her.

«Schön alles austrinken!», befahl Doktor Luppers.

Zögernd begann Tom, das faulige Gebräu zu trinken.

«Große Schlucke, bitte!», sagte Luppers. «Und bis auf den letzten Tropfen!»

Tom schloss die Augen und kippte den Rest hinunter. Es schmeckte nach Teich. Währenddessen betrachtete Doktor Luppers entsetzt das Thermometer.

«O nein!»

«Was ist?», fragte Tom.

«Das ist die höchste Temperatur, die man je bei einem Menschen gemessen hat!»

Tom fürchtete, er hätte es ein wenig übertrieben. «Kriege ich dafür einen Preis, Doktor?», fragte er.

«Nein! Aber wir müssen dich hier im Krankenhaus behalten, bis deine Temperatur wieder gesunken ist.»

Luppers riss ein medizinisches Formular hervor und machte sich darauf Notizen.

«Hast du Kopfschmerzen?»

«Aua, ja.»

«Fieber!»

«Ja, ich verbrenne innerlich!»

«Kalten Schweiß?»

«Ja, plötzlich ist mir eiskalt.»

«Schmerzende Glieder?»

«Aaah, ja.»

«Verschwommene Sicht?»

«Ja, aber wer spricht da eigentlich?»

«Trockene Kehle?»

«Ich kann leider kaum antworten, weil mein Hals so trocken ist.»

«Erschöpfungszustände?»

«Ich habe nicht die Kraft zu antworten.»

«Hörschwierigkeiten?»

«Entschuldigung, können Sie das noch mal wiederholen?»

«Schmerzen beim Wasserlassen?»

«Ja, es hat weh getan, als ich vorhin den Wasserhahn aufgedreht habe.»

«Chronische Unentschlossenheit?»

«Ja und nein. Doktor, alles, was Sie aufzählen, habe ich!»

Luppers brach der Schweiß aus. Seine Stimme überschlug sich vor lauter Panik. «O du meine Güte, meine Güte, meine Güte! Es ist ein Wunder, dass du überhaupt noch lebst. Wir müssen Hunderte von Untersuchungen durchführen. Dein Herz. Dein Blut. Dein Hirn. Am besten machen wir einfach alle Untersuchungen, die es gibt. Dann bringen wir dich direkt wieder auf die Kinderstation.»

Tom sprach es nicht laut aus, doch in seinem Kopf jubelte er das allerlauteste «HURRA!».

«Schwester! SCHWESTER!», schrie der Doktor. Er sah aus, als würde er gleich in Ohnmacht fallen.

Schwester Meese, die Tom schon bei seiner Ankunft im Krankenhaus kennengelernt hatte, eilte ins Röntgenzimmer.

«Was ist, Doktor?»

«Ein Notfall! Dieser Junge benötigt Untersuchungen. Sofort!»

«Welche Untersuchungen?»

«Alle! Alle, die Ihnen einfallen! JETZT! JETZT! JETZT!», schrie Luppers. «Holen Sie zwei Transportliegen!»

«Wozu brauchen Sie zwei?», wollte Meese wissen.

«Weil ich jetzt in Ohnmacht falle!»

KAPITEL 27
FLIEGEN

Während man auf die Ergebnisse von Doktor Luppers extrem langer Liste von Untersuchungen wartete, musste Tom unter der Aufsicht der Oberschwester strikt das Bett hüten. Seine Temperatur war so hoch, dass er auf gar keinen Fall das Bett verlassen durfte. Erst mussten die Ärzte im **LORD FUNT KRANKENHAUS** wissen, was mit ihm los war. Was Doktor Luppers anging, so hatten ihn die Ereignisse in solche Panik versetzt, dass er in Ohnmacht gefallen war. In weniger als einer Woche war er vom frischgebackenen Arzt zum Patienten geworden.

Sobald Tom wieder im Bett auf der Kinderstation lag, drehte sich Sally zu ihm um und sagte: «Also, Tom, dann erzähl mal ...»

«Was soll ich dir erzählen?»

«... was ihr gestern Nacht gemacht habt.»

Tom zögerte. «Ich fürchte, das kann ich dir nicht erzählen», sagte er.

«Aber du hast es versprochen.»

«Ich weiß. Ich weiß. Ich weiß. Es tut mir so leid, Sally, aber die anderen haben mir gesagt, dass es ein Geheimnis bleiben muss.»

«Was muss ein Geheimnis bleiben?»

«Diese geheime Sache.»

«Was für eine geheime Sache?»

«Na ja, es wäre ja keine geheime Sache mehr, wenn ich sie dir erzählen würde.»

«Also gut», antwortete das Mädchen. Sie wollte ganz offensichtlich nicht aufgeben. «Was habt ihr alle gestern Nacht unten im Tiefkühlraum gemacht?»

Amber hatte ihrer Unterhaltung gelauscht, denn jetzt mischte sie sich ein. «Herrje noch mal, Sally, die Erwachsenen haben es auf uns abgesehen. Der

Krankenhausdirektor ahnt etwas. Je weniger Leute Bescheid wissen, desto besser. Wenn du alles weißt, dann bekommst du nämlich ebenfalls Schwierigkeiten.»

«Aber ich hätte nur zu gern Schwierigkeiten! Ich hasse es, die ganze Zeit ausgeschlossen zu werden, während ihr loszicht und Spaß habt.»

«Es ist besser, wenn du es nicht weißt», antwortete Amber.

«Aber ich werde es niemandem erzählen», bat Sally. «Ich habe euch heute Nacht gedeckt, erinnerst du dich?»

«Ja, ja, danke dafür», sagte Amber. «Vielleicht musst du uns heute Nacht noch mal decken.»

«Wir gehen heute Nacht wieder los?», fragte Tom. Er konnte nicht glauben, dass sie es wirklich riskieren würden.

«Ja!», rief George durch die ganze Station, während er sich Schokolade in den Mund stopfte. «Heute Nacht bin ich nämlich dran!»

«Was hast du dir gewünscht?», fragte Tom.

«Ich will fliegen», antwortete George.

«Oh, bitte nicht!», sagte Robin.

«Was soll das heißen, ‹oh, bitte nicht›?!», fragte George.

Die Oberschwester hatte offenbar ihre aufgeregten Stimmen gehört, denn jetzt stürzte sie aus ihrem Zimmer.

«Was ist hier los?!», fragte sie.

«Nichts, Oberschwester», antwortete Amber. «Überhaupt gar nichts.»

«Ach ja? Gar nichts? Mir scheint, ich habe hier eine Station voller hässlicher kleiner Lügner. Nun, meine Schicht ist bald zu Ende. Schwester Meese wird jeden Moment hier sein. Bis heute Abend wird sie die Aufsicht über die Kinderstation führen. Dann komme ich zurück. Und wenn Schwester Meese mir berichtet, dass auch nur einer von euch sich schlecht betragen hat, dann werfe ich euch alle raus und lasse euch in unterschiedliche Krankenhäuser bringen. Habt ihr das verstanden?»

«Ja, Oberschwester», sagten die Kinder im Chor.

«Gut», schnurrte die Oberschwester. «Sally, du wirst gleich zu deiner Behandlung nach unten gebracht.»

«Muss ich?», fragte das Mädchen.

«Dummes Kind!», fauchte die Oberschwester. «Ja, natürlich musst du! Was glaubst du, wozu du hier bist? Zum Spaß etwa?»

«Nein, Oberschwester», antwortete das Mädchen.

In diesem Moment flogen die schweren Doppeltüren der Station auf. Schwester Meese trat ein und sagte: «Morgen, Oberschwester. Morgen, Kinder.»

«Guten Morgen, Schwester Meese», antworteten die Kinder im Chor.

«Morgen, Meese», sagte die Oberschwester. «Wie steht's mit deiner Temperatur, Thomas?», fragte die Schwester. Sie klang, als hätte sie den Verdacht, dass Tom nur krank spielte. Sie hatte viel mehr Erfahrung als Doktor Luppers, und deswegen konnte man sie nicht so leicht an der Nase herumführen.

«Immer noch sehr unglaublich hoch, Oberschwester», antwortete Tom.

«Der Junge darf das Bett nicht verlassen», sagte die Oberschwester. «Unter keinen Umständen!»

«Ja, Oberschwester, Sie können sich drauf verlassen. Dafür sorge ich», sagte Meese und betrachtete Tom misstrauisch.

KAPITEL 28
DER UNMÖGLICHE TRAUM

Später am Nachmittag begann die MITTER-NACHTSBANDE mit der Planung ihres nächtlichen Abenteuers. George träumte vom Fliegen. Das musste gut geplant werden. Besonders jetzt, wo die Leitung des Krankenhauses sie im Visier hatte.

Als Sally unten war und ihre besondere Behandlung bekam und Schwester Meese im Zimmer der Oberschwester saß, machten sich die Kinder an die Arbeit.

Auf der Station gab es ein paar alte, abgenutzte Brettspiele. Es gab ein ‹Mensch ärgere dich nicht› ohne Würfel; ein Puzzle von einem süßen weißen Kätzchen, das mit ein paar Ballons spielte, bei dem ein paar Teile fehlten, sowie ein «Operations»-Spiel ohne Batterien, sodass die Nase des Patienten niemals rot aufleuchtete.

Tom, Amber, George und Robin taten so, als würden sie gemeinsam das Puzzle legen, während sie flüsternd über das anstehende nächtliche Abenteuer sprachen.

«Vielleicht könnten wir aus den Laken und Vorhangstangen einen Drachen bauen?», schlug Robin vor. «Der Pfleger kann uns helfen, alles zusammenzunähen.»

«Aber wo soll George damit fliegen?», fragte Amber. «Im Krankenhaus ist es nirgendwo hoch genug.»

«Höchstens im Treppenhaus», meinte Robin. «Das Krankenhaus hat vierundvierzig Stockwerke. Das ist bestimmt ein langer Fall.»

«Ähm, Entschuldigung?», sagte George. «Ich möchte fliegen und nicht abkratzen!»

«Du hättest ja den Drachen», antwortete Robin.

«Na ja, ich hätte ein paar Laken, die mit Stangen verbunden sind. Das ist nicht dasselbe!», sagte George etwas zu laut.

Alle Augen drehten sich zum Büro um, doch Schwester Meese war mit irgendwelchen Papieren beschäftigt.

«Vielleicht hättest du nicht so einen unmöglichen Traum haben müssen!», meinte Amber.

«Aber das war schon immer mein Traum. Ich finde es furchtbar, dass ich so schwer bin.» George schlug sich auf seinen dicken Bauch, und er wabbelte ein paar Sekunden lang wie Wackelpudding. «Ich möchte einmal wissen, wie es sich anfühlt, wenn man so leicht ist wie Luft.» Tom hatte der ganzen Unterhaltung gelauscht und suchte in seinem Kopf nach einer Antwort. Er legte gerade ein Puzzleteil auf den Tisch vor ihm, als er merkte, wie einfach die Lösung war. «Ballons!», sagte er. «Häh?», fragte George. «Du fliegst nicht runter, sondern rauf!», meinte Tom.

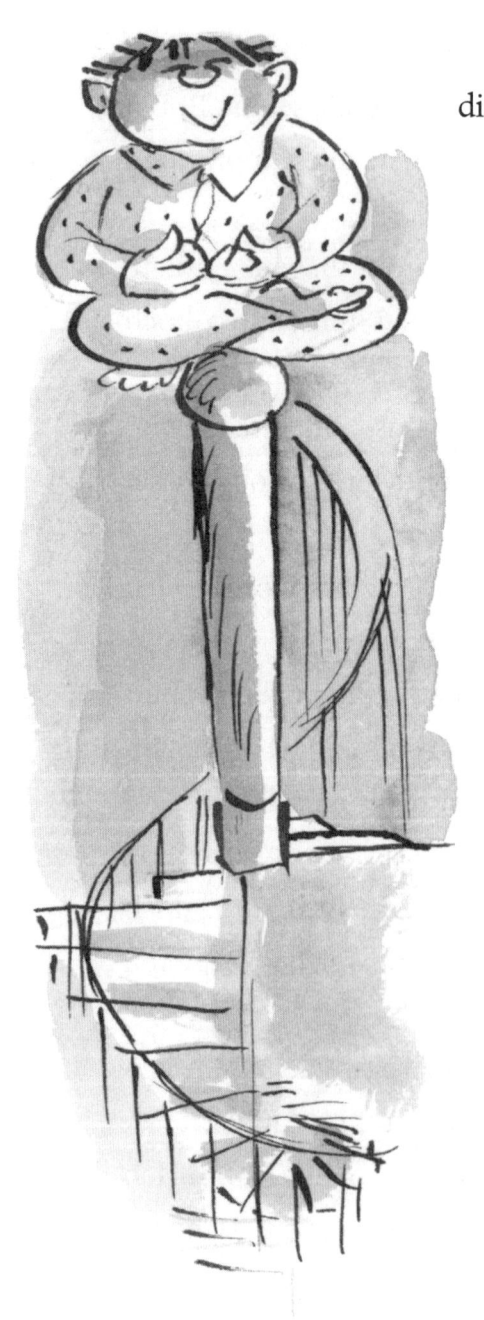

«Würdest du dich freundlicherweise mal erklären, Neuling!», sagte Amber.

«Kennt ihr diese Ballons bei Geburtstagspartys, die schweben können?», platzte Tom aufgeregt heraus. Die anderen Kinder nickten.

«Also, wenn wir genügend davon zusammenkriegen, dann könnte George einfach vom Fuß des Treppenhauses nach oben schweben!»

George strahlte. «Das hört sich super an!»

«Gibt es denn in England überhaupt genügend Ballons?», fragte Robin.

«Sehr lustig!», meinte George.

«Ich wette, wir finden hier im Krankenhaus schon genug», antwortete Tom. «An den Patientenbetten sind doch oft welche angebunden. Hier bei uns zum Beispiel!»

Tom schaute hinüber zu Sallys Bett. Ein einsamer Ballon mit der Aufschrift «Werd bald gesund!» war an ihr Kopfteil gebunden. Er schwebte kurz unter der Decke.

«Was für eine großartige Idee von mir!», sagte Amber. Sie wollte ganz offensichtlich wieder das Sagen haben, und es gefiel ihr gar nicht, dass dieser neue Junge ihr ständig die Show stahl.

«Was?», protestierte Tom.

«Ich wollte gerade diese Sache mit den Ballons vorschlagen, kurz bevor du es gesagt hast», flunkerte sie.

«Na klar!», meinte Tom.

«Kommt schon, meine Damen! Nicht streiten», witzelte Robin.

«Ich wette, hier im Krankenhaus gibt's Hunderte von diesen Ballons!», sagte George aufgeregt. «Im Geschenkeladen im Erdgeschoss gibt's auf jeden Fall massenhaft. Ich schleiche mich oft runter und kauf mir ein oder zwei Tafeln Schokolade. Wir brauchen die Ballons nur zu klauen!»

«Wir leihen sie uns aus!», sagte Tom.

«Der Junge hat recht», fügte Robin hinzu. «Wir leihen sie uns aus. Das ist ein viel besseres Wort als ‹klauen›.»

«Und wenn wir genügend ‹ausgeliehen› haben», sagte George, «dann fliege ich bis zum obersten Treppenabsatz. Endlich gehe ich in die Luft!»

Georges Gesicht glühte vor Freude bei dieser

Vorstellung. Der Plan war so einfach wie brillant.

Die Kinder mussten nur noch Hunderte von Ballons zusammenborgen, die überall im Krankenhaus hingen. Und zwar ohne dabei erwischt zu werden.

«Wir müssen unseren Freund, den Pfleger, einweihen!», sagte er.

Alles, was die Kinder jetzt noch tun mussten, war, Hunderte und Aberhunderte Luftballons aus dem ganzen Krankenhaus zu stehlen. Ohne erwischt zu werden.

KAPITEL 29
BALLONS, BALLONS UND NOCH MEHR BALLONS

Als die Dunkelheit kam, fing der Spaß an.

Die Oberschwester war am Abend zurückgekommen und hatte ihre Schicht begonnen. Die Kinder hatten sich den ganzen Tag mustergültig benommen und gemeinsam ein Puzzle gelegt, darum hatte Schwester Meese keine Beschwerden.

Die Oberschwester war noch nicht lange auf der Kinderstation, da hatte sie schon eine weitere von Georges Pralinenschachteln konfisziert, die sein Kioskbesitzer Raj ihm geschickt hatte. Sie zog sich in ihr Büro zurück, um ihre Lieblingspralinen zu mampfen, die in lila Papier eingewickelt waren. George hatte wieder in jede dieser lila Pralinen seine speziellen Schlafmittel gesteckt, und innerhalb von Minuten schnarchte die Oberschwester lauter als ein Elefant.

«ZZZzz-ZZzz, ZZZzz-ZZzz, ZZZzz-ZZZz ...»

Dieser Teil des Plans funktionierte immer perfekt.

Nun musste die Mitternachtsbande noch alle Ballons im Krankenhaus einsammeln. Sie brauchten Ballons, Ballons und noch mehr Ballons!

Die Kinder teilten sich in drei Gruppen auf.

GRUPPE EINS bestand aus Amber und Robin. Sie würden sich gegenseitig helfen und das **LORD FUNT KRANKENHAUS** vom obersten bis zum dreißigsten Stockwerk absuchen.

GRUPPE ZWEI bestand aus George. Er sollte allein arbeiten und die Stockwerke neunundzwanzig bis sechzehn übernehmen.

GRUPPE DREI bestand aus Tom und dem Pfleger. Sie hatten die gefährlichste Aufgabe: vom fünfzehnten Stock hinunter bis zum Erdgeschoss, inklusive des Geschenkeladens, wo es große Bündel mit Gasballons zu kaufen gab.

Als Big Ben um Mitternacht zwölfmal schlug, krochen die Jungen aus ihren Betten, hoben Amber aus ihrem und setzten sie in ihren Rollstuhl. Dann schlichen Tom und George durch die Doppeltüren aus der Station.

«Unser erster Ballon ist gleich links von dir», zischte Amber Robin zu.

Auch wenn Robin nicht sehen konnte, wusste er doch, dass sie Sallys Ballon meinte, der an ihrem Bett festgebunden war.

«Amber! Also wirklich!», flüsterte Robin.

«Was?», protestierte sie.

«Ich weiß, du hast dich zur Anführerin der Gruppe ernannt, aber wir können Sallys Ballon nicht nehmen!»

«Warum nicht?»

«Weil wir es nun mal nicht können!»

«Robin, wir müssen so viele nehmen, wie wir kriegen können. Jetzt schieb mich sofort zu ihrem Bett rüber.»

«Nein.»

«Sofort!»

Aus der Dunkelheit erklang eine Stimme. «Ist schon gut. Ihr könnt ihn haben.»

«Sally?», fragte Amber.

«Ja, er ist mir egal. Wozu braucht ihr ihn denn? Für ein weiteres Abenteuer?»

Robin rollte Amber hinüber zum Bett des kleinen Mädchens.

Sally sah noch schwächer aus als je zuvor. Auch wenn ihre Behandlung ihr half, fühlte sie sich danach doch immer erst einmal schlechter. Heute Abend sah sie besonders blass aus.

«Wir wollten uns bloß den Ballon ‹ausborgen›», sagte Amber.

«Nehmt ihn ruhig. Ich brauche ihn nicht. Er hüpft bloß den ganzen Tag an seinem Band herum.»

«Danke, Sally, das ist wirklich nett von dir», sagte Robin. «Dann führt jetzt bitte meine Hand zum Band, damit ich ihn losmachen kann.»

Sally nahm die Hand des Jungen und führte ihn zum Band. Doch sie ließ Robin nicht los.

«Nehmt mich mit», bat Sally.

Robin fing an, den Knoten am Band zu lösen.

«Es tut mir so leid, Sally», sagte Amber, «aber ich fürchte, du kannst nicht mitkommen.»

«Warum nicht?», fragte Sally.

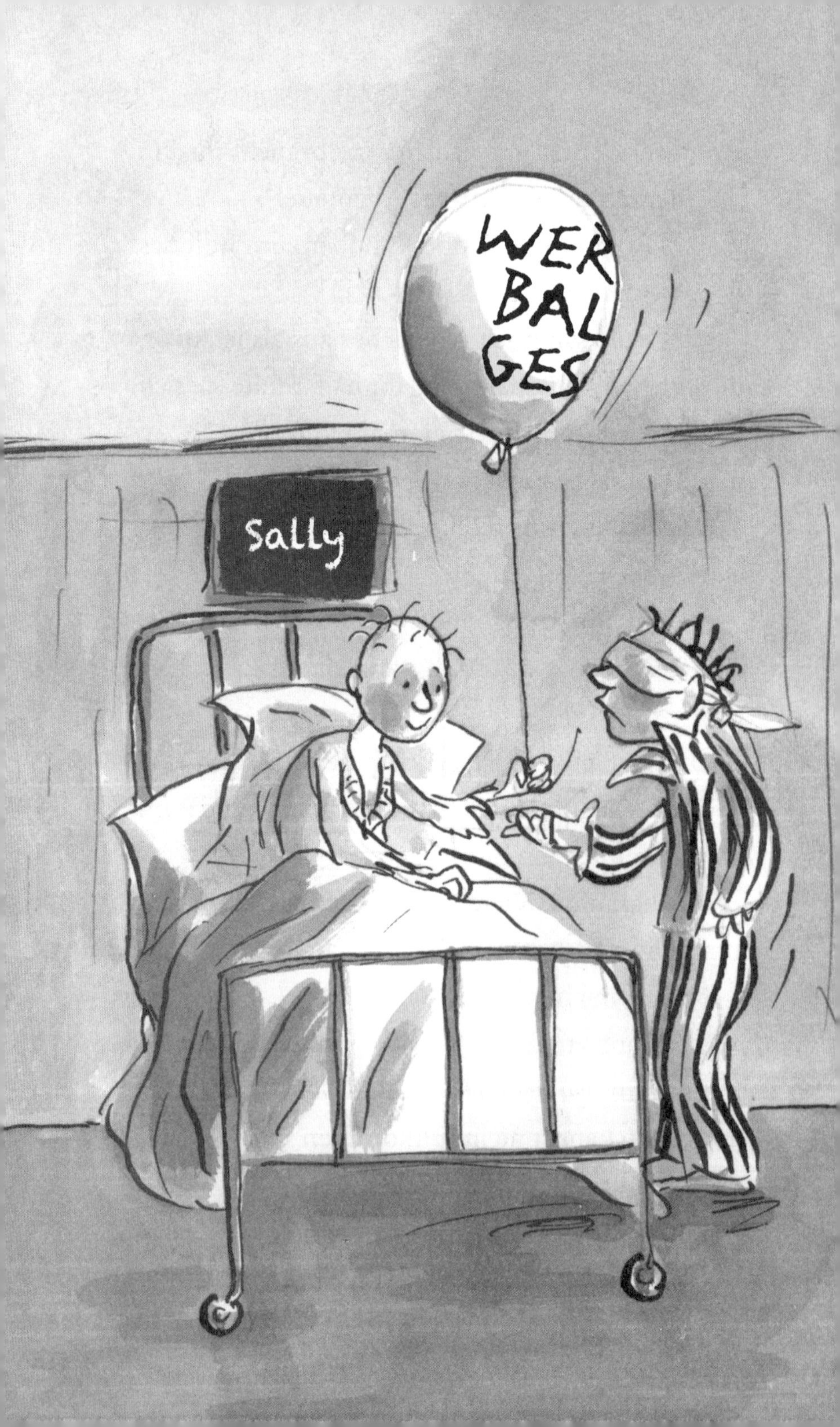
WER
BAL
GES
Sally

«Schau, wenn du es unbedingt wissen musst: Wir haben eine geheime Bande, aber sie ist schon total voll, und im Moment suchen wir nicht nach neuen Mitgliedern.»

«Aber ihr habt Tom doch auch gerade aufgenommen!», protestierte Sally. Und da hatte sie ja recht. «Er war gerade die erste Nacht im Krankenhaus und durfte gleich ein Abenteuer mit euch erleben.»

«Nun, weißt du ...» Amber suchte nach Worten.

«Das war etwas anderes.»

«Wieso?», wollte das Mädchen wissen.

«Weil ... weil ... wenn du es unbedingt wissen musst, Sally, weil du uns alle nur bremsen würdest!», antwortete Amber.

Als sie diese Antwort hörte, lief Sally eine einzelne Träne die Wange hinunter.

Bei ihrem Anblick hätte Amber am liebsten mitgeweint. Sally sah mit ihrem kahlen Kopf und ihrer blassen Haut sowieso schon aus wie eine Porzellanpuppe, die man ganz vorsichtig behandeln musste.

«Entschuldige», sagte Amber. «Ich würde dich jetzt gern in den Arm nehmen, aber wie du siehst, ist das mit meinen Gipsarmen unmöglich.»

Robin, der trotz seiner sarkastischen Bemerkungen ein liebevoller Mensch war, streichelte Sally über den Kopf.

«Ich verstehe», sagte Sally. «Ich bin schon daran gewöhnt, von allem ausgeschlossen zu werden. Seit ich diese Krankheit habe, darf ich alles Mögliche nicht mehr tun. Aber es ist so langweilig, den ganzen Tag im Bett zu liegen. Ich wäre so gern nur ein kleines Mädchen, das Spaß hat.» Sie seufzte. «Bitte nehmt meinen Ballon und erlebt heute Nacht ein wunderbares Abenteuer, was immer es auch ist. Aber versprecht mir etwas ...»

«Alles», antwortete Amber.

«Bitte nehmt mich zu eurem nächsten Abenteuer mit. Dann bin ich bestimmt wieder kräftiger, das weiß ich. Versprochen.»

Amber lächelte, sagte aber nichts. Sie wollte dem Mädchen keine falschen Hoffnungen machen. Dann befahl sie Robin, sie anzuschieben.

«Zack, zack, Robin, mach schon! Wir müssen los!»

«Tut mir leid, Sally», sagte Robin.

Und mit dem Ballon des kleinen Mädchens in

der Hand, schob er Ambers Rollstuhl durch die schweren Schwingtüren hindurch.

«**AU!**», schrie Amber, als ihre Gipsbeine gegen die Türen krachten.

«**'tschuldigung!**», rief Robin.

Sally kicherte, während sie ihnen nachsah. «Viel Glück, geheime Bande», flüsterte sie.

KAPITEL 30
EIN ALTER FREUND

Währenddessen arbeitete **GRUPPE ZWEI**, auch «George» genannt, seine Stockwerke ab. Dabei kroch er auf allen vieren durch die Stationen. Er hatte bereits einen ganzen Haufen Ballons von den

Patienten ‹geborgt›. Auf allen stand «Werd bald gesund», und jeder war sicherlich von einem nahen Angehörigen verschenkt worden. Doch George war zu aufgeregt für Schuldgefühle. Mit jedem Ballon kam er seinem Traum zu fliegen ein Stückchen näher. Das Schwierigste war, sein Bündel Ballons festzuhalten, während er den nächsten abband. Deswegen hatte George sich die Ballons an beide Arme und Beine gebunden. Doch er brauchte noch viel mehr.

Gerade wollte er aus der letzten Station im neunundzwanzigsten Stock kriechen, als er eine Stimme hörte ...

«George?»

Diese Stimme würde er überall wiedererkennen. Es war die Stimme seines Kioskbesitzers.

«Raj?»

«Ja! Ich bin es, Raj. George! Mein Lieblingskunde! Hast du die Pralinenschachteln bekommen, die ich dir geschickt habe?»

«Ja, vielen Dank!»

«Ich habe mir ein bisschen Sorgen um dich gemacht, als ich erfahren habe, dass dir die Mandeln rausgenommen werden.»

«Ich fühl mich schon viel besser, danke, Raj. Diese Pralinen haben mich echt aufgemuntert.»

Der Kioskbesitzer lächelte. «Gut, gut, gut und noch mal gut! Das waren die absolut besten Pralinenschachteln in meinem Laden. Noch von vorvorvorvorletztem Weihnachten übrig geblieben. Und erst ein paar Jahre abgelaufen.»

«War trotzdem nett von Ihnen.»

«Komm bald wieder, George. Meine Einnahmen sind gesunken, seit du nicht mehr kommst.»

«Mach ich!», antwortete der Junge kichernd. «Und was machen Sie hier im Krankenhaus?»

Der Kioskbesitzer setzte sich in seinem Bett auf und zeigte seine bandagierte Hand. «Vor zwei Nächten war ich in einen schlimmen Tacker-Unfall verwickelt. Ich war in meinem Laden und tackerte Preise an die Produkte. Ich hatte ein paar Spezialangebote am Laufen. hundert Bleistifte zum Preis von neunundneunzig; kaufen Sie eine Tonne Karamell und bekommen Sie einen Karamell umsonst; gebrauchte Glückwunschkarten, auf denen der Name mit Tipp-Ex überdeckt ist, zum halben

Preis. Und irgendwie habe ich es geschafft, mir meine Finger zusammenzutackern.»

«**Autsch!**», rief George. «Das klingt ganz schön schmerzhaft.»

«Das war es auch», sagte Raj bedauernd. «Ich kann es niemandem empfehlen, seine Finger zusammenzutackern.»

«Das werd ich mir merken. Also, ich würd ja gern bleiben und weiter mit Ihnen plaudern, aber …»

George krabbelte bereits davon, doch Raj rief ihn zurück.

«George?»

«Ja?»

«Was hast du mit all diesen Ballons vor?»

«Äh, ähm …», stotterte George. «Das sind meine Ballons.»

«Wirklich?»

«Klar.»

«Alle?»

«Klar, Mann.»

Der Kioskbesitzer sah nicht besonders überzeugt aus.

«Auf dem einen steht ‹Werd bald gesund, Mama› ...», sagte er.

«Da hat es wohl eine Verwechslung im Ballonladen gegeben.»

«Mmm», machte Raj. «Aber was machen die Ballons alle hier unten? Die Kinderstation ist doch im obersten Stockwerk.»

George überlegte eine Weile. «Die sind runtergeschwebt», antwortete er.

«Aber steigen Ballons nicht nach oben?»

«Also, ich kann wirklich nicht die ganze Nacht plaudern», sagte George und drehte sich um.

«Oh, mein Lieblingskunde, bitte kannst du deinem Lieblingskioskbesitzer einen Gefallen tun?», fragte Raj.

«Tut mir leid, Mann, ich muss los.»

«Es wird nur einen winzigen Moment deiner Zeit in Anspruch nehmen, vielen lieben Dank, George, mein Lieblingskunde.»

«Was gibt's denn?», seufzte der Junge.

«Nun, das Essen in diesem Krankenhaus ist grauenhaft. Diese nette Dame namens Tuutsie kommt immer mit ihrem Wagen herum und verspricht einem, dass sie alles im Angebot hat. Aber dann bittet man um etwas, und es stellt sich heraus, dass sie bloß eine Käseecke und einen Aufgussbeutel mit brauner Soße hat.»

«Ja, ich weiß. Sie und ich, wir beide lieben unser Fresschen.»

«So ist es!», sagte Raj und klopfte sich auf seinen Bauch. «Also, als Dankeschön für die Pralinen könntest du deinem Lieblingskioskbesitzer was zu essen ordern. Ich würde ja selbst anrufen, aber seit diesem Tacker-Unfall kann ich meine Finger nicht benutzen!»

Raj hielt seine bandagierten Finger in die Höhe.

«Kann ich später noch mal wiederkommen?», fragte George.

«Ich fürchte, dass ich bis dahin verhungert bin», sagte Raj und klopfte sich noch mal auf seinen dicken runden Bauch, der groß genug aussah, um einen Strandball zu beherbergen. «Also kannst du vielleicht jetzt meine Bestellung aufgeben?»

«Muss ich es mir aufschreiben?»

«Nein nein nein, es sind bloß ein paar Sachen. Ganz leicht zu merken.»

«O. k.», antwortete der Junge, «dann schießen Sie mal los ...»

«Danke. Also, ich hätte gern ein Zwiebel Bhaji, Samosa, Hähnchen Jalfrezi, Aloo Chaat, Tandoori Riesengarnelen Masala, Papadams –»

«Moment, das kann ich mir unmöglich alles merken ...», unterbrach der Junge. Doch Raj hatte bei dem Gedanken an all das köstliche Essen glänzende Augen bekommen, und das Wasser lief ihm im Mund zusammen.

«Nein nein nein, das kannst du dir bestimmt merken. Nur noch ein paar Sachen ... Gemüse-

Balti, Peshwarie Naan, Chapati, Alu Gobhi, Mattar Paneer, Tarka Dal ...»

«Ich brauche Papier und Stift!», sagte George panisch.

«Papadams ...»

«Papadams haben Sie schon gesagt, Mann!»

«Ja, ich weiß, ich will zwei Portionen Papadams! Mango Chutney, Paneer Masala, Pilau Reis, Bharta, Chana Alu, Lamm Roghan Josh. Ich glaube, das ist alles. Habe ich schon Papadams gesagt?»

«JA! ZWEIMAL!»

«Gut, man kann nie genug Papadams haben. Also machen wir drei Portionen Papadams draus. Gut, jetzt wiederhole noch mal!»

Als George endlich aus Rajs Station flüchten konnte, beschloss er, dass es wohl am besten war, beim nächsten indischen Restaurant die ganze Speisekarte rauf und runter zu bestellen. Plus vier Portionen Papadams, falls drei Portionen doch nicht ausreichten.

Endlich war er im Flur und drückte auf den Lift,

der ihn zum Erdgeschoss fahren sollte, wo er sich mit dem Rest der Bande am Fuß des unendlich langen Treppenhauses treffen würde.

PING!

Die Fahrstuhltüren öffneten sich. Drinnen stand die kettenrauchende Putzfrau, die die Mitternachtsbande erst vorige Nacht getroffen hatte. Dilly hielt sich am Griff einer Bohnermaschine fest, und wie immer hing ihr eine brennende Zigarette im Mundwinkel. Beim Anblick von George mit seinen hundert Ballons, die er sich an Arme und Beine gebunden hatte, riss sie den Mund auf.

Es waren so viele Ballons, dass George sich bereits ein wenig leichter fühlte. Sein Kopf war zwischen den Ballons gerade noch so zu sehen.

«Was hast du denn diesmal vor?», fragte Dilly. Asche regnete von ihrer Zigarette auf den Boden.

«Oh, hallo noch mal!», antwortete George fröhlich. «Die Sauberkeitsinspektion gestern Nacht fand alles tippi-toppi, also schön so weitermachen. Auch wenn wir etwas Zigarettenasche auf dem Boden gefunden haben. Wir waren nicht sicher, ob die von Ihnen war ...»

«Was machst du mit den verflixten Ballons?», fragte Dilly. «Ich hätte die größte Lust, sie mit meiner Zigarette platzen zu lassen!»

Die Ausrede mit den herabgesunkenen Ballons hatte bei Raj nicht gut gewirkt, also versuchte George es jetzt mit einer anderen Erklärung.

«Ich liefere die bloß an einen wahnsinnig bekannten Patienten aus. Er kriegt jeden Tag tausend Ballons. Also keine Sorge – ich nehme den nächsten Fahrstuhl.»

PING!

Die Türen schlossen sich.

George stampfte wütend auf den Boden. Jetzt war er von einer Krankenhausangestellten mitten in der Nacht außerhalb des Bettes gesehen worden. Die Mitternachtsbande musste sich beeilen, wenn George seinen Traum noch verwirklichen sollte.

KAPITEL 31
DAS ÄLTESTE KIND DER WELT

Währenddessen durchsuchte Gruppe Drei ein paar Stockwerke weiter unten die Stationen der schlafenden Patienten nach Ballons ab. Tom und der Pfleger fanden es schwierig, auf allen vieren über den Fußboden zu kriechen und dabei nicht gesehen zu werden. Was die Sache noch schwieriger machte, war die Tatsache, dass sich beide bereits Dutzende von Ballons umgebunden hatten.

Es war jetzt schon weit nach Mitternacht, und nichts als das Schnarchen der Patienten war zu hören. Viele von ihnen waren schon ziemlich alt.

«ZZZZZ, ZZZZZ, ZZZZZ, ZZZZZ, ZZZZZ ...»

Die Schwestern waren auf ihren Stationen, doch da sie nachts nicht viel zu tun hatten, waren einige von ihnen eingenickt, während andere lasen.

Gerade als Tom und der Pfleger am Ende der einen Station aus den großen Schwingtüren krabbeln wollten, hörten sie eine alte Dame rufen: «Oooh, was für schöne Ballons! Sind die für mich?»

Tom sah zum Pfleger, der den Finger auf die Lippen legte.

«Ich habe gefragt, sind die für mich? Ich liebe Ballons ja so.» Die Stimme klang lauter. Man konnte sie nicht überhören. Wenn die alte Dame so weitersprach, würde sie noch die Schwestern wecken, die nur ein paar Schritte entfernt schliefen.

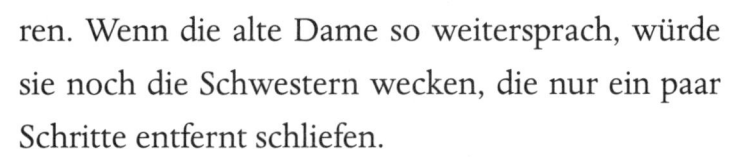

Tom schaute auf. Eine unglaublich alte Dame saß in ihrem Bett. Ihr Gesicht war faltig und ihre Haare so weiß wie Schnee. Im Gegensatz zu den meisten anderen Patienten standen keine Karten oder Blumen auf ihrem Nachttisch. Er war vollkommen leer, abgesehen von einem Krug Wasser und einem Plastikbecher.

«Kommen Sie!», sagte Tom zum Pfleger. Doch der Pfleger wirkte hin- und hergerissen.

Schließlich schüttelte er den Kopf. «Junger Herr Tom, wir können Nelly nicht einfach ignorieren.»

«Noch nie habe ich *so schöne Ballons* gesehen. *Ich liebe sie!*», sagte die alte Dame. «Wer hat sie mir denn geschickt? War das Vater?»

Die Dame musste schon über neunzig Jahre alt sein, vielleicht sogar älter. Sie sah aus, als hätten die Jahre sie schrumpfen lassen wie ein Stück Obst, das man in der Sonne vergessen hatte. Tom merkte, dass nicht nur der Körper der alten Dame geschwächt war. Auch ihr Geist musste abgebaut haben, wenn sie tatsächlich glaubte, ihr Vater sei noch am Leben. Das war unmöglich.

Tom wusste nicht, was er sagen oder tun sollte. Als er aufstand und die Ballons um ihn herum hüpften, flüsterte er dem Pfleger zu: «Ihr Vater kann doch nicht mehr am Leben sein, oder?»

«Nein. Natürlich nicht», flüsterte der Pfleger. «Nelly ist neunundneunzig und hat keine Familienmitglieder mehr.»

«Was sollen wir mit den Ballons machen?», fragte Tom.

«Nelly glaubt, sie sei immer noch ein kleines Mädchen. Also spielen wir mit. Überlass das ruhig mir.»

Der Pfleger wandte sich an die alte Dame. «Ja, Nelly, dein Vater hat dir diesen hier geschickt.» Er reichte der alten Dame den Ballon, der ihr am nächsten war. Er hatte ihn von einem der anderen Betten auf der Station ‹geborgt›. Der Ballon war schon ein wenig schlapp, und seine Aufschrift lautete «Für Opa». Aber das schien Nelly egal zu sein. Sie strahlte, als sie die Schnur in die Hand nahm.

«Oh, ich liebe ihn. Er ist einfach *wunderschön!*»,

jubelte sie. «Und Sie sind auch **wunderschön**, weil Sie ihn mir bringen.»

Tom schaute den Pfleger an. Bestimmt war der Mann noch nie **wunderschön** genannt worden, dachte er.

«Hat Vater eine Nachricht für mich hinterlassen, wann er mich abholen kommt?»

Da der Pfleger nicht wusste, was er sagen sollte, sprang Tom ein.

«Bald, Nelly», sagte der Junge. «Sie werden ihn schon ganz bald wiedersehen.»

«Wirklich?»

«Ja, wirklich», antwortete Tom.

«Oh, prima prima!» Die alte Dame lächelte, und die Jahre schienen dahinzuschmelzen. Es schien, als wäre sie wirklich wieder ein kleines Mädchen.

«Wir müssen jetzt weiter», sagte Tom.

«Liefert ihr die Ballons an alle Kinder wie mich aus?», fragte sie.

«Ja», sagte Tom, und seine Stimme zitterte vor Mitgefühl. «Genau das tun wir.»

«Fein!», antwortete sie. «Ihr habt so viele – passt auf, dass ihr nicht davonfliegt! Ha! Ha!»

Tom und der Pfleger sahen sich an. Nelly war ihnen einen Schritt voraus.

«Wir müssen jetzt gehen!», sagte der Pfleger. Die beiden verabschiedeten sich eilig von Nelly. Es wurde Zeit, die anderen zu treffen!

«Kommt bald wieder und besucht mich», sagte die Dame und betrachtete ihr neues Spielzeug beglückt.

Tom und der Pfleger hasteten durch die hohe Doppeltür, und die Wolke aus Ballons schwebte hinter ihnen her.

KAPITEL 32
BALLON-DIEBE

Mittlerweile war es 2 Uhr nachts, und der Geschenkeladen war schon seit Stunden geschlossen. Tom drückte sein Gesicht an die Scheibe. Innen hingen große Bündel mit Ballons zum Verkauf. Sie waren alle frisch mit Helium gefüllt worden und drängten sich wie ein riesiger Blumenstrauß an der Zimmerdecke.

«Die müssen wir in die Finger kriegen, junger Herr Tom», sagte der Pfleger.

«Aber wie sollen wir in den Laden kommen?», fragte der Junge. «Er ist abgeschlossen!»

«Ich weiß es nicht», antwortete der Mann. «Aber wir müssen. Die Zeit vergeht, und wir können den jungen Herrn George nicht im Stich lassen. Heute ist *seine* Nacht.»

Das ferne Dröhnen einer Maschine war am Ende des Flures zu hören.

SSUURRRR,

Es war Dilly, die Putzfrau.

Tom und der Pfleger sahen sich erschrocken an, dann versteckten sie sich hinter der Wand des Geschenkeladens.

Dilly arbeitete sich mit der Bohnermaschine langsam den Flur hinauf und ließ beim Gehen Zigarettenasche fallen. Dann stellte sie die Maschine ab, zog ein dickes Schlüsselbund hervor und schloss die Ladentür auf.

Dann wurde die Maschine wieder angestellt.

SSUURRR,

Dilly bohnerte den Fußboden im Laden und verstreute dabei überall ihre Asche.

Die Ballon-Diebe lächelten sich zu. Das war ihre Chance.

Das Dröhnen der Maschine war so laut, dass sie ungehört in den Laden treten konnten.

SSUURRR,

Als Dilly ihnen den Rücken zudrehte, hasteten sie zu den Ballons hinüber. Sie packten so viele Ballonbänder, wie sie nur konnten.

SSUURRR,

Doch als sie die Tür des Ladens erreicht hatten, wurde die Maschine abgestellt.

Tom wagte nicht, sich umzudrehen.

«**Hey!**», brüllte Dilly. «**Was macht ihr da mit den Ballons? Sagt mir sofort, was ihr damit vorhabt, los!**»

«Oh! Hallo, Fräulein Dilly!», nuschelte der Pfleger.

«Sie sind das!», gab die Putzfrau zurück. «Das hätte ich mir ja denken können. Sie schleichen immer irgendwo im Krankenhaus rum, was?»

«Aber gar nicht!», antwortete der Pfleger und

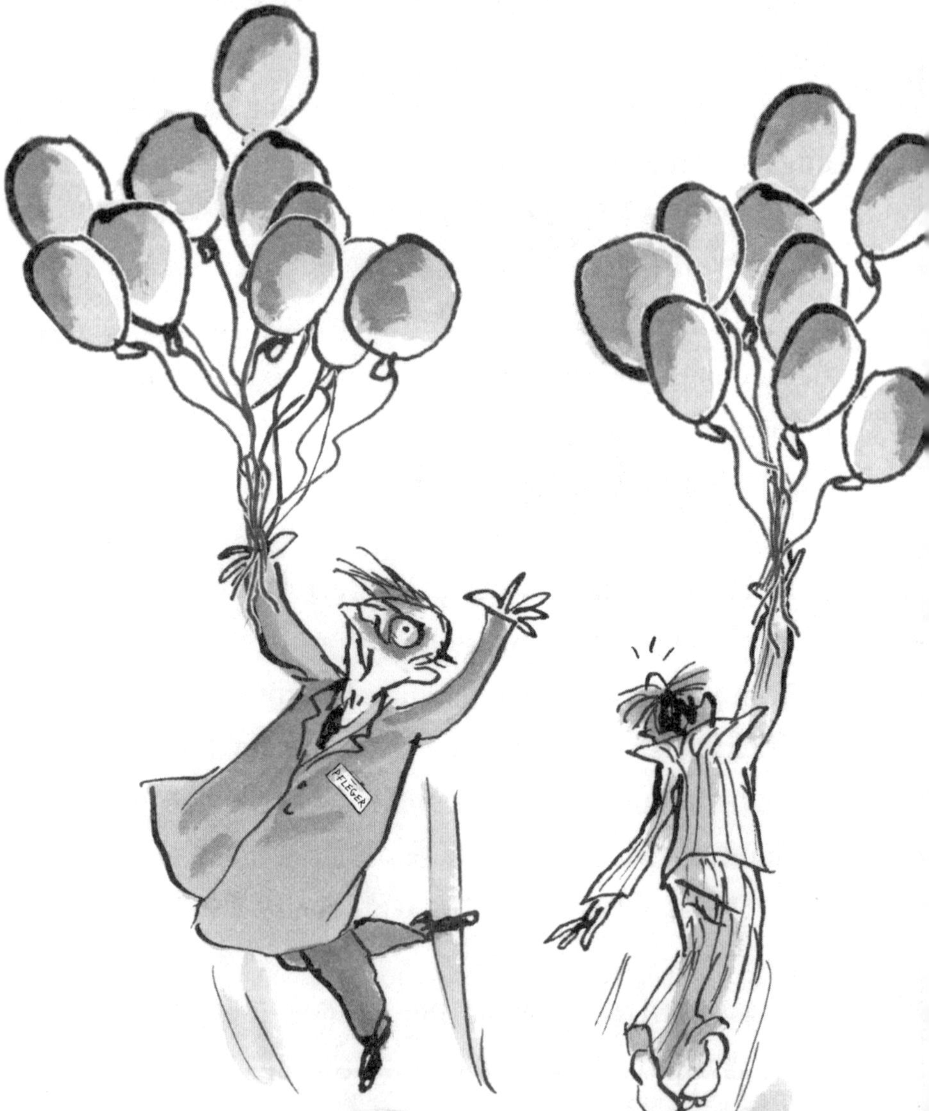
PFLEGER

versuchte mit aller Kraft, sein schiefes Gesicht zu einem Lächeln zu verziehen. «Der junge Herr Tom und ich bringen diese Ballons nur rauf auf die Kinderstation.»

«Wofür das denn?», wollte die Putzfrau wissen.

«Ich halte einen Ballontiere-Bastel-Wettbewerb ab!», sagte der Pfleger.

«Mitten in der Nacht?!»

«Wir machen hauptsächlich Fledermäuse und Eulen, und bestimmt wissen Sie, dass das nachtaktive Tiere sind und darum nur nachts rauskommen», fügte Tom hinzu.

«Ich glaub euch kein einziges Wort! Ihr lügt doch beide. Ihr Kinder führt doch immer irgendwas im Schilde. Ihr habt kein Recht, die Ballons da mitzunehmen. Ich rufe jetzt sofort den Sicherheitsdienst!»

«*O nein! Was sollen wir jetzt tun?*», zischte Tom.

«Wir hauen ab!», antwortete der Pfleger.

Die beiden rannten aus dem Laden, wobei der Pfleger sein schwaches Bein hinter sich herzog.

Tom entdeckte das Schlüsselbund, das von draußen in der Tür steckte – er drehte den Schlüssel herum und schloss die arme Putzfrau im Laden ein.

Wütend schlug Dilly gegen die Glastür.

BAMM!
BAMM!
BAMM!
BAMM!

«LASST MICH RAUS!»,

schrie sie, während die Asche aus ihrem Mund zu Boden rieselte.

Doch die beiden Ballon-Diebe waren schon halb den Flur hinuntergelaufen, wobei sie Hunderte von Ballons hinter sich herzogen.

KAPITEL 33
DIE FLIEGENDE ALTE DAME

«**IHR SEID SPÄT DRAN!**», schrie Amber, als Tom und der Pfleger endlich ankamen. George war neben ihr und sah ebenfalls nicht besonders erfreut aus. Alle drei Teams standen jetzt unten im hohen Treppenhaus, das sich vom Erdgeschoss bis zum obersten Stockwerk des Krankenhauses hinaufzog. Und alle hielten große Bündel Ballons in der Hand. Als inoffizielle Anführerin der Mitternachtsbande hatte Amber natürlich die größte Menge Ballons. Es mussten zwei- oder dreihundert sein, und sie waren alle an Ambers Rollstuhl befestigt. Es waren so viele, dass sie bereits leicht vom Boden abhob. Noch ein Ballon mehr, und sie würde davonfliegen. Sie und Robin hatten sich offenbar richtig angestrengt, um Georges Traum wahr werden zu lassen.

«Entschuldigung!», keuchte Tom, als er und der Pfleger da waren. Hier unten im Treppenhaus merkte Tom erst, wie unglaublich hoch das **LORD FUNT KRANKENHAUS** war. Beim Blick hinauf wurde ihm ganz schwindelig. Tom war noch nie in einem so hohen Gebäude gewesen. Die riesige Wendeltreppe schraubte sich über ihm in die Höhe. Es mussten Tausende von Stufen sein. Das Dach bestand aus einem großen Oberlicht aus Glas. Dahinter konnte Tom die Sterne am nächtlichen Himmel funkeln sehen.

Die Gesichter der Kinder glühten vor Aufregung, weil sie mitten in der Nacht noch auf waren.

«Okay, dann gebt mir jetzt eure Ballons!», sagte George. Er konnte keinen Moment länger warten.

«Geduld, junger Herr George!», sagte der Pfleger. «Das hier ist eine komplizierte Angelegenheit. Wir müssen die Menge der Ballons genau abstimmen. Wenn du alle Ballons nimmst, steigst du vielleicht schnell wie eine Rakete zur Decke.»

«Aber genau das will ich doch!», protestierte der Junge.

«Ha! Schön wär's», bemerkte Robin.

Wenn du vorhast, dein Haustier fliegen zu lassen*, dann findest du hier die entsprechende Menge an Ballons, die du dafür brauchst ...

Eine Wüstenrennmaus:
7 Ballons

* Bitte frag das Haustier erst um Erlaubnis, da manche lieber auf dem Boden bleiben.

Ein Hamster: 12 Ballons

Ein Kaninchen: 31 Ballons

Eine Schildkröte: 39 Ballons

Eine Katze: 47 Ballons

Ein Hund: 58 Ballons

Ein Schwein:
117 Ballons

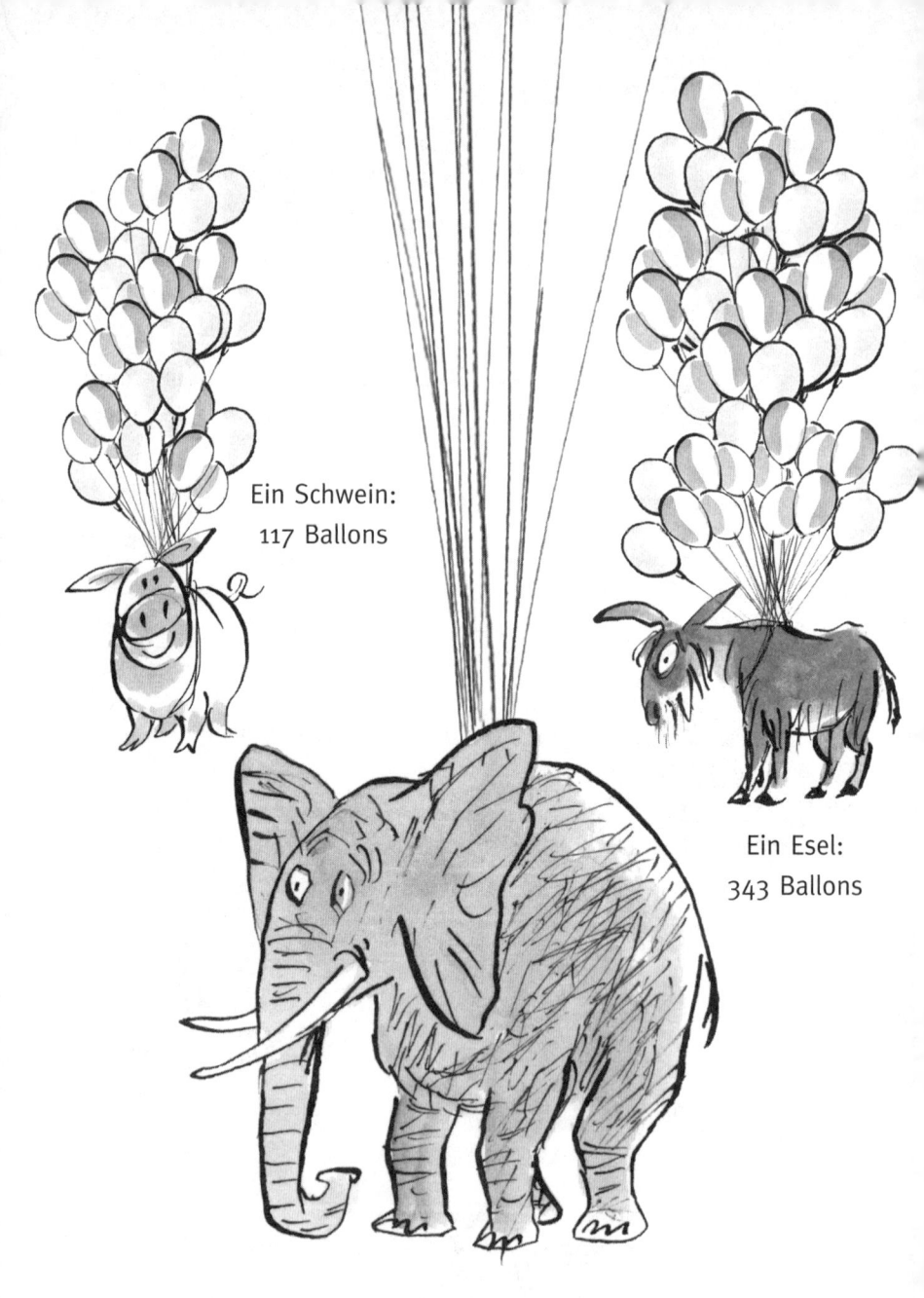

Ein Esel:
343 Ballons

Ein Elefant: 97 282 Ballons

Ein Blauwal: 3 985 422 Ballons

«Ich schwebe schon, seht mal!», sagte Amber. Der Rollstuhl stand ein paar Zentimeter über dem

Boden in der Luft. «Und das mit dem Gewicht des Rollstuhls.»

«Na gut, na gut», sagte George ungeduldig. «Dann sagt mir, was ich tun soll!»

«Erst mal muss jemand ganz nach oben laufen, um George, wenn er oben ankommt, bloß einen Ballon abzunehmen, damit er nach dem Aufstieg wieder sicher nach unten schweben kann», sagte der Pfleger. «Wer meldet sich freiwillig?»

Unnötig zu sagen, dass keiner aus der Mitternachtsbande tausend Stufen hinaufsteigen wollte.

Ohne nachzudenken, hob Tom die Hand, um sich in der Nase zu bohren.

«Danke, junger Herr Thomas», sagte der Pfleger.

«Aber –», protestierte Tom.

«Sehr ehrenhaft von dir. Dann lauf los!»

Zögernd stieg Tom die Stufen hinauf. Zuerst stampfte er dabei, um zu zeigen, wie verärgert er war, doch das wurde bald zu anstrengend, also hörte er damit auf und stieg die Stufen ganz normal weiter hinauf. Er konnte jedoch alles hören, was unten vor sich ging, da die Stimmen nach oben getragen wurden.

Wie immer organisierte der Pfleger alles für die

Kinder. Er sammelte die Ballons bündelweise ein und reichte sie George nacheinander.

Schon bald fühlte der Junge sich ganz leicht, und

seine Füße berührten gerade noch den Fußboden.

«Wir müssen jetzt sehr vorsichtig vorgehen», sagte der Pfleger. «Ein Ballon zur Zeit.»

Endlich hatte Tom die Spitze des Treppenhauses erreicht. Er war völlig außer Atem, als hätte er gerade den Mount Everest erklommen. Er sah hinab und fühlte sich noch schwindeliger als vorhin beim Blick hinauf. Er hatte das Gefühl, als würde er gleich hinunterfallen, auch wenn er vom Treppengeländer geschützt war.

George schwebte nun ein paar Zentimeter über dem Boden. Noch ein oder zwei Ballons mehr, und er würde losfliegen.

«Bist du da oben bereit, Thomas?», rief der Pfleger.

«Bereit!», rief Tom hinab, auch wenn er einen Augenblick lang vergessen hatte, warum er eigentlich hier oben war. «Nimm George einen Ballon ab, damit er sicher wieder herabschweben kann», murmelte er zu sich, als es ihm wieder einfiel.

Der Pfleger hielt einen Ballon in der Hand, den er George reichen wollte. «Ich bin sicher, mit dem hier wirst du losfliegen. Bist du bereit?»

«Bereit!», antwortete George.

Der Pfleger sah Amber und Robin an. «Also dann, alle zusammen. Wir zählen rückwärts wie beim Start einer Rakete ... **Zehn, neun, acht ...**»

Die Mitternachtsbande zählte gemeinsam rückwärts.

«Sieben, sechs, fünf, vier, drei, zwei ...»

Doch bevor sie **«eins»** sagen konnten, kam die unglaublich alte Dame Nelly auf einmal mit ihrem Ballon auf sie zugetänzelt.

«Oh, hallo noch einmal!», strahlte sie. «Ich mag

meinen Ballon hier wirklich sehr, aber ich habe mich gefragt, ob ich ihn nicht gegen einen rosa Ballon tauschen könnte.»

Nelly streckte die Hände aus und packte das riesige Bündel Ballons, das George festhielt.

Und sofort schoss ihr kleiner Körper schneller als eine Rakete in die Höhe.

WUSCH!

KAPITEL 34
BRENNENDER HINTERN

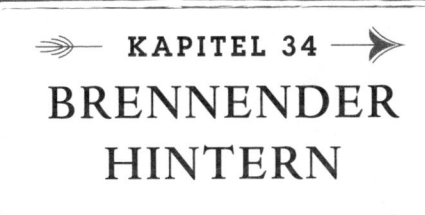

Tom versuchte verzweifelt, die kleine alte Dame aufzuhalten, als sie an ihm vorbeischoss, doch sie war einfach zu schnell. Nelly war viel leichter als George, und das Gas in den Ballons trug sie mit unglaublicher Geschwindigkeit das Treppenhaus hinauf.

Die Scherben regneten vom Oberlicht herab, als Nelly direkt hindurchschoss.

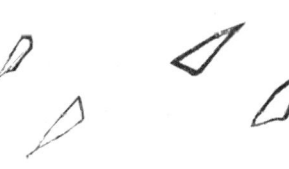

Alle, die unten standen, sprangen zur Seite, um den scharfkantigen Scherben zu entgehen. Die Glasscherben trafen mit einem gigantischen

KLIRR! auf dem Boden auf ...

«Jippieh!», schrie die alte Dame beglückt, als sie in den Sternenhimmel hinaufstieg und verschwand.

KLIRR!! KLIRR!

«**Das ist nicht fair!**», schrie George.

Oben auf der Treppe sah Tom, wie Nelly über die Dächer von London hinwegsegelte.

«**KOMM RUNTER!**», rief der Pfleger.

Tom sprang auf das Geländer und rutschte hinab. Doch beim Rutschen wurde sein Hintern immer heißer und heißer. Schon bald merkte er, dass er nicht mehr anhalten konnte.

«**Aaaaaahhhh!**», schrie er.

«Was ist los, junger Herr Thomas?», rief der Pfleger hinauf.

«**MEIN HINTERN BRENNT!**»

«Das fehlt uns noch», bemerkte Robin.

Tom rutschte immer schneller und schneller

das Geländer hinab. Die Reibung war so stark, dass der Schlafanzug, den der Pfleger ihm gegeben hatte, am Gesäß anfing zu brennen.

«Aaaaaahhhh!», schrie Tom.

«MEIN HINTERN BRENNT WIRK- LICH!»

«Ja, Schätzchen, wir haben dich schon beim ersten Mal gehört», antwortete Robin nicht sehr hilfreich.

«**George, hol den Feuerlöscher!**», rief der Pfleger.

Der Junge gehorchte, doch als er den Griff packte, musste er gleich den Schalter umgelegt haben, denn der Schaum schoss heraus und ergoss sich über alle.

«Pass auf, wohin du damit zielst!», schrie Amber, die aussah wie ein riesiger Sahnehaufen.

FLATSCH!

«Ich kann ihn nicht abstellen!», schrie George.

Auch Robin wurde von Kopf bis Fuß eingesprüht. «Ich habe nicht die leiseste Ahnung, was hier los ist», bemerkte er.

«HILFE!», schrie Tom **«JEMAND MUSS MICH AUFFANGEN!»**

Doch auch der Pfleger wurde von oben bis unten mit Löschschaum übergossen.

Verzweifelt versuchte der Pfleger, sich die Augen freizurubbeln, um Tom rechtzeitig aufzufangen.

«ICH KANN NICHTS SEHEN!», rief der Pfleger.

«Willkommen im Club», meinte Robin.

Tom schaute über seine Schulter. Er rutschte direkt auf Amber zu.

«AMBER, VERSUCH, MICH ZU FANGEN!», schrie er.

«MEINE ARME SIND GEBROCHEN!», schrie sie zurück.

SSSSIIITTTT!

Tom schoss vom Ende des Geländers.

WUUUSCH!

Er flog durch die Luft.

SSSSIIITTTT!

Und landete auf Amber.

RUMMMS!

Wobei ihr Rollstuhl nach hinten schoss ...

SCHEPPER!

... sie beide gegen die Wand krachten ...

KNALL!

... und in einem schaumigen Haufen landeten.

PLATSCH!

Endlich stoppte der Feuerlöscher.

«Gute Nachrichten, Leute!», gab George bekannt.

«Was?», fragten die anderen.

«Ich hab rausgefunden, wie man das Ding abstellt!»

«Gerade noch rechtzeitig», meinte Robin sarkastisch.

«Ich bin froh, dass meine Arme und Beine bereits gebrochen sind», meinte Amber. «Sonst wären sie nämlich jetzt gebrochen.»

Tom untersuchte seine Schlafanzughose. Sie war ganz schwarz und verschmort.

«Wir müssen los!», rief der Pfleger.

«Was? Wohin?», antwortete die Mitternachtsbande.

«Wir müssen eine fliegende alte Dame einfangen!»

KAPITEL 35
TATÜ-TATA!
TATÜ-TATA!

Die Mitternachtsbande eilte zu einem alten, verrosteten Krankenwagen, der mit laufendem Motor vor dem Krankenhaus stand.

«Einsteigen!», bellte der Pfleger.

Alle halfen dabei, Amber und ihren Rollstuhl hinten in den Krankenwagen zu bugsieren.

«Also, wer will Späher sein?», fragte der Pfleger.

«Ich bin nicht sicher, ob ich der beste Kandidat dafür wäre», überlegte Robin und deutete auf seine Augenbinde.

«Ich mache es!», sagte Tom. Das klang spannend.

«Wunderbar, Herr Thomas. Dann binde ich dich jetzt auf dem Dach fest», sagte der Pfleger.

«Bitte was?», fragte Tom erschrocken.

«Keine Zeit für Diskussionen! Während wir noch reden, fliegt Nelly schon hoch über London davon!»

Der Pfleger riss sich seinen alten Ledergürtel ab und kletterte mit einigen Schwierigkeiten auf das Dach des Krankenwagens. Dort band er den Gürtel an die Sirene und zog noch einmal daran, um sicherzugehen, dass er auch fest war.

«Gut. Rauf mit dir!», sagte der Pfleger und zog Tom hinauf.

Tom stand auf dem Dach des Wagens und hielt sich am Gürtel fest.

«Du dienst als meine Augen», sagte der Pfleger und rutschte die Frontscheibe hinab. «Und sagst mir, wenn du die alte Dame sichtest!»

«Okay!», sagte Tom.

«Bereit?», fragte der Pfleger.

«J-j-ja», antwortete der Junge.

Der Krankenwagen schoss davon.

BRRUUMMMMM!

Während der Wagen in die Nacht schoss, suchte Tom den schwarzen Himmel ab. *Wie schade, dass Sally das verpasst,* dachte er. Plötzlich hatten diese phantastischen Abenteuer eine ganz neue Wendung genommen. In der Ferne und direkt vor dem leuchtenden Vollmond glaubte Tom eine große Wolke aus Ballons zu entdecken, unter denen eine alte Dame baumelte.

«Da ist sie!», rief Tom.

«Welche Richtung?», fragte der Pfleger.

«Geradeaus!»

BRRUUMMMMM!

Der Krankenwagen schoss voran.

Tom musste sich gut festhalten, als der Pfleger das Gaspedal durchdrückte und der Krankenwagen überraschend schnell davonraste.

«LINKS! LINKS! GERADEAUS!», schrie der Junge.

Der Krankenwagen schlitterte um die Kurven, fuhr verkehrt herum in Einbahnstraßen und sogar über den Bürgersteig, um die alte Dame nicht zu verlieren.

«Ich verstehe nicht, warum wir uns derartig beeilen müssen», murmelte Robin, der zwischen dem Pfleger und George saß. «Alles kommt irgendwann wieder runter. Die alte Dame wird irgendwo landen, und dann kann sie selbst zurück zum Krankenhaus gehen.»

«Die alte Dame ist mir nicht so wichtig», meinte George. «Ich will bloß meine Ballons zurück! Als Nächstes bin ich dran mit Fliegen.»

«Wie könnt ihr beiden nur so gefühllos sein!», sagte Amber, die alles von hinten im Wagen gehört hatte. «Die arme alte Dame braucht dringend unsere Hilfe. Und was noch wichtiger ist: Wir fahren in einem Krankenwagen! **Schneller, Mann, SCHNELLER!** Und schalten Sie die Sirene an!»

Der Pfleger lächelte und gehorchte.

TATÜ-TATA!
TATÜ-TATA!
TATÜ-TATA!

Oben auf dem Autodach war der Lärm ohrenbetäubend. Tom musste seine Anweisungen jetzt brüllen, damit der Pfleger ihn überhaupt hörte.

«RECHTS!»

Oben im Himmel segelte die alte Dame über die Dächer von Londons Sehenswürdigkeiten wie die St.-Pauls-Kathedrale, die Nelson-Säule am Trafalgar Square und den Buckingham-Palast. Dann verfing sich der Saum von Nellys Nachthemd an der höchsten Turmspitze von Westminster Abbey.

Das Nachthemd riss entzwei.

RITSCH!

«*Oooh-hoo-hoo!*», lachte Nelly. «JETZT BIN ICH GANZ NACKIG!»

Und so war es.

«**SIE IST NACKT!**», schrie Tom. Er starrte hinauf zu den schrumpeligen Ballons und einem schrumpeligen Hintern.

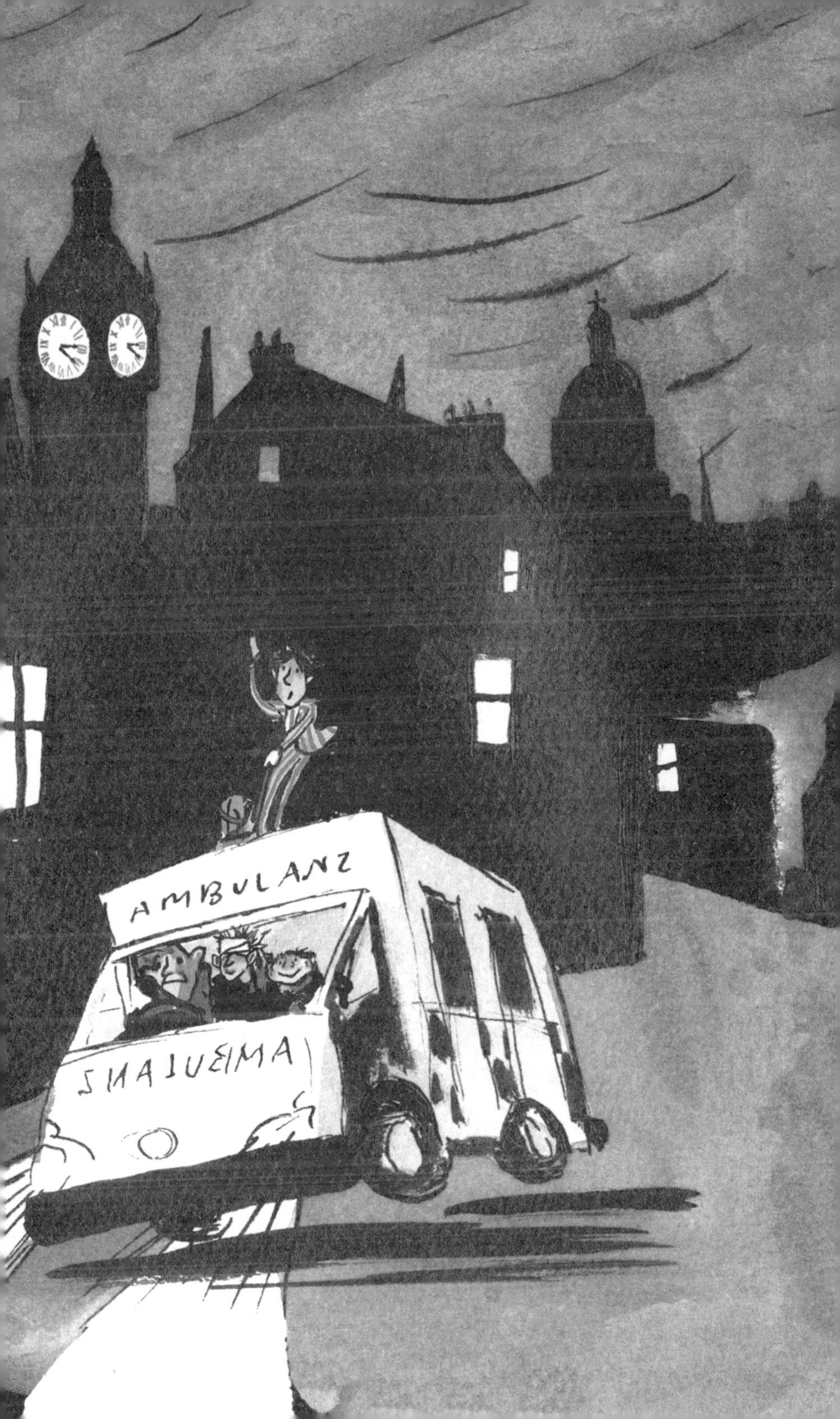
AMBULANZ

«O NEIN!», rief der Pfleger.

«EIGENTLICH SIEHT ES SO AUS, ALS HÄTTE SIE EINE MENGE SPASS!», rief Tom runter.

Doch dann passierte es.

Die Zweige eines hohen Baumes rissen Nelly die Hälfte der Ballons aus der Hand. Und sofort sank die nackte alte Dame in ziemlicher Geschwindigkeit zu Boden.

«STOPP! SIE IST DIREKT ÜBER UNS!», schrie Tom dem Pfleger zu.

Der Mann drückte auf die Bremsen, und der Krankenwagen blieb abrupt stehen.

Die Dame landete mit einem

KNALL!

auf dem Dach und schlug Tom k. o.

DONG!

KAPITEL 36
DAS NICHT-WILLKOMMENS-KOMITEE

Hinten im Krankenwagen war es jetzt ganz schön voll. Tom lag auf der Bahre, weil er innerhalb von zwei Tagen das zweite Mal k. o. geschlagen worden war. Amber saß in ihrem Rollstuhl. Auf einer anderen Bahre saß Nelly, eingewickelt in eine Decke. Die alte Dame glühte vor Aufregung über ihren ersten Ballonflug.

«Wann darf ich noch mal fliegen?», fragte sie strahlend.

«Gar nicht!», antwortete George pampig.

Der Junge war wütend darüber, dass ihm sein Traum vom Fliegen einfach von dieser alten Dame weggeschnappt worden war.

«*Ich* sollte heute Nacht fliegen. Sie sind nicht mal Mitglied der Mitternachtsbande!»

«Die Mitternachtsbande? Das klingt aber spannend! Darf ich da mitmachen?»

«**NEIN!**», fauchte George. «Nach heute Nacht werden Sie nie nie nie nie ein Mitglied der Mitternachtsbande werden!»

«Du hättest noch ein ‹nie› reinquetschen können, nur um es wirklich klarzumachen», meinte Robin.

«*NIE! NIE! NIE! NIE! NIE! NIE!*», sagte George.

«Mmmm, ich weiß nicht, ob das ausreicht», murmelte Robin.

«Ach, sei doch ruhig! – Pfleger?»

«Ja, Herr George?»

«Können wir noch einen kleinen Stopp beim indischen Restaurant einlegen? Ich müsste ein paar Sachen für meinen Kioskbesitzer-Freund abholen.»

«Ich enttäusche dich nicht gern, aber wir haben es ziemlich eilig», antwortete der Pfleger.

«Dachte ich mir schon. Ist nur so, dass er am Verhungern ist …»

«Tut mir leid, George.»

«Nicht mal ein Papadam?»

«Wir sollten lieber nicht anhalten, George.»

«Ich mein ja nur, mein Freund Raj wird sich nicht besonders freuen.»

George hatte darauf bestanden, die übriggebliebenen Ballons wieder zurück zum Krankenhaus mitzunehmen, um noch einen Flugversuch zu machen. Widerstrebend hatte der Pfleger sie am Blaulicht festgebunden, und nun hopsten sie oben auf dem Krankenwagen herum, während der Wagen durch die Straßen Londons schoss.

Der Pfleger fuhr, so schnell er konnte. Er musste eiligst zurück zum Krankenhaus. Die Kinder mussten wieder in den Betten liegen, bevor Dilly sich aus dem Geschenkeladen befreien konnte und natürlich, bevor die Oberschwester wach wurde. Sonst würden sie alle in riesigen Schwierigkeiten stecken.

Tom kam auf seiner Liege langsam zu sich. Er murmelte vor sich hin.

«Ich war auf dem Cricketplatz. Der Ball. Er ist genau auf mich zugeflogen. Hat mich am Kopf getroffen. Dann bin ich bewusstlos geworden ...»

«Nein, Herzchen», korrigierte Robin. «Das war beim letzten Mal. Diesmal wurdest du von einer nackten alten Dame ausgeknockt.»

«Was?», fragte Tom erschrocken.

«Ist ja umwerfend, dass wir uns wiedersehen!», sagte Nelly fröhlich.

Der Pfleger schaute auf seine Uhr und drückte das Gaspedal ganz nach unten.

BRRRUUMMM!

Wegen der Sirene durfte er über jede rote Ampel fahren.

TATÜ-TATA!
TATÜ-TATA!
TATÜ-TATA!

Ein breites Lächeln zog sich über sein Gesicht. Der Pfleger genoss es, die Rolle des Fahrers zu übernehmen – es war ein ganz schöner Karrieresprung von seinem normalen Job als Transportbetten-Schieber.

Endlich fuhr der Krankenwagen um die letzte Ecke, und der Eingang vom **LORD FUNT KRANKENHAUS** kam in Sicht.

Als der Pfleger auf das Gebäude zuraste, bemerkte er eine Gruppe von Leuten, die draußen warteten. Sie starrten alle dem Krankenwagen entgegen. Beim Näherkommen merkte er, dass es kein Willkommens-Komitee war.

Eher ein Nicht-Willkommens-Komitee.

Der makellos gekleidete Krankenhausdirektor Sir Quentin Strillers stand auf der Treppe. Neben ihm stand die Oberschwester, auf seiner anderen

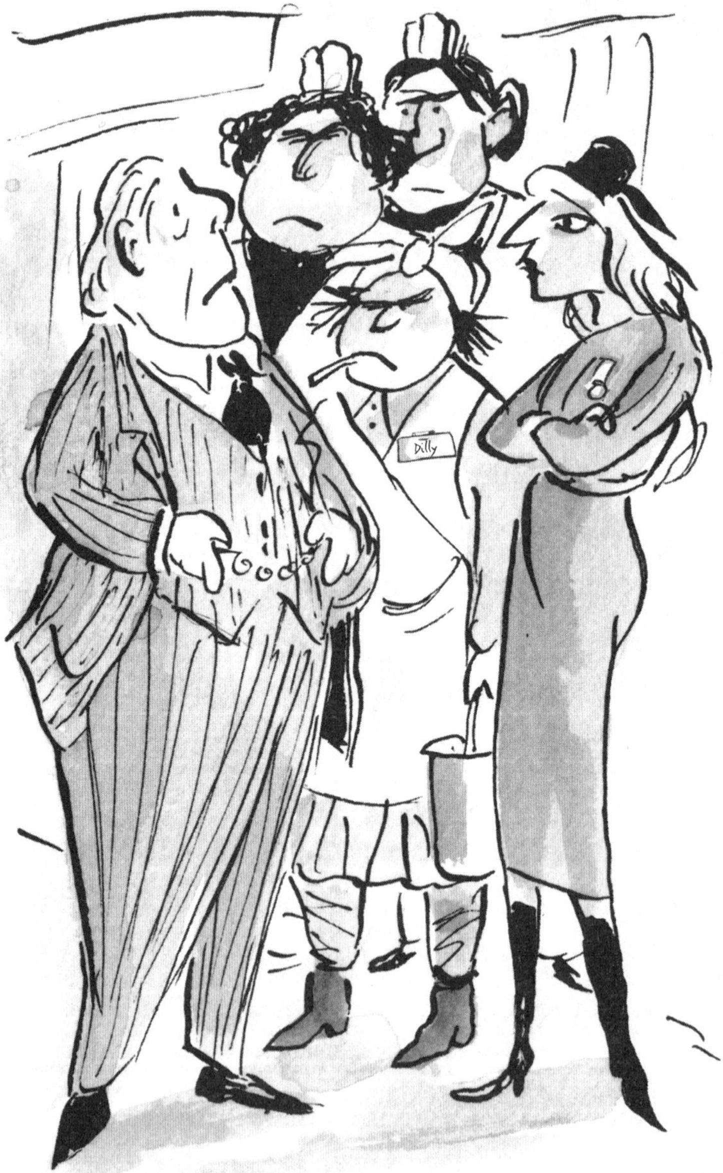
Dilly

Seite Dilly, die Putzfrau. Alle drei sahen sehr wütend aus. Neben ihnen standen ein paar stämmige und finster dreinblickende Krankenschwestern.

Die Mitternachtsbande war

AUFGEFLOGEN!

KAPITEL 37
NICHT WITZIG

Die Mitternachtsbande wurde ins Büro des Direktors zitiert. Es war ein riesiger, holzgetäfelter Raum. Ein monströses Ölgemälde von Lord Funt, dem Gründer des Krankenhauses, hing über dem Kamin. Der Pfleger und die vier Kinder drängten sich in der Mitte des Zimmers zusammen.

Sir Quentin Strillers saß hinter seinem Schreibtisch wie ein König auf seinem Thron. Der Direktor war die wichtigste Person im **Lord Funt Krankenhaus**, und so sah er auch aus. Er trug einen tadellosen Nadelstreifen-Anzug mit einer flotten rosafarbenen Krawatte und einem passenden Taschentuch in seiner Brusttasche. Eine goldene Taschenuhr hing an einer Kette an seiner Weste.

Hinter ihm stand die Oberschwester und sah aus wie ein Raubvogel auf der Stange.

Es war fünf Uhr morgens, und die Sonne war gerade aufgegangen. Sie schien den Kindern direkt in die Augen. Alle außer Robin blinzelten heftig.

Sir Quentin begann, die Verbrechen der Mitternachtsbande mit seiner satten, volltönenden Stimme aufzuzählen. Er genoss jeden einzelnen Vokal und jede Silbe.

«Betäubung von Angestellten durch präparierte Pralinen. Diebstahl einer großen Anzahl von Ballons. Einsperrung der Putzfrau im Geschenkeladen. Verschickung der ältesten Patientin in die Luft. Zerstörung eines Oberlichts. Kidnapping eines Krankenwagens. Rücksichtsloses Fahren.»

«Ist das alles?», witzelte Robin.

Die anderen Kinder und der Pfleger mussten kichern.

«DAS IST ÜBERHAUPT NICHT

WITZIG!», bellte der Direktor. «Und nein, das ist noch nicht alles. Das war nur das, was heute Abend vorgefallen ist! Habt ihr eine Erklärung dafür?»

«Das war alles meine Schuld!», sagte Tom. «Ich bin der Anführer.»

Alle anderen Mitglieder der Mitternachtsbande drehten sich zu dem Jungen um. Warum tat er das? Tom brachte sich in noch mehr Schwierigkeiten, als er bereits hatte, und das waren schon einige.

Sir Quentin schürzte die Lippen. «Ach, wirklich? Aber du bist doch erst seit zwei Nächten hier im Krankenhaus.»

«Ich war das!», sagte Robin. «Ich bin der Anführer.»

Die Oberschwester schnaubte. «Das glaube ich kaum. Du kannst doch gar nichts sehen.»

«Ich war es», meinte Amber. «Ich bin hier die Anführerin!»

«Wirklich, junge Dame?», fragte der Direktor.

«Sie kann es nicht allein getan haben, Sir Quentin», zischte die Oberschwester. «Nicht mit ihren gebrochenen Armen und Beinen.»

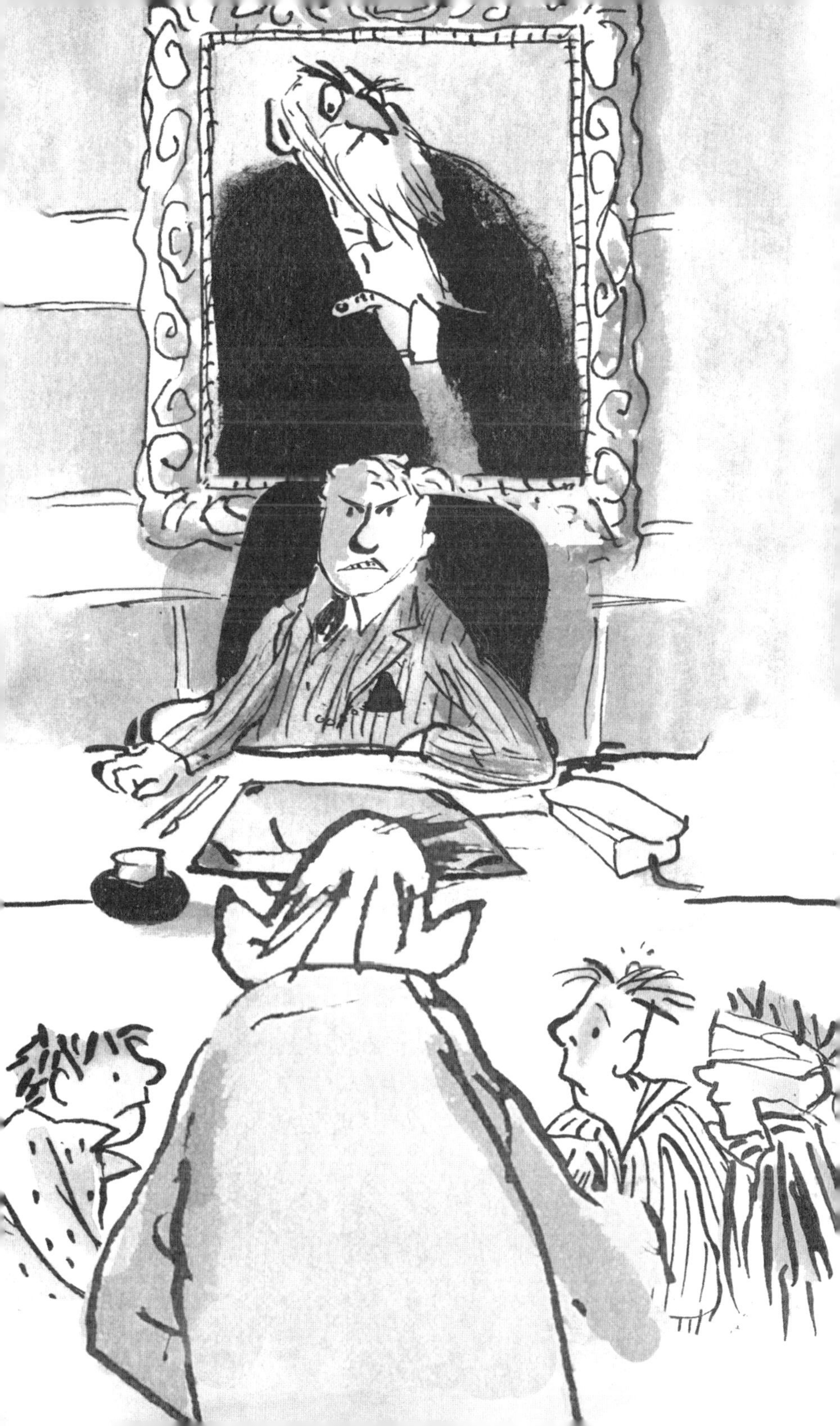

«Vielleicht nicht», antwortete der Direktor. «Was ist mit dir, Junge?»

«Ich war's nicht», antwortete George. «Ich hatte nix damit zu tun. Als ob ich mit den ganzen geklauten Ballons durch die Luft fliegen wollte!»

Die anderen drei Kinder waren nicht besonders beeindruckt von George.

«Ich war es, Sir», sagte der Pfleger, der bis jetzt geschwiegen hatte.

«**Was waren Sie?**», fragte der Direktor und kniff die Augen zusammen.

«Es war meine Schuld, dass die Kinder all diese nächtlichen Abenteuer erlebt haben. Ich habe ihre jungen Köpfe mit verrückten Ideen gefüllt. Bitte bestrafen Sie sie nicht. Ich bin ganz allein dafür verantwortlich, Sir.»

Die Kinder wandten sich erschrocken zum Pfleger um. Konnten sie zulassen, dass er alle Schuld auf sich nahm? Immerhin hatte ihr Freund ihnen nur dabei geholfen, ihnen ihre Träume zu erfüllen!

KAPITEL 38
GROSSE, GROSSE SCHWIERIGKEITEN

Oberschwester?», sagte der Krankenhausdirektor wie ein Richter im Gerichtssaal.

«Ja, Sir Quentin?», antwortete sie.

«Bringen Sie diese schreckliche Kinderbande wieder auf Ihre Station. Stecken Sie sie alle in ihre Betten und sorgen Sie dafür, dass sie drinbleiben. Ich will, dass Sie alle im Blick behalten. Haben Sie mich verstanden, Oberschwester?»

«Ja, Sir Quentin, Sir», sagte die Oberschwester. Sie lächelte die Kinder triumphierend an, weil sie gewonnen hatte.

Die Kinder schlichen alle aus dem Zimmer.

Robin konnte es sich nicht verkneifen, noch eine letzte Bemerkung abzugeben. «Übrigens, Sir Quentin, ich finde die Farbwahl in Ihrem Büro einfach großartig!»

«Danke!», sagte der Mann, bevor ihm einfiel, dass der Junge eine Binde über den Augen trug und bloß sarkastisch war.

«RAUS!», befahl der Direktor und schob sie zur Tür. «Ich muss mich jetzt mit dem Pfleger unterhalten.»

Als Tom, George und Amber durch die Tür gingen, drehten sie sich noch einmal um und schauten den Pfleger an. Es lag eine tiefe Traurigkeit in seinem Blick, doch trotzdem lächelte er.

«Auf Wiedersehen, junge Herren und junges Fräulein», murmelte er.

Es klang wie ein Abschied für immer.

Die Oberschwester schlug die Tür hinter ihnen zu.

BAMM!

Durch die Tür hörte man den Direktor brüllen.

Tom tat der Pfleger, der so angeschnauzt wurde, von Herzen leid.

Als der Rest der Mitternachtsbande in Richtung Fahrstuhl schlich, wandte die Oberschwester sich strahlend um.

«Also, ihr verlogenen, hinterlistigen kleinen Kreaturen», begann sie. «Ihr steckt in großen, gro-ßen Schwierigkeiten!»
PING!
Als sie im Fahrstuhl waren, konnte Tom sich

nicht verkneifen zu sagen: «Oberschwester, was wird mit dem Pfleger passieren?»

«Darüber mach dir keine Sorgen. Niemand wird diesen grässlichen Mann jemals wiedersehen. Und was eure ekelhafte Bande angeht ...»

Alle Kinder starrten sie an.

«... mit der ist es ein für alle Mal vorbei.»

Die Fahrstuhltüren schlossen sich.

PING!

KAPITEL 39
DIE TRAURIGSTE GESCHICHTE

Verständlicherweise war die Stimmung auf der Kinderstation am nächsten Morgen ziemlich getrübt. Sally hätte gern gewusst, was passiert war, doch niemand hatte Lust, es ihr zu erzählen. Die Nacht war eine Katastrophe gewesen.

Selbst ein Besuch der immer gut gelaunten Tuutsie konnte die Stimmung nicht aufheitern.

«Toast oder Cornflake?», fragte die Frau, während sie den Essenswagen zwischen die Bettenreihen schob. «Toast oder Cornflake?»

«Cornflakes, bitte», sagte Tom.

«Sehr gern, Thomas!», antwortete Tuutsie.

Dann nahm sie die Cornflakespackung und schüttete ihren Inhalt in eine Schüssel. Genau wie sie gesagt hatte, gab es bloß eine einzige Cornflake. Sie fiel mit einem traurigen kleinen

PLING!

in die Schüssel.

«Ist das alles?!», fragte Tom.

«Ich habe ‹Cornflake› gesagt, nicht ‹Cornflakes›. Tut mir leid, ist nur noch eine übrig. Ich habe sie extra für dich aufgehoben, weil ich weiß, wie gern du sie isst.»

«Iss nicht gleich alles auf einmal!», rief Robin durch die Station.

«Möchtest du etwas kalten Tee darüber?» Tuutsie griff nach der Teekanne. Der Junge schauderte beim Gedanken an den trüben Matsch des gestrigen Frühstücks.

«Nein danke, Tuutsie! Milch, bitte.»

«Ich habe heute auch keine Milch, aber ich habe eine halbe Packung Ketchup.»

«Ich verhungere. Warum also nicht?», antwortete Tom tapfer.

«Wunderbar!»
Tuutsie quetschte eine winzige Menge der roten Soße auf die Cornflake.
«Bitte sehr!», sagte sie und reichte ihm das Frühstück, das noch nicht mal eine Amöbe satt gemacht hätte.
«Kann ich bitte noch ein Stück Toast bekommen?», fragte Tom hoffnungsvoll. Die gestrigen Abenteuer hatten ihn sehr hungrig gemacht, und diese eine Cornflake würde kaum ausreichen.
Tuutsie öffnete eine Metalltür an ihrem Wagen, hinter der das heiße Essen aufbewahrt wurde. «O nein. Der Chef vom Krankenhaus, Strillers, hat uns so viel Geld gestrichen, weißt du? Toast ist alle. Tut mir leid.»
Dann fuhr sie weiter zu George und rief fröhlich: «Nichts! Absolut gar nichts zum Frühstück!»
Wenig überraschend meldete sich niemand.
«Oje!», sagte Tuutsie. «Ich weiß wirklich nicht, was mit euch Kindern heute Morgen los ist.»
«Los ist ...», mischte sich die Oberschwester ein. Sie stand direkt hinter Tuutsie, und wieder schien es, als wäre sie aus dem Nichts aufgetaucht.

«... dass diese **ekelhaften Kinder** in richtigen Schwierigkeiten stecken. Sie haben jede Regel in diesem Krankenhaus gebrochen.»

«Aber sie scheinen alle so nett zu sein», antwortete Tuutsie.

«Lassen Sie sich nicht täuschen! Das sind nichts als gewöhnliche **Diebe** und **Lügner**.»

Alle Kinder senkten beschämt die Köpfe.

«Außer Sally», sagte die Oberschwester.

Tuutsie schaute hinüber zum Bett des kleinen Mädchens. «Sie schläft noch, das liebe kleine Ding.»

«Und wegen dieser vier grässlichen Kinder hier wurde der Pfleger gefeuert.»

«*Nein!*» Tuutsie konnte es nicht glauben. «*Gefeuert?*»

«Ja! Heute Morgen. Er hat es verdient. Unmöglicher Mann. Ich wusste schon immer, dass er was im Schilde führte. Sir Quentin Strillers hat verlangt, dass er das **Lord Funt Krankenhaus** sofort verlässt.»

«O nein. O nein nein nein. O nein nein

nein nein nein nein. Das hat der Pfleger nicht verdient. Er ist so ein lieber, netter Mann. Und er ist doch schon immer hier im Krankenhaus gewesen. Solange sich irgendjemand erinnern kann!»

«Natürlich hat er es verdient. Er hat diesen Kindern bei ihren dummen kleinen Mitternachts-Streichen geholfen!», polterte die Oberschwester.

«Aber **LORD FUNT** war sein Leben!», protestierte Tuutsie. «Der arme Mann hatte nichts anderes.

Keine Frau. Keine Kinder. Keine Familie. Es heißt, seine Mutter hat ihn bei der Geburt auf den Stufen dieses Krankenhauses ausgesetzt.»

«Das kann man ihr kaum verübeln!», lachte die Oberschwester. «Welche Mutter könnte den Anblick eines so hässlichen Kindes ertragen?»

Das war die traurigste Geschichte, die Tom je gehört hatte. Manchmal hatte er zwar das Gefühl, als hätten seine Eltern ihn in seinem Internat ausgesetzt, aber das war doch etwas anderes.

Tuutsie schüttelte den Kopf. «Der arme, arme Mann», murmelte sie. «Ich muss sehen, wie es ihm geht. Vielleicht braucht er ein Sofa zum Schlafen oder jemanden, der ihm etwas zu essen kocht.»

«Dieser Mistkerl verdient Ihr Mitleid nicht! Oder das von irgendwem! Er hat die Köpfe der Kinder mit unmöglichen Ideen gefüllt. Ich habe schon immer gesagt, er hat ein ebenso hässliches Inneres wie Äußeres.»

«Das stimmt gar nicht!», protestierte Tom.

«Der Pfleger ist von innen wunderschön!», sagte Amber. «Er ist der freundlichste Mensch, den ich kenne!»

«Ich bezweifle, dass Sie überhaupt wissen, was Freundlichkeit ist, Oberschwester», sagte Robin.

«Genau!», stimmte George zu. «Sie alte Kuh!»

Einen Augenblick sah es so aus, als wäre eine Revolution im Gange.

«SCHNAUZE!», brüllte die Oberschwester.

Die Kinder schwiegen vor Schreck.

«Was für boshafte kleine Kreaturen ihr alle seid, dass ihr dieses … MONSTER verteidigt! Ich will von euch den ganzen Tag kein einziges Wort mehr hören!»

Nur Tuutsie war mutig genug, das Schweigen zu durchbrechen. «Oberschwester?», fragte sie.

«WAS?!»

«Haben Sie irgendeine Ahnung, wo ich den Pfleger finde?»

«Überhaupt keine! Aber wenn ich an seine Kleidung denke und daran, wie er gerochen hat, dann würde es mich nicht überraschen, wenn er obdachlos wäre und irgendwo in einem Karton wohnen würde. Ha! Ha!»

«Nun, wo auch immer er ist, ich werde heute Abend für ihn beten», sagte Tuutsie.

«Der braucht jetzt mehr als Gebete», höhnte

die Oberschwester. «Sein armseliges kleines Leben ist vorbei. Er wird niemals mehr einen Job finden. Also, Tuutsie, werden Sie fertig mit dem Frühstück, und dann raus aus meiner Station.»

«Ja, Oberschwester!»

«Ich muss mir noch überlegen, wie ich diese bösen, bösen Kinder bestrafe.»

Und damit drehte sich die Frau auf dem Absatz um und stürmte wieder in ihr Zimmer.

KAPITEL 40
SCHOKOLADE ZUM FRÜHSTÜCK

Tuutsie blickte der Oberschwester nach. Dann wandte sie sich an Tom.

«Hast du deine Cornflake aufgegessen?», fragte sie.

Logischerweise hatte Tom das. «Ja, danke.»

«Wie hat sie geschmeckt?»

«Ehrlicherweise nicht so toll.»

«Tut mir leid.»

«*Tuutsie!*», zischte Amber.

«Ja, Kind?»

«Bitte versuch, den Pfleger zu finden», begann das Mädchen. «Ich fasse es nicht, was für ein trauriges Leben er hat. Ich fühle mich so schuldig. Er hat nur versucht, uns zu helfen, und jetzt hat man ihm gekündigt. Bitte sag ihm, dass wir ihn alle sehr liebhaben und ihn schrecklich vermissen. Und sag ihm, Amber tut es furchtbar leid, was passiert ist.»

«Und Robin auch!», sagte Robin.

«Und George», sagte George.

«Und bitte sag ihm, dass es niemandem mehr leidtut als Tom», sagte Tom.

«Moment mal – mir tut es am meisten leid», protestierte Amber.

«Es war mein Traum, der schiefgegangen ist! Also muss es ja wohl mir am meisten leidtun», meinte George.

«Oh, bitte, lasst uns doch nicht darüber streiten, wem es am meisten leidtut», unterbrach sie Robin. Und fügte mit einem Grinsen hinzu: «Denn das bin natürlich ich.»

«Wenn ich ihn finde, dann werde ich ihm sagen, dass es euch allen sehr, sehr, sehr leidtut!», gab Tuutsie bekannt.

«Guter Plan!», sagte Tom.

«Was werden wir jetzt frühstücken?», fragte Amber.

«Hast du noch Schokolade, George?», wollte Robin wissen.

«Ja», antwortete er. «Ich habe noch einen Geheimvorrat versteckt. Das ist meine letzte Pralinenschachtel, aber ich teile sie mit euch.»

Der Junge knöpfte seinen Kissenbezug auf und zog eine Schachtel hervor. Er warf jedem eine Handvoll zum Bett.

«Danke, George», sagte Tom.

«Also, die Mitternachtsbande war toll», sagte

Robin. «Ich habe ein Orchester aus medizinischen Instrumenten dirigiert. Amber hat den Nordpol erreicht. George ist ein paar Sekunden lang in der Luft geschwebt ...»

«O ja, da ist ja wirklich ein Traum in Erfüllung gegangen», sagte George sarkastisch.

«Aber Tom, du hast keine Gelegenheit bekommen, deinen Traum wahr zu machen. Was hättest du dir denn gewünscht?»

«Darüber habe ich schon den ganzen Morgen nachgedacht», sagte Tom.

«Und?», fragte Amber.

«Na ja, als ich den Eid geschworen habe, war

da dieser Teil, dass man seine Freunde immer an erste Stelle setzen soll.»

«‹Ich schwöre, dass ich die Bedürfnisse meiner Brüder und Schwestern der Mitternachtsbande immer über meine eigenen stellen werde›?», fragte Amber.

«Genau!», sagte Tom.

«Und?»

«Genau das möchte ich tun. Die Bedürfnisse von jemand anderem hier auf dieser Station sind viel größer als meine. Und ich hätte meinen Wunsch an jemand anderen weitergegeben.»

«An wen?», fragte Robin.

«An Sally!», sagte Tom.

«Na klar!», antwortete Robin.

KAPITEL 41
EIN LETZTES ABENTEUER?

Sally möchte mehr als jeder von uns allen Mitglied der Mitternachtsbande sein», sagte Tom. «Aber jedes Mal hat man ihr gesagt, dass das nicht geht.»

«Wir wollten Sally nicht noch kränker machen», sagte Amber. «Die Abenteuer waren manchmal gefährlich. Es war nur gut gemeint.»

Von hinten aus der Station hörte man Sally sagen: «Aber es sollte doch sicher jedem vergönnt sein, sich wenigstens einen Traum im Leben zu erfüllen.»

«Wir dachten, du schläfst!», sagte Tom.

«Einerseits ja, andererseits nein», antwortete das kleine Mädchen. «Die Behandlung gestern hat mich wirklich müde gemacht. Aber heute fühle ich mich schon viel besser.»

«Das ist gut», sagte Amber.

«Vielen Dank, dass du mir deinen Traum schenkst, Tom. Ein schöneres Geschenk hätte ich mir nicht wünschen können.»

«Gern geschehen, Sally», antwortete Tom. «Es tut mir bloß leid, dass du ihn nicht nutzen können wirst.»

«Wieso?», fragte Sally.

«Weil es die Mitternachtsbande nicht mehr gibt», antwortete Amber.

«Die Erwachsenen haben sie dichtgemacht», fügte George hinzu.

«Und das bloß, weil wir eine neunundneunzigjährige alte Dame über die Dächer von London haben fliegen lassen», meinte Robin. «Nackt. Vollkommen unverständlich.»

«Ha ha!», lachte Sally. Aber gleich danach sah es so aus, als hätte sie große Schmerzen. Die anderen Kinder kletterten aus den Betten und stellten sich im Kreis um Sally auf.

«Alles in Ordnung?», fragte Tom und nahm die Hand des kleinen Mädchens.

«Ja, ja, mir geht's gut», schwindelte Sally. «Denkt ihr denn nicht, dass die Mitternachtsbande noch ein letztes Abenteuer erleben könnte?»

Die Kinder schüttelten traurig die Köpfe.

«Aber was wäre dein Traum gewesen?», fragte Tom.

«Ja», sagte Amber, «das würden wir alle gern wissen.»

Sally schaute sie alle an. «Ihr findet mich bestimmt albern, aber …»

«Wir finden dich bestimmt nicht albern», antwortete Tom. «Was auch immer du sagst.»

«Mein Traum war es, zum Nordpol zu reisen, trotz meiner gebrochenen Arme und Beine», sagte Amber.

«Und ich wollte ein Orchester dirigieren, obwohl ich gar nichts sehen konnte», fügte Robin hinzu.

«Und ich wollte fliegen!», lachte George.

«Und ich bin doppelt so schwer wie jeder von euch allen!»

Sally lächelte.

«Also …» Das kleine Mädchen gewann ein wenig Selbstvertrauen. «Ich wollte mir ein großes, erfülltes Leben wünschen!»

«Wie meinst du das?», fragte Tom.

«Ich habe so viel Zeit im Krankenhaus verbracht und schon so viel verpasst. Manchmal denke ich, ich komme vielleicht nie wieder hier raus. Vielleicht werde ich niemals meinen ersten Kuss erleben. Oder heiraten. Oder Kinder haben.»

Den anderen Kindern traten die Tränen in die Augen.

«Ihr müsst kein Mitleid mit mir haben», sagte Sally. «Aber könnte die Mitternachtsbande nicht bitte, bitte noch ein letztes Abenteuer erleben? Das Abenteuer meines Lebens?»

«WIESO SEID IHR SCHLIMMEN KINDER NICHT IN EUREN BETTEN?!»,

bellte die Oberschwester.

Wieder einmal war sie wie aus dem Nichts aufgetaucht. «Ich bin viel zu nett zu euch gewesen. Auf dieser Kinderstation werden ab sofort neue Saiten aufgezogen. Zurück in eure Betten, ABER DALLI!»

Die Kinder gehorchten und kletterten wieder in ihre Betten, wobei die Jungen Amber halfen.

«Und niemand verlässt sein Bett, wenn ich es nicht sage. Habt ihr das verstanden?»

Man hörte ein zögerliches ‹Ja, Oberschwester›.

«Ich habe gefragt:

‹HABT IHR DAS VERSTANDEN?›»

Diesmal antworteten die Kinder etwas lauter.

«Ja, Oberschwester!»

«GUT!»

Doch als Tom in sein Bett steigen wollte, rief die Oberschwester: «Du nicht, Junge!»

Tom wunderte sich – was hatte er jetzt wohl angestellt?

«Deine Testergebnisse sind heute Morgen gekommen», sagte die Oberschwester.

«Und?», schluckte der Junge. Er wusste, was jetzt kam.

«Was für eine Überraschung! Wie sich herausstellt, hast du überhaupt nichts. Du hast die ganze Zeit nur so getan, als wärest du krank, du hinterhältige kleine Schlange.»

«Aber –», protestierte Tom.

«RUHE!», brüllte die Oberschwester. «Du wirst das Krankenhaus sofort verlassen. Dein Schuldirektor kommt dich gleich abholen.»

KAPITEL 42
DIE FLUCHT

Tom hatte das St. Willets Internat schon ganz vergessen. Auch wenn er erst seit ein paar Tagen im Krankenhaus war, fühlte er sich hier schon wie zu Hause, und die anderen Kinder waren wie seine eigene Familie.

«**Charper!**», rief der Direktor durch die Station. In seinem schicken Internat sprach man die Kinder nie mit dem Vornamen an.

«Ja, Sir?», antwortete Tom, genau wie in der Schule.

«Zeit zu gehen, Junge.» Der Direktor war ein stämmiger Herr mit langen Koteletten und einer kleinen runden Brille. Stets trug er einen dicken Tweedanzug, eine Strickjacke und eine Fliege. Eine Wolke aus Pfeifenqualm folgte ihm, wo immer er auch ging. Der Direktor sah aus, als käme er aus einer Zeit, die schon mindestens hundert Jahre vergangen war. Die Schule war ziemlich stolz darauf, dass sie sich seit Hunderten von Jahren nicht verändert hatte, und darum passte der altmodische Direktor Mr. Thews perfekt zu ihr.

Die Oberschwester stand neben ihm am Ende der Station.

«*Zack, zack!*», befahl er.

«Was ist mit meinen Eltern, Sir?», fragte Tom.

«Was soll mit ihnen sein, Junge?», gab Thews zurück.

«Ich habe gedacht, sie würden mich vielleicht abholen?»

«O nein nein nein, die sind meilenweit weg!», höhnte der Direktor.

Tom sah sehr niedergeschlagen aus.

«Es war bloß ein kleiner Cricketball, Junge!», fuhr Thews fort. «Vielleicht hat er dir ja etwas Vernunft in den Kopf geklopft. Denk an das Schulmotto von St. Willets – ‹Nec quererer, si etiam in tormentis.› Übersetz das aus dem Lateinischen, Junge!»

«‹Klage niemals, auch wenn du Qualen leidest.›»

«Hervorragend!»

Dieses Motto stand auf dem Schulwappen, das auf jeder Schuluniform aufgenäht war. Die anderen Kinder auf der Station sahen betrübt zu, wie Tom die Vorhänge um sein Bett zog, um sich wieder seine Cricketsachen anzuziehen. Er ließ sich damit Zeit. Er wollte seine Freunde nicht verlassen.

«Um Himmels willen, beeil dich, Junge!», befahl Mr. Thews. «Trödel nicht herum.»

Tom zog sich seinen Pullover mit den Grasflecken über den Kopf und trat hinter dem Vorhang hervor.

«Haben Sie denn irgendetwas von meinen Eltern gehört?», fragte Tom hoffnungsvoll.

Der Direktor schüttelte den Kopf und grinste.

«Keinen Pieps! Sie rufen nie an und schreiben auch nie. Als hätten sie dich total vergessen.»

Tom senkte den Kopf.

«Jetzt komm schon, Charper, worauf wartest du noch?», fragte der Direktor.

«Ich muss mich noch von meinen neuen Freunden verabschieden.»

«Dafür ist jetzt keine Zeit, Junge! **Komm schon, auf geht's.** Du hast noch eine Menge Hausaufgaben nachzuholen.»

«Du hast gehört, was dein Direktor gesagt hat, **Kind!**», fauchte die Oberschwester. «**Beweg dich!**»

Als Tom zwischen den Betten der Station entlangging, blickte er nach rechts und links, um einen letzten Blick auf seine neuen Freunde zu werfen.

Sally, Amber, George und Robin hoben alle stumm die Hand und winkten ihm zu.

«Die Oberschwester hat mir alles von deinem furchtbaren Verhalten hier im Krankenhaus erzählt», gab Mr. Thews bekannt.

Tom schwieg.

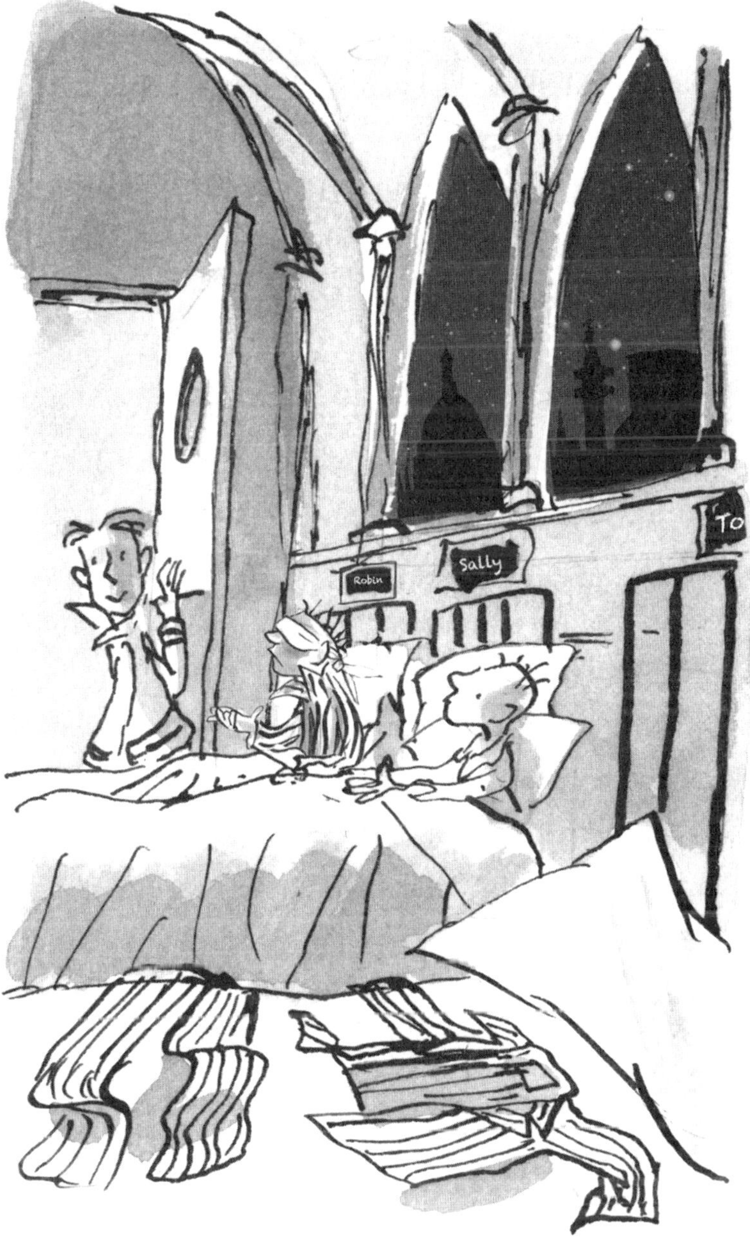
Robin
Sally
To

«Eine Bande, was? Und mitten in der Nacht! Du hast den guten Namen von St. Willets beschmutzt.»

«Tut mir leid, Sir.»

«‹Tut mir leid› reicht nicht, Junge!», fauchte der Direktor. «Du wirst streng bestraft, sobald wir wieder in der Schule sind.»

«Danke, Sir.»

«Auf Nimmerwiedersehen, Junge», sagte die Oberschwester. «Das hoffe ich wenigstens.»

Tom drehte den Kopf und warf einen letzten Blick auf seine Freunde. Sally lächelte zurück, doch Thews riss an Toms Arm, und die Schwingtüren gingen auf und fielen hinter ihm wieder zu. Der Direktor schob Tom den Flur entlang, eine Hand fest auf seine Schulter gelegt. Tom fühlte sich wie ein entflohener Häftling, den man eingefangen hatte und nun zurück ins Gefängnis brachte.

Er musste etwas unternehmen.

IRGENDWAS.

Sally hatte es mehr als jeder andere verdient, dass ihr Traum in Erfüllung ging, und die Zeit lief ihnen davon.

Vor ihnen befanden sich die Fahrstühle. Tom wusste, dass er sich schnell etwas überlegen musste, wenn er fliehen wollte. Gleich würde er im Auto des Direktors sitzen und zurück in sein Internat auf dem Land fahren.

Hinten im Flur sah Tom den neuen Pfleger mit einem großen Wäschewagen. Der Mann stand neben einer Klappe in der Wand und schob Säcke mit Wäsche in eine Schute. Tom wusste, dass die Schute hinunter in den Keller des Krankenhauses führte. Ein Kind passte durch die Klappe, aber kein Erwachsener.

Der neue Pfleger ging weiter. Tom erkannte seine einzige Chance.

Er wand sich aus dem Griff des Direktors und rannte los.

«KOMM SOFORT ZURÜCK, JUNGE!»,

brüllte Thews.

«Wiedersehen!», sagte Tom, und dann sprang er mit dem Kopf zuerst durch die Klappe.

KAPITEL 43
EINE SCHWARZE WAND

«AAAAAAAHHHHHHHH!», schrie der Junge, während er die Wäscheschute runterraste. Tom war im obersten Stockwerk in die Klappe gesprungen, und es war ein schrecklich langer Weg bis nach unten. Vierundvierzig Stockwerke lang, um genau zu sein. Es war pechschwarz in der Schute, und im Rutschen merkte er, dass er immer schneller wurde.

Ganz weit unten am Ende der Schute kam ein kleiner Lichtfleck in Sicht.

Er wurde größer und größer, und dann stürzte Tom hindurch und segelte durch die Luft.
«NEEEEIIIIN!»,
schrie er.

PLUMPS!

Tom landete in einem riesigen Korb voller Wäschesäcke. Er war sehr erleichtert, dass er noch am Leben war. Mit einigen Schwierigkeiten krabbelte er aus dem Korb und lief dann in den dunklen Keller hinein.

Er musste schnell ein Versteck finden. Sein Schuldirektor war immer noch im obersten Stockwerk, doch schon bald würde das halbe Krankenhaus nach ihm suchen.

Tom hastete am Raum mit den Waschmaschinen vorbei.

ZU LAUT.

Er lief am Tiefkühlraum vorbei.

Zu kalt.

Er lief am Lager vorbei.

Zu gruselig.

Tom blieb einen Augenblick stehen. In der Ferne konnte er Schritte hören. Sie wurden lauter und lauter. Wer immer hier unten war, kam näher und näher. Es klang wie eine ganze Armee.

Taschenlampenlicht huschte über die Wände.

Tom konnte die Schatten von Dutzenden von Krankenschwestern sehen, die auf ihn zukamen.

Verzweifelt versuchte er, eine Tür zu öffnen.

Verschlossen.

Dann eine andere.

Verschlossen.

Und eine dritte.

Verschlossen.

Die Schatten kamen immer näher, und Tom bekam Panik.

«Thomas?» Es war die Oberschwester, die ihre Armee von Krankenschwestern durch den Keller führte. «Wir wissen, dass du hier unten bist!»

«Dieser unmögliche Junge steckt wirklich in Schwierigkeiten», sagte der Direktor, den Tom schemenhaft neben der Oberschwester erkennen konnte.

«CHARPER? CHARPER!»

Aus allen Ecken sprangen Schatten von den Kellerwänden, sodass es Tom vorkam, als dränge diese Armee von allen Seiten auf ihn zu.

Tom drückte die Klinke der letzten Tür herunter.

KLICK!

Sie öffnete sich.

Drinnen war es **pechschwarz**, und Tom bekam Angst. Er holte tief Luft und trat ein, dann schloss er die Tür hinter sich.

Eine schwarze Wand stand vor ihm.

Alles, was der Junge jetzt noch hörte, war sein eigener Atem.

Und doch spürte er, dass er nicht allein war.

«Hallo?», flüsterte Tom. «Ist hier jemand?»

In den Schatten sah er, wie ihn zwei Augen anstarrten.

«AAAAAAHHHHHHH!», schrie der Junge.

KAPITEL 44
ZUHAUSE

«*Pssstt!*», hörte man eine Stimme in der Dunkelheit. Ein Streichholz flammte auf, und das unverwechselbare Gesicht des Pflegers wurde plötzlich angestrahlt. Tom atmete beim Anblick seines Freundes erleichtert auf.

Der Pfleger zündete eine Kerze an, und im Zimmer wurde es hell.

«Was machen *Sie* denn hier unten?», fragte der Junge.

«Hier wohne ich», nuschelte der Mann. «Das ist mein Zuhause.»

«Aber ich dachte, Sie wären entlassen worden!»

«Das bin ich auch. Aber ich konnte nirgendwo anders hin. Und was machst DU hier unten?»

«Ich verstecke mich», antwortete der Junge.

«Vor wem?»

«Vor meinem Schuldirektor. Und der Oberschwester. Und vor einer Armee aus Krankenschwestern. Eigentlich vor allen. Mein Direktor wollte mich zurück ins Internat bringen. Aber ich will nicht.»

«Nun, du kannst nicht für immer hier unten bleiben», sagte der Pfleger.

«Nein», antwortete der Junge. Er war ohne einen Plan davongelaufen, und jetzt merkte er, dass er durch seine Flucht in noch größeren Schwierigkeiten steckte als zuvor. «Und das hier ist wirklich Ihr Zuhause?»

«Ja, junger Herr Thomas», antwortete der Pfleger. «Schau!» Der Mann führte die Kerze im Zimmer herum, sodass der Junge besser sehen konnte. «Ich hab hier alles, was ich brauche.»

Der Pfleger deutete auf eine schmutzige Matratze, die in der Ecke auf dem Boden lag. «Mein

Bett. Das hier ist der Herd ... Ein winziger Gaskocher, und daneben ein paar Konservenbüchsen.»

«Mein Kleiderschrank ...»
Der Pfleger deutete auf einen großen Pappkarton, in dem ein paar verknitterte Kleidungsstücke hingen.
«Aber warum haben Sie denn kein ordentliches Zuhause?», fragte der Junge.
Der Mann seufzte tief. «Das Krankenhaus ist mein Zuhause. Ich war schon immer hier, seit ich ein Baby war. Damals haben die Ärzte eine Operation nach der anderen bei mir durchgeführt.»
«Warum?»
«Damit ich ‹vorzeigbarer› aussah. Aber nichts hat irgendetwas genützt. Ich war jahrelang Patient. Als ich zu alt war für die Kinderstation, wurde ein Job

im Krankenhaus frei, und ich nahm ihn an. Es war bloß ein einfacher Job: Gegenstände und Patienten hin und her transportieren. Damals war ich sechzehn, und seitdem habe ich diesen Job gemacht.»

«Aber wenn Sie einen Job hatten, warum haben Sie sich dann keine Wohnung gesucht?»

«Ich habe es versucht. Die Gemeinde besorgte mir eine Einzimmerwohnung in einem Wohnblock in der Nähe. Doch das Problem ist, dass die Menschen oft glauben, man wäre **unheimlich**, nur weil man **unheimlich aussieht**. Ich hatte dort keine Ruhe. Die Anwohner malten schlimme Worte an meine Haustür, schoben gemeine Briefe durch meinen Briefschlitz, in denen stand, dass ich wegziehen sollte. Sie meinten, ich würde die Kinder erschrecken. Ich wurde **angeschrien** und **angespuckt**. Man jagte einen Hund auf mich. Eines Nachts flog ein Ziegelstein durch mein Fenster, während ich schlief. Also kam ich hierher zurück und versteckte mich. Niemand hat gewusst, dass ich hier unten lebe. Das hier ist mein Zuhause.»

Toms Augen schwammen vor Tränen. Er fühlte tiefes Mitleid, aber auch Schuldgefühle. Wie die meisten anderen Menschen hatte Tom dem Pfleger nur wegen seines Aussehens misstraut. Der Junge sah sich im feuchten, moderigen Zimmer des Pflegers um. Es war nicht viel, aber es war ein Zuhause. Es war mehr, als Tom hatte. Weil seine Eltern im Ausland lebten und er in einem Internat leben musste, hatte er selbst keinen Ort, den er Zuhause nannte.

«Ich weiß, es ist nicht das Ritz, aber zumindest habe ich es nicht weit zur Arbeit!» Der Mann kicherte. «Aber jetzt habe ich meinen Job verloren und weiß nicht, wo ich hingehen soll.»

«Wenn ich ein Zuhause hätte, dann würde ich Sie zu mir einladen.»

«Das ist sehr nett von dir.»

«Aber traurigerweise habe ich keins.»

«Man sagt, ‹Dein Zuhause ist, wo dein Herz ist›. Wo ist dein Herz, Tom?»

Der Junge dachte einen Augenblick nach, dann sagte er: «Ich glaube, es ist bei den anderen Kindern auf der Station. Vor allem bei Sally.»

«Das arme kleine Lamm.»

«Wir konnten ihren Traum nie erfüllen.»

«Nein. – Was ist mit deinen Eltern?»

«Was soll mit ihnen sein?»

«Ist dein Herz nicht bei ihnen?»

«Nein», antwortete der Junge schnell. «Sie interessieren sich nicht für mich.»

«Ich bin sicher, dass sie dich beide sehr liebhaben.»

«Ich bin sicher, das tun sie nicht. Sie rufen nie an. Sie schreiben auch nie. Ich sehe sie ja kaum.»

«Ich bin sicher, sie denken viel an dich.»

Tom sagte nichts.

«Wir sind schon zwei verlorene Seelen, was?», sagte der Pfleger.

«Es tut mir so leid, dass Sie Ihren Job im Krankenhaus verloren haben», sagte Tom. «Allen auf der Kinderstation hat das leidgetan. Wir haben uns sogar darüber gestritten, wem es am leidsten tut.»

«Wirklich? Nun, macht euch über mich alten Kerl keine Sorgen. Ich wusste, welches Risiko ich eingegangen bin, als ich der Mitternachtsbande half. Es war es wert, dafür entlassen zu werden.»

«Sind Sie sicher?»

«Ja! Ich würde es sofort wieder tun. Bloß um all die Jahre das Lächeln auf euren Kindergesichtern zu sehen.»

«Aber können wir nicht einfach Strillers darum bitten, Ihnen Ihren Job »

Doch bevor der Junge noch ein weiteres Wort sagen konnte, flüsterte der Pfleger *Pssstt!* und deutete auf die Tür.

Tom lauschte. Draußen hörte man Schritte und das Geräusch von Metalltüren, an denen gerüttelt wurde.

«Das ist der Suchtrupp! Gleich finden sie mich! Gibt es noch einen zweiten Ausgang?»

«Nein!»

«O nein!»

«Wir müssen uns verstecken!»

«Wo?»

«Du versteckst dich im Schrank, und ich unter dem Bett.»

Tom kletterte in den Karton, während der Pfleger die Matratze über sich zog.

«Die Kerze!», zischte Tom.

Der Pfleger blies die Kerze aus, und gleich darauf flog die Metalltür auf.

BAMM!

Die Taschenlampen leuchteten herein und bewegten sich langsam durch den Raum.

Tom wagte nicht zu atmen, als die Oberschwester und der Direktor eintraten, hinter ihnen eine Armee aus wütend dreinblickenden Schwestern.

«Komm raus, komm raus, wo immer du auch steckst...», zischte die Oberschwester.

KAPITEL 45
DIE EINFLÜGELIGE TAUBE

«Hier ist irgendjemand oder etwas, das weiß ich», flüsterte die Oberschwester, während sie mit der Taschenlampe in die dunkelsten Ecken des Kellerraums leuchtete.

«Das hier sieht für mich nach Sperrmüll aus», antwortete Mr. Thews. «Wir gehen lieber weiter.»

«Nein», sagte die Oberschwester. «Dieser Geruch ...» Die Frau schnüffelte die abgestandene Luft. «Der kommt mir irgendwie bekannt vor.»

Tom, der sich in den Kleiderschrank-Karton des Pflegers drückte, hatte auf einmal ein seltsames Gefühl. So als ob jemand an seinem kleinen Finger nagte. Als er hinsah, stellte er fest, dass genau das der Fall war. An seinem kleinen Finger nibbelte eine Taube.

Ohne nachzudenken, schüttelte er seine Hand,

und die arme Taube wurde über den Fußboden geschleudert.

«*KRÄCHZ!*», krächzte der Vogel.

«AAAHHHHH!», schrie die Oberschwester.

«Das ist doch nur eine Taube!», sagte Mr. Thews.

«Ich hasse diese dreckigen Biester. Sie sind wie Ratten mit Flügeln! Fast so schlimm wie Kinder.»

«Können wir jetzt bitte weitergehen?», fragte der Direktor.

«Ja», antwortete sie. «Ich muss das Gesundheitsamt anrufen, damit sie diese grässliche Kreatur sofort erschießen. Ich würde ja gern selbst mit einem Eimer kommen und sie ersäufen, aber leider habe ich keine Zeit.»

«Das ist schade», überlegte der Schuldirektor. «Es wäre wirklich nett gewesen.»

«Ich bin so froh, dass Sie dasselbe empfinden wie ich, Mr. Thews. Ich liebe ein bisschen **Grausamkeit.**»

«In der Tat, nichts ist erfreulicher. Ich bin ebenfalls gern grausam zu meinen Schülern auf St. Willets. Damit halte ich sie unter Kontrolle. Alle Briefe, die sie von ihren Familienmitgliedern bekommen, verbrenne ich, bevor sie die Jungs erreichen können. Toms Eltern haben jede Woche geschrieben, aber ich habe die Briefe sofort ins Feuer geworfen! **Ha! Ha!**»

Tom traute seinen Ohren nicht.

«Oooh! Das muss ja solchen Spaß machen!»

«Das tut es, Oberschwester, das tut es. Es gibt nichts Besseres als das Gefühl absoluter Macht.»

«Toms alberne Eltern haben auch ständig hier im Krankenhaus angerufen. Wollten unbedingt wissen, wie es ihrem Sohn geht. Aber ich habe immer gleich aufgelegt!»

«Ha! Ha! Das ekelhafte kleine Insekt verdient es nicht besser. Ich kann es kaum abwarten, bis ich ihn in die Hände kriege. Die Bestrafung wird sehr streng ausfallen!»

«Vielleicht muss er ein Jahr lang jeden Tag kalten Kohl zu Mittag essen?»

«Mmm. Das Essen auf St. Willets ist eigentlich schlimmer.»

«Dann muss er sich im Klo-Wasser waschen?»

«Das müssen die Jungs sowieso.»

«Oder er muss in Unterhosen einen Geländelauf absolvieren?»

«Mmm. Wenn es schneit!»

«Was für eine herrlich gemeine Idee, Mr. Thews!»

«Danke, Oberschwester. Dann aber schnell – wir müssen den Jungen sofort finden!»

«Wir teilen uns auf: Sie überprüfen den Tiefkühlraum, Mr. Thews. Neulich waren ein paar der Kinder da drin.»

«Wird gemacht, Oberschwester.»

«Und ich werde den Heizungsraum überprüfen. Rufen Sie, wenn Sie den kleinen Wurm gefunden haben.»

«Oh, das tue ich!»

Die beiden drehten sich um und rauschten mit den Schwestern im Schlepptau aus dem Zimmer, um ihre Suche fortzusetzen.

Als ihre Schritte verklungen waren, tauchte der Pfleger unter seiner Matratze auf.

«Was für ein böses Paar!», sagte Tom mit klopfendem Herzen.

«Die eine ist so böse wie der andere», antwortete der Pfleger. Dann zündete er seine Kerze an, und das Zimmer wurde wieder hell. Zu Toms Überraschung eilte der Mann zu der kleinen Taube und nahm sie in die Hand.

«Warum musstest du das Einstein antun?»

«Einstein?», fragte Tom ungläubig.

«Ja. Sie heißt Einstein, weil sie so schlau ist. Sie ist mein Haustier. Und schau, sie hat nur einen Flügel.»

Und wirklich, der Vogel hatte dort, wo der zweite Flügel hätte sein sollen, nur einen Stumpen.

«Wie ist das passiert?», fragte Tom.

«Sie ist so auf die Welt gekommen. Ihre Mutter hat sie aus dem Nest geworfen, gleich nachdem sie geschlüpft ist.»

«Wie grausam.»

«So machen Tiere das nun mal. Sie war eben der Kümmerling im Nest, nehme ich an. Genau wie ich.»

Tom spitzte die Ohren, während der Mann seine Taube streichelte, die zufrieden *gurrte*.

«Wie meinen Sie das?», fragte er.

«Nun, ich war erst wenige Stunden alt, da stellte mich meine Mutter auf den Stufen dieses Krankenhauses ab.»

«Das tut mir ja so leid.»

«Sie hat mich mitten in der Nacht abgestellt, damit niemand sie erkannte.»

«Sie haben also keine Ahnung, wer Ihre Mutter ist?»

«Oder war? Nein. Aber ich vergebe ihr. Und ich vermisse sie, auch wenn ich sie nie gekannt habe.»

«Warum hat sie Sie hier ausgesetzt?»

«Ich nehme an, Mutter hoffte, dass man sich hier im Krankenhaus um mich kümmern würde. Vielleicht dachte sie, all die Ärzte und Schwestern könnten mir helfen. Und etwas dagegen tun.»

Der Pfleger deutete auf sein schiefes Gesicht und verzog es zu einem Lächeln.

«Es tut mir so leid für Sie», sagte der Junge.

«Das muss es nicht, junger Herr Thomas. Ich liebe meine Mutter trotzdem. Wer immer und wo immer sie sein mag. Niemand wollte mich adoptieren, also ließ mich **Lord Funt**, der Gründer dieses Krankenhauses, auf der Kinderstation bleiben. Funt war ein freundlicher Mann. Nicht wie dieser neue Kerl.»

«Amber hat mir erzählt, dass die Mitternachtsbande vor langer Zeit auf dieser Station begonnen hat und von Patient zu Patient weitergegeben wurde.»

«Das stimmt.»

«Aber niemand weiß, welches Kind die Bande gegründet hat. Wissen Sie es?»

«Ja, ich weiß es», antwortete der Pfleger. Er lächelte vor sich hin.

«Wer war es denn?», fragte der Junge, und seine Augen weiteten sich vor Aufregung.

«Ich war es», antwortete der Pfleger. «Ich war das Kind, das die MITTERNACHTSBANDE gründete.»

KAPITEL 46
DER MÄRCHENPRINZ

Sie?!», fragte Tom. Ihm war ganz schwindelig von diesen Neuigkeiten.

«Ja, junger Herr Thomas. Ich!», sagte der Pfleger.

Die beiden saßen immer noch im feuchten, dunklen Heim des Mannes, ganz unten im Keller des **Lord Funt Krankenhauses**.

Tom lächelte. «Nun ergibt alles einen Sinn – warum Sie uns geholfen haben!»

«Nun, ich helfe den Kindern auf der Station schon seit über fünfzig Jahren dabei, ihre Träume zu erfüllen.»

«Warum haben Sie damals die Mitternachtsbande gegründet?»

«Aus den gleichen Gründen, warum ihr heute Mitglieder geworden seid: Ich habe mich gelangweilt. Ich glaube, Lord Funt hat gewusst, dass wir

Kinder etwas im Schilde führten. Aber ihm war es immer am wichtigsten, dass seine Patienten glücklich waren, also hat er uns unsere nächtlichen Abenteuer erleben lassen.»

«Und was war damals Ihr größter Traum?»

«Nun … manchmal waren die anderen Kinder auf der Station sehr grausam zu mir. Sie nannten mich Monstermann, **Elefantenjunge** oder *das Biest*.»

«Das muss furchtbar gewesen sein.»

«Ja, das war es. Aber Kinder sind nur gemein zu anderen, wenn sie selbst unglücklich sind. Sie lebten ihr Unglück einfach an mir aus. So wie die Oberschwester oder dein Schuldirektor, nehme ich an. Mir wurde ständig gesagt, wie schlimm ich aussah, und ich träumte davon, ein schöner Märchenprinz zu sein und eine schöne Prinzessin zu retten.»

«Und haben Sie es geschafft?», fragte Tom.

«Ja. In gewisser Weise. Ich war etwa zehn Jahre alt. Ich und die anderen Kinder auf Station bastelten ein Pferd aus Bettlaken und einem Besen. Zwei

Kinder krochen darunter, eins war das Vorderteil des Pferdes, das andere das Hinterteil. Ich ritt auf dem Pferd, um die Prinzessin zu retten, die in einem Turm eingesperrt war. Oben auf der Treppe.»

«Wer war die Prinzessin?»

«Sie hieß Rosie und war eine Patientin. Sie war elf Jahre alt und das schönste Mädchen, das ich in meinem Leben gesehen hatte.»

«Weswegen war sie im Krankenhaus?»

«Sie hatte ein schwaches Herz. Die Nacht, in der Rosie meine Prinzessin spielte, war die schönste Nacht in meinem Leben. Als ich sie gerettet hatte, gab sie mir meinen ersten und letzten Kuss.»

«Was ist mit Rosie passiert?»

Der Pfleger zögerte einen Moment. «Bald nach dieser Nacht hörte ihr Herz auf zu schlagen. Die Ärzte und Schwestern taten alles, um sie zu retten, aber sie starb trotzdem.»

Der Pfleger ließ den Kopf hängen. Auch wenn das, was er erzählte, über fünfzig Jahre her war, so spürte er den Schmerz, als sei es gestern gewesen.

«Das tut mir so leid», sagte Tom. Er streckte die Hand aus und legte sie dem Mann auf die Schulter.

«Danke, junger Herr Thomas. Rosie war freundlich zu mir. Es war ihr egal, wie ich aussah. Sie konnte hinter die Fassade sehen. Ihr Herz war vielleicht schwach, aber es war groß. Und Rosie zu verlieren, machte mir etwas sehr deutlich.»

«Was denn?»

«Dass das Leben kostbar ist. Jeder einzelne Moment ist kostbar. Darum sollten wir immer freundlich zueinander sein, solange wir die Gelegenheit dazu haben.»

KAPITEL 47
NICHTS IST UNMÖGLICH

Die beiden saßen eine Weile schweigend dort im Keller, bevor der Pfleger weitersprach.

«Nun, junger Herr Thomas, du wirst große Schwierigkeiten bekommen, wenn du noch länger hier unten bleibst.»

Der Mann warf Einstein ein paar Brotkrumen hin. Die Taube pickte sie auf und hüpfte hinüber zu ihrem Nest. Tom sah, dass darin ein paar kleine Taubeneier lagen.

«Sie bekommen Babys!», rief der Junge.

«Nun, es sind nicht wirklich meine Babys!», lachte der Mann. «Aber ja, Einstein wird Mutter. Ich freue mich schon so darauf, wenn sie ausschlüpfen.»

Der Pfleger warf dem

Jungen einen Blick zu. «Diese Beule auf deinem Kopf ist weg.»

«Es tut immer noch weh», schwindelte Tom.

«Ich bin nicht dumm. Ich weiß, dass du den armen Doktor Luppers reingelegt hast, damit du länger im Krankenhaus bleiben kannst.»

«Aber –!»

«Ihn kannst du an der Nase herumführen, aber mich nicht. Nun komm, wir gehen nach oben und suchen deinen Schuldirektor. Du musst jetzt wieder zurück zur Schule.»

«Nein!», antwortete Tom.

Der Pfleger sah ihn erschrocken an. «Was meinst du mit Nein?»

«Nur wenn die Mitternachtsbande noch ein weiteres Abenteuer erleben darf.»

Der Pfleger schüttelte traurig den Kopf. «Das wird nicht möglich sein, junger Herr Thomas. Das ganze Krankenhaus hat es auf euch Kinder abgesehen. Es gibt keine Abenteuer mehr für die Mitternachtsbande.»

Tom gab nicht auf. «Aber Sie haben selbst gesagt, dass das Leben kostbar ist. Jeder Moment ist kostbar!»

«Ich weiß, aber ...»

«Dann müssen wir Sallys Traum wahr werden lassen. Um freundlich zu sein, solange wir die Gelegenheit dazu haben.»

«Aber nicht heute Nacht, junger Herr Thomas. Es ist unmöglich!», antwortete der Pfleger.

«Nichts ist unmöglich! Es muss einen Weg geben», sagte der Junge. Theatralisch stand er auf und marschierte zur Tür. «**Wenn Sie uns nicht helfen wollen, bitte sehr! Dann tun wir es eben allein!**»

Tom öffnete die Tür. Doch als er schon gehen wollte, hielt der Pfleger ihn auf.

«Warte!», sagte er.

Tom grinste vor sich hin. Er wusste, er hatte den Pfleger am Haken. Jetzt musste er nur noch die Schnur einholen. Der Junge drehte sich zum Pfleger um.

«Nur mal so aus Interesse», sagte der Mann, «was ist der Traum von Fräulein Sally?»

Tom zögerte einen Moment. Er wusste, was er gleich sagen würde, war mehr als alles, was die Mitternachtsbande je zuvor getan hatte. «Sally wünscht sich ein *ausgefülltes, wunderschönes Leben* ... in einer einzigen Nacht.»

KAPITEL 48
EIN RIESENGROSSES ABENTEUER

Habe ich das richtig verstanden?», nuschelte der Pfleger. «Die kleine Sally möchte ein ganzes Leben erleben, vielleicht siebzig, achtzig Jahre, und das in einer einzigen Nacht?»

«Genau! Sie möchte so gern alles erfahren, was das Leben zu bieten hat!», sagte Tom und schluckte. Er wusste, diesen Traum zu erfüllen würde die schwierigste Aufgabe werden, die die Mitternachtsbande je zu bewältigen hatte.

«Alles?»

«Alles. Hören Sie, es klingt natürlich verrückt, aber –»

«Es klingt wundervoll», unterbrach ihn der Pfleger. Der Mann streichelte die einflügelige Taube noch ein letztes Mal, bevor er sie vorsichtig auf den

Boden setzte. «Wir brauchen einen Plan», sagte er dann.

«Ich habe schon einen!», antwortete der Junge.

«Was?»

«Wir stellen eine kleine Show auf die Beine. Und machen Sally zum Star.»

«Und wie wird die Show aussehen?»

«Es sollen eine Art Schnappschüsse werden, kleine Ausschnitte davon, was im Leben passiert. Der erste Kuss …»

«Der erste Job?»

«Sogar ein Baby!»

«Das ist eine großartige Idee!», rief der Pfleger.

Tom spürte, dass er vor Verlegenheit ganz rot wurde. Noch nie hatte man ihm gesagt, dass er einen großartigen Einfall gehabt hatte.

«Danke», antwortete der Junge.

«Das ist ein großer Traum. Größer als groß – gigantisch groß! Wir werden alle möglichen Requisiten dafür brauchen.»

«Ja! Und so vieles mehr. Ich und die anderen Kinder müssen uns sofort an die Vorbereitungen machen.»

«Und wir müssen eine Liste aufstellen, welche besonderen Momente es für Sally sein sollen.»

«Ja.»

«Was für eine wunderbare letzte Mission für die Mitternachtsbande! Komm, Einstein», sagte der

Pfleger, nahm die Taube und setzte sie in seine Tasche. «Ein riesengroßes Abenteuer erwartet uns.»

KAPITEL 49
ZWEI LINKE FÜSSE

Jetzt, da Tom offiziell «auf der Flucht» war, nicht nur vor dem Krankenhaus, sondern auch vor seiner Schule, war es ziemlich schwierig für ihn, ungesehen vom Keller zurück zur Kinderstation zu gelangen. Vierundvierzig Stockwerke und Hunderte von Patienten, Ärzten und Schwestern trennten den Jungen von seinem Ziel.

«Wenn man mich sieht, ist alles vorbei», sagte er.

«Ich weiß», antwortete der Pfleger. «Wir müssen dich verkleiden.»

Da erspähte Tom eine rostige alte Transportliege in der Ecke des Zimmers.

«Könnte ich nicht so tun, als wäre ich ein sehr kranker Patient?», fragte er. «Sie könnten mich mit einem Laken zudecken und mich rauf auf die Kinderstation schieben. Keiner wird mich erkennen.»

«Ein exzellenter Plan, junger Herr Thomas …», sagte der Pfleger.

Tom wollte schon auf die Liege springen, da sagte der Mann: «Aber du hast etwas vergessen. Etwas Wichtiges.»

«Was denn?»

«Sir Quentin Strillers hat mich entlassen wegen des Fliegende-Alte-Dame-Vorfalls, wie wir ihn zukünftig nennen wollen. Also müssen wir uns beide verkleiden.»

«Oh, stimmt, das habe ich vergessen», sagte der Junge niedergeschlagen. «Vielleicht wäre es besser, wenn wir die Rollen tauschen?»

«Was meinst du damit?»

«Ich meine, ich könnte der Arzt sein, und Sie der Patient! Wir könnten Sie mit einem Laken bedecken.»

«Ich habe eins hier!», antwortete der Pfleger.

Der Mann nahm ein Laken, das vor Alter schon ganz grau war. Er schüttelte es aus, und Staubwolken füllten den Kellerraum. Die beiden bekamen einen Hustenanfall.

«Tut mir leid!», keuchte der Pfleger. «Aber junger Herr Thomas, wie sollen die Leute glauben, dass du ein Erwachsener bist?»

Tom war ungewöhnlich klein für sein Alter.

«Es muss doch irgendwas geben – ich müsste bloß etwas größer sein. Wenn wir doch ein paar Stelzen hätten.»

«Ich habe etwas, das beinahe genauso gut ist!»

Der Pfleger kramte in einer Ecke seines Zimmers. Er bewahrte alle möglichen Gegenstände auf, die das Krankenhaus weggeworfen hatte: Gummihandschuhe, Stethoskope, Reagenzgläser, Metallschalen, Zangen ... alles flog an Tom vorbei, bis der Pfleger gefunden hatte, wonach er suchte.

Ein Paar Beinprothesen. Sie waren aus Plastik und für Leute, die durch einen Unfall oder eine Krankheit ein Bein verloren hatten.

«Diese beiden Beine sollten prima funktionieren!», sagte der Pfleger und reichte sie dem Jungen.

Bloß dass die Beine nicht wirklich zusammengehörten.

Tom betrachtete sie.

«Das sind zwei linke Füße», sagte der Junge.

«Wer wird das schon sehen?!», antwortete der Pfleger selbstsicher. «Du kannst dir eine Hose von mir leihen, um die Beine zu verdecken.»

«O. k., versuchen wir es!», antwortete Tom.

Ein wenig später prüften die beiden, ob die Luft

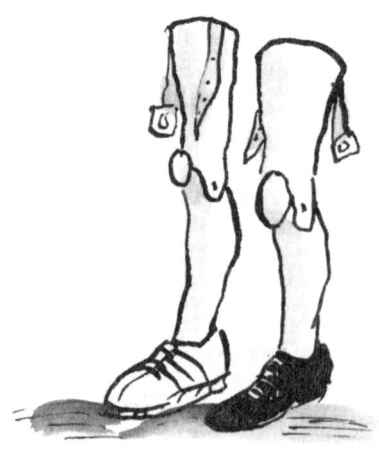

rein war, dann traten sie aus dem Kellerraum des Pflegers hinaus auf den Flur. Der Pfleger hatte Tom seine sauberste Hose geliehen, die natürlich trotzdem noch völlig verdreckt war. Er hatte auch zwei linke Schuhe gefunden, die er den Fußprothesen übergezogen hatte. Die Schuhe passten natürlich nicht zusammen. Das eine war ein schwarzer Schnürschuh, das andere ein weißer Sportschuh.

Tom hatte einen langen weißen Kittel an, und um das Bild zu vervollständigen, hatte der Pfleger ihm noch mit Ruß einen Schnurrbart gemalt. Tom war etwas unsicher auf seinen neuen Beinen – er schwankte den Flur entlang und schob dabei die alte, rostige Transportliege. Unter dem staubigen Laken lag der Pfleger und genoss das Gefühl, ausnahmsweise einmal selbst geschoben zu werden.

«Zur Kinderstation. Aber schnell!», befahl der Mann.

«Ich gehe so schnell, wie meine Beine mich tragen», sagte der Junge.

«Tiefere Stimme, bitte!»

«Was?»

«Wenn man glauben soll, dass du ein Erwachsener bist, dann musst du mit **tieferer Stimme** sprechen.»

Tom versuchte es noch mal und sprach diesmal mit einer viel **tieferen Stimme: «Ich gehe so schnell, wie meine Beine mich tragen.»**

«Jetzt ist es **zu tief!»**

Der Junge seufzte und versuchte es noch einmal.

«Ich gehe so schnell, wie meine Beine mich tragen.»

«Perfekt!», sagte der Pfleger.

Tom stürmte los, stolperte umgehend und fuhr mit dem Transportbett direkt gegen die Wand. Der Pfleger stieß mit dem Kopf dagegen. **FEST.**

«AU!»

«Tut mir leid!», sagte Tom.

«Zumindest habe *ich* jetzt eine richtige Verletzung», meinte der Pfleger.

Die beiden kicherten, und dann eilten sie zu den Fahrstühlen.

KAPITEL 50
PAPADAMS

Die Oberschwester wird nicht noch mal auf den Schlummer-Pillen-in-Pralinen-Trick hereinfallen», sagte Tom, als die beiden im Fahrstuhl nach oben fuhren.

«Ich weiß», nuschelte der Pfleger, der auf der Transportliege lag. «Darum werden wir noch einen Zwischenstopp einlegen.»

Der Mann streckte die Hand unter dem Laken hervor und drückte auf den Knopf mit der **36**.

«Was ist denn auf diesem Stockwerk?», fragte Tom.

«Die Apotheke.»

PING!

Die Türen öffneten sich im sechsunddreißigsten Stock.

Auf seinen «Stelzen» fühlte sich Tom wie eine

Gazelle, die ihre ersten Schritte unternimmt. Er versuchte, sich aufrecht zu halten, und klammerte sich mit aller Kraft an die Griffe der Transportliege. Es war spät, und der Korridor war menschenleer. Unter dem Laken heraus gab der Pfleger dem Jungen Anweisungen.

«Bieg links ab …»

KRACH!

«Pass auf die Bank auf.»

BAMM!

«Und auf den Tresen!»

KNALL!

«Lieber langsam durch die Türen fahren!»

«Entschuldigung!», sagte Tom. Er konnte nichts dagegen tun. Es würde etwas dauern, bis er sich an diese Beinprothesen gewöhnt hatte.

«Also, wenn wir in der Apotheke sind, dann fragst du nach einer Spritze und nach fünfzig Milliliter Schlafserum.»

«Was sollen wir damit machen?»

«Das wird die Oberschwester bis morgen schlafen lassen.»

«Aber aus der Nähe wird niemand glauben, dass ich ein Arzt bin!», protestierte Tom.

«Keine Sorge. Der alte Herr, der nachts in der Apotheke arbeitet, ist stocktaub und blind wie ein Maulwurf.»

«Das wollen wir hoffen!», antwortete Tom.

«So, jetzt müssen wir uns beeilen. Es ist gleich da vorne links.»

In diesem Moment kam ein Patient im Schlafanzug und mit bandagierten Fingern um die Ecke, und die Transportliege krachte ihm direkt in den Bauch.

«*AU!*», schrie Raj.

«Oh, Entschuldigung!», rief Tom erschrocken.

«Tiefer!», flüsterte der Pfleger unter dem Laken.

«Wer hat das gesagt?», wollte Raj wissen.

«Oh, das ist nur mein Patient hier!», antwortete Tom mit tieferer Stimme. **«Er sagt, die Wunde an seinem Hintern ... ist ‹tiefer› als gedacht.»**

«Mmm. Nun, Doktor ...»

«Welcher Doktor?», sagte Tom.

«Na, Sie», antwortete Raj verwirrt.

«Oh ja, Entschuldigung. Das hatte ich ganz vergessen.»

Raj starrte diesen seltsamen Arzt einen Augenblick an. Tom spürte, wie ihm der Schweiß ausbrach.

«Nun, Doktor, ich suche gerade nach der Kinderstation. Ein junger Kunde, einer meiner hundert besten aus meinem Kiosk, ist hier Patient.»

«George!», rief Tom aus.

«So heißt er! Er hat gestern Abend meine Bestellung aufgenommen, und mein Essen ist immer noch nicht gekommen. Es war bloß eine ganz kleine Bestellung, nur Papadams, Zwiebel-Bhaji,

Samosa, Hähnchen-Jalfrezi, Aloo Chaat, Tandoori Garnelen Masala, Gemüse Balti, Peshwari Naan, Chapati, Aloo Gobi, Matar Paneer, Tarka Dhal, Papadams ...»

«Papadams haben Sie schon gesagt ...»

«Ja, ich weiß, Doktor. Ich will aber zwei Portionen. Eine ist nie genug. Mango Chutney, Paneer Masala, Pilau Reis, Bharta, Lamm Rogan Josh.»

«Ist das alles?»

«Ja, ich glaube schon. Habe ich Papadams gesagt?»

«Ja. Zweimal!»

«Ich brauche aber drei Portionen Papadams. Man kann nie genug Papadams haben.»

«Stimmt!»

«Also, können Sie mir den Weg zur Kinderstation zeigen?»

«Lass ihn nicht da rauf!», flüsterte der Pfleger unter dem Laken.

«Wo rauf?», fragte Raj.

«Auf seinen Hintern», antwortete Tom. «Er tut ihm sehr weh.»

Der Kioskbesitzer sah nun völlig verwirrt aus. «Also bitte, Doktor, sagen Sie mir, wo die Station ist. Ich laufe schon ewig hier im Krankenhaus herum und suche danach.»

«Du musst lügen!», flüsterte der Pfleger.

«Lügen? Was meint er mit ‹lügen›?»

«‹Liegen›, er hat ‹liegen› gesagt. Er möchte sich gern hinlegen. Um den Druck von seinem Hintern zu nehmen.»

Der Kioskbesitzer starrte die Figur auf der Liege an. «Aber er liegt doch.»

«*J-j-ja*», stotterte Tom. «Jetzt ja. Aber gerade eben hat er ein bisschen gesessen. Ein minimales bisschen.»

«Zum letzten Mal!», rief Raj. «Wo ist die Kinderstation?»

«Fahren Sie mit dem Fahrstuhl zum dritten Stock.»

«Ja?»

«Gehen Sie den Flur ganz hinunter, bis auf die andere Seite des Krankenhauses.»

«Ja?»

«Dann kommen Sie zur Treppe.»

«Ja?»

«Steigen Sie ein Stockwerk hinauf.»

«Ja?»

«Dann durch die Doppeltür.»

«Ja?»

«Nehmen Sie die erste links.»

«Ja?»

«Dann die zweite rechts.»

«Ja?»

«Gehen Sie den Flur ganz entlang. Dann kommen Sie zu einer weiteren Doppeltür.»

«Ja?»

«Die beachten Sie gar nicht.»

«Ja?»

«Die erste links.»

«Ja?»

«Haben Sie das verstanden?»

«Nein. Nichts davon.»

Tom deutete den Flur hinunter. «Da lang.»

«Danke!», sagte Raj. «Ich werde Ihnen ganz bestimmt ein kleines Stück Papadam aufheben.»

«Das ist sehr freundlich», antwortete der Junge und sah dem armen Mann hinterher, der den Flur hinunterging und verschwand.

«Gute Arbeit, Doktor!», witzelte der Pfleger. «Den sehen wir so schnell nicht wieder. Jetzt aber zur Apotheke!»

KAPITEL 51
VERDACHT

Tom schob die Transportliege den Flur entlang. Am Ende des Flurs befand sich eine Klappe in der Wand, durch die der Apotheker die Medizin ausgab.

Ein älterer Mann saß auf der anderen Seite eines Schiebefensters aus Glas. Mr. Cod trug ein Hörgerät und eine dicke, runde Brille. Gerade schlürfte er laut seinen Tee aus einem riesigen Becher.

Tom holte tief Luft, dann sprach er ihn an: **«Guten Abend ...»**

«Tiefer!», flüsterte es unter dem Laken hervor.

Der Junge versuchte es noch einmal, diesmal mit tieferer Stimme: **«Guten Abend!»**

Mr. Cod sah nicht auf.

«Er reagiert nicht!», flüsterte der Junge.

«Bestimmt hat Cod wieder vergessen, sein Hörgerät anzustellen», sagte der Pfleger. «Du musst schreien!»

«GUTEN ABEND!», schrie Tom.

«KEIN GRUND ZU SCHREIEN, DOKTOR, ICH BIN JA NICHT TAUB!», schrie Mr. Cod.

«Entschuldigung!», sagte der Junge.

«Was haben Sie gesagt?», fragte der alte Mann und hielt sich die Hand hinter das Ohr.

«Vielleicht müssen Sie Ihr Hörgerät anschalten, Mr. Cod!», sagte Tom.

«Ich kann kein Wort verstehen! Lassen Sie mich erst mein Hörgerät anstellen.»

Mr. Cod stellte seinen Teebecher ab und fummelte an dem Rädchen an seinem Hörgerät. Als nichts passierte, klopfte er mit den Knöcheln dagegen, und das Gerät kam pfeifend in Fahrt.

«Gut, wie kann ich Ihnen helfen, Doktor?», fragte Mr. Cod.

Tom lächelte. Der Plan funktionierte!

«Ich brauche eine Spritze und fünfzig Liter Schlafserum, bitte.»

Ein erschrockener Ausdruck huschte über

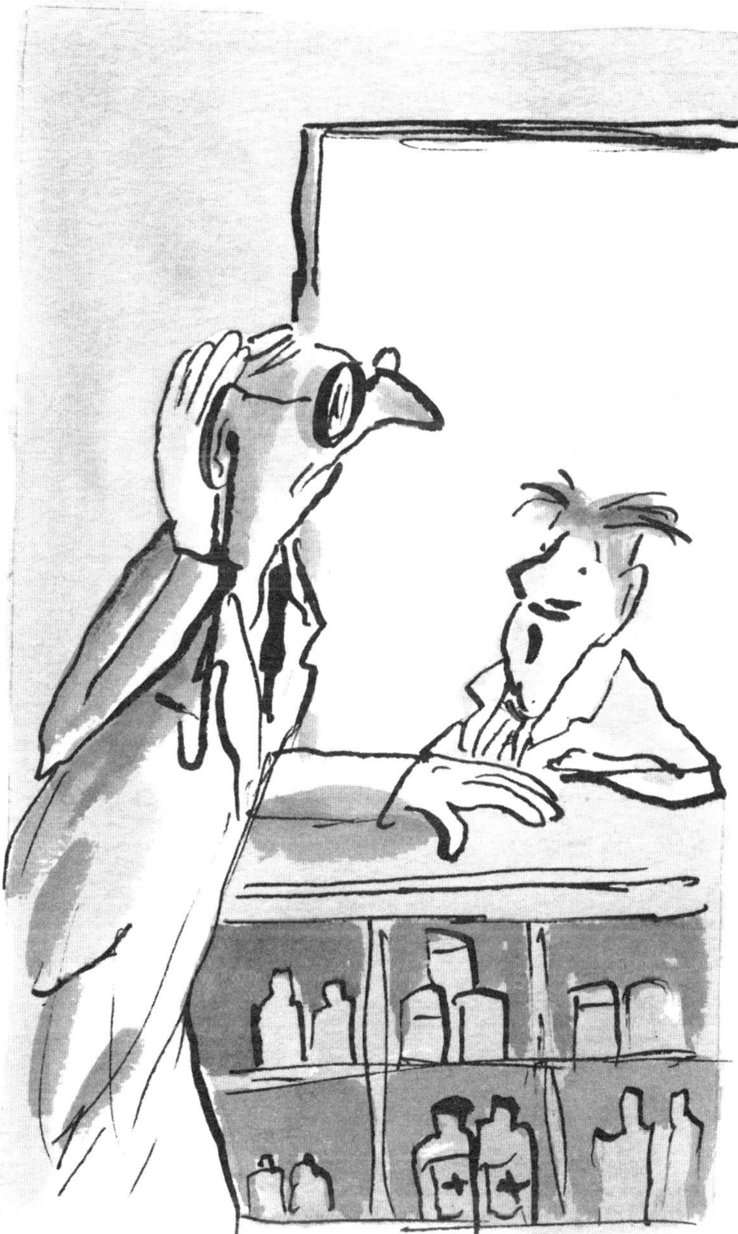

Mr. Cods Gesicht. «Wofür brauchen Sie denn so viel? Wollen Sie ein Nilpferd einschläfern?»

«Milliliter!», flüsterte es unter dem Laken hervor.
«Wer hat das gesagt?», wollte Cod wissen.
«Das war nur mein Patient», antwortete der Junge.
«Wieso weiß Ihr Patient besser, was er braucht, als Sie? Sie sollten doch der Arzt sein!»
Tom dachte einen Augenblick nach. «Na ja, mein Patient ist ein wenig meschugge – um den korrekten medizinischen Ausdruck zu verwenden. Der arme Mann bildet sich ein, dass er Arzt ist. Er phantasiert!»
«Das erklärt immer noch nicht, warum er die korrekte Dosis kennt», antwortete der ältere Mann.

Und er hatte recht.

«Nun», sagte Tom verzagt, «er bildet es sich derartig ein, dass er mittlerweile ein richtig guter Arzt geworden ist. Deshalb bringe ich ihn jetzt auch runter in den OP.»

«Warum?»

«Damit er eine Operation durchführt. Darum brauchen wir auch das ganze Schlafmittel.»

Mr. Cod schüttelte müde den Kopf. «Und ich dachte, ich hätte schon alles erlebt. Fünfzig Liter Schlafmittel, also.»

Der Apotheker glitt von seinem Hocker und verschwand im Hinterraum seiner Apotheke.

«Gut gemacht», sagte der Pfleger.

«Das heißt ‹Gut gemacht, Doktor›», kicherte der Junge.

«Werd nur nicht übermütig, junger Herr!»

Als Mr. Cod mit dem Serum zurückkehrte, stolperte er und ließ die Medizin fallen. Als er sich bückte, um sie wieder hochzuheben, starrte er direkt auf Toms Füße.

«Sie haben ja zwei linke Füße!», bemerkte Mr. Cod.

«Ja», antwortete der Junge. «Die meisten Leute haben nur den einen linken Fuß, aber ich habe das Glück, gleich zwei davon zu haben.»

«So was habe ich ja noch nie gehört!», rief der Apotheker.

«Nun, ich bin vielleicht nicht der beste Tänzer, aber ansonsten hat es mich nie gestört. Ich danke Ihnen.»

Mr. Cod spähte durch seine dicken Brillengläser und betrachtete den «Doktor» misstrauisch.

«Sie müssen noch hier unterschreiben», murmelte Cod und schob ein Formular über den Tresen.

«Danke», antwortete der Junge. «Haben Sie einen Stift?»

Der Apotheker schüttelte den Kopf. «Noch ein Arzt ohne Stift!»

Cod zog einen Kugelschreiber aus der Brusttasche seines Laborkittels. «Glauben Sie nicht, dass Sie den behalten können!»

Der Apotheker ließ den Stift über den Tresen kullern, und er fiel zu Boden. Der Junge bückte sich, um ihn aufzuheben, doch dabei verlor er das Gleichgewicht.

Tom landete auf dem Boden. Seine Beinprothesen hatten sich gelöst.

«Aaaahhh!»

PLUMPS!

Cod spähte zu ihm herab.

«Ihre Beine sind abgefallen!», bemerkte er.

«Ja. Ich brauche sie nicht mehr», antwortete Tom. «Sie können sie gern an jemanden weitergeben, der sie haben will.»

«Du bist gar kein Arzt!», rief Cod. **«Du bist ein Kind! Du bist der Junge, nach dem alle im Krankenhaus suchen!»**

«Er ist ein Arzt!», sagte der Pfleger unter dem Laken. «Genau wie ich!»

«Ihr beide führt doch was im Schilde!», rief Cod. «Ich rufe den Sicherheitsdienst!»

Der Junge packte die Transportliege und schob sie eiligst den Flur entlang. Mit einem lauten

KNALL!

raste er durch die Schwingtüren.

«Wir sollten uns beeilen», sagte der Pfleger. «Hast du die Spritze?»

«Ja», antwortete Tom. «Was machen wir damit?»

«Ganz einfach: Wir piksen sie der Oberschwester ins Gesäß!»

KAPITEL 52
EIN PIKS
IM PO

PING!

Die Fahrstuhltüren öffneten sich im vierundvierzigsten Stock. Ein Stück weiter den Korridor entlang befanden sich die riesigen Schwingtüren zur Kinderstation.

«Wie sollen wir das hier in den Hintern der Oberschwester befördern?», fragte der Junge. Er hielt die Spritze voller Schlafmittel, während er die Transportliege so leise wie möglich vorwärtsschob. «Sie wird alles wie ein Habicht beobachten.»

«Wir müssen das Überraschungsmoment nutzen, junger Herr Thomas», antwortete der Pfleger. Er schob den Kopf unter dem schmutzigen Laken hervor, unter dem er auf der Liege versteckt lag. «Die Oberschwester darf uns nicht kommen sehen. Sonst sind wir *aufgeflogen*.»

«Wir haben die Transportliege. Damit könnten wir schneller sein», überlegte Tom laut.

«Ja. In einer perfekten Welt würde die Oberschwester uns gerade den Rücken zudrehen und sich vornüberbeugen.»

Tom brachte die Liege zum Stehen. Jetzt waren sie nur noch ein paar Schritte von der Doppeltür entfernt.

«Ich habe eine Idee!», sagte der Junge aufgeregt. «Haben Sie immer noch Einstein in der Tasche?»

«Ja, natürlich», antwortete der Pfleger. «Sie begleitet mich zu diesem Abenteuer.»

«Gut! Dann lassen wir sie auf der Kinderstation los. Die Taube wird bestimmt überall herumflattern, und die Oberschwester wird davon abgelenkt. Sie haben ja gehört, wie sehr sie Tauben hasst!»

«Das ist eine großartige Idee. Wirklich großartig.»

Die beiden ließen sich auf alle viere nieder und krochen den Flur zur Kinderstation entlang. Tom drückte eine der hohen Doppeltüren ein Stück auf. Aus dem Fenster konnte er Big Bens leuchtendes

Ziffernblatt erkennen – nur noch zehn Minuten bis Mitternacht.

Der Junge spähte durch den Spalt zwischen den Türen. Alle Lichter auf der Station waren ausgeschaltet, und die Kinder schliefen in ihren Betten. Tom konnte die Umrisse von George, Amber und Robin erkennen. Doch Sallys Bett konnte er nicht sehen, da es hinten in der Ecke der Station stand.

Etwas Licht drang aus dem Zimmer der Oberschwester, in dem sie kerzengerade saß und auf jede kleinste Bewegung auf der Station achtete.

Der Pfleger griff in seine Tasche und holte seine einflügelige Taube heraus. Tom drückte die Türen noch etwas mehr auf, damit der Vogel hindurchflattern konnte. Doch Einstein rührte sich nicht. Vielleicht wollte sie sich nicht von ihrem Herrn trennen? Was immer der Grund war, der Vogel blieb auf der Stelle hocken. Also nahm der Pfleger sein Haustier und setzte es direkt hinter die Türen. Aber anstatt loszuflattern, blieb der treue Vogel genau dort hocken und pickte auf dem Boden herum.

«**Los, Einstein! Flieg wie der Wind!**», drängte der Pfleger.

Wieder rührte sich der Vogel nicht. Es war eindeutig kein Tier, das bei einer Fernseh-Talentshow große Chancen gehabt hätte. Und das war schade, denn mit bloß einem Flügel hätte Einstein eine super Hintergrundgeschichte gehabt.

«*Husch! Husch!*», ermutigte sie der Pfleger. Doch der Vogel machte immer noch keine Anstalten.

Schließlich hatte der Pfleger keine andere Wahl, als selbst durch die Lücke in den Türen zu krabbeln. Von dort scheuchte er seinen Vogel weiter Richtung Zimmer der Oberschwester.

Durch die Stille dröhnte eine Stimme.

«WER IST DA?»

Es war die Oberschwester. Sie hatte den Pfleger gesehen. Die Dinge entwickelten sich schneller als ein herunterfallendes Seilknäuel.

Tom musste sich etwas einfallen lassen.

Durch die Lücken in den Türen konnte er sehen, wie die Oberschwester aus ihrem Zimmer stürmte. Also zog er die Transportliege zurück. Dann schob er sie wieder an, lief daneben her und sprang schließlich mit der Spritze in der Hand hinauf.

BAMM!

Die Liege krachte durch die Schwingtüren.

Vor sich konnte Tom den perfekt gerundeten Hintern der Oberschwester sehen. Sie bückte sich gerade und versuchte, den Pfleger hochzuziehen.

«Sie sind es, Pfleger! Jetzt stehen Sie schon auf, Sie grässlicher Mann! Ich will, dass Sie sofort die Station verlassen! Hören Sie mich? SO-FORT!»

Dann drehte sie den Kopf. Offenbar hatte sie die Räder der Transportliege gehört.

SSIIRRRRR!

«Thomas?», rief sie.

Aber es war zu spät!

Die Nadel der Spritze bohrte sich in ihren Hintern.

«AUTSCH!», schrie sie auf.

Tom drückte den Kolben herunter, und das Schlafmittel trat aus.

Die Oberschwester richtete sich auf.

Dann ...

PLUMPS!

... fiel sie schlafend auf den Boden und fing laut an zu schnarchen.

«ZZZZzzz, ZZZZzzz, ZZZZzzz, ZZZZzzz, ZZZZZZZZZZZZ, ZZZZZZZZZ

KAPITEL 53
DONG!

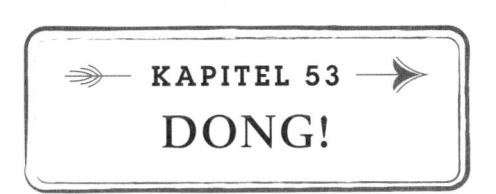

Amber, George und Robin waren schon aus den Betten gesprungen und schauten auf ihre Feindin, die auf dem Boden ausgestreckt lag. Die sonst so makellos zurechtgemachte Oberschwester sah ziemlich peinlich aus. Sie hatte Arme und Beine von sich gestreckt wie ein Seestern, und Sabber lief ihr aus dem Mundwinkel.

«Okay, Mitternachtsbande, jetzt aber an die Arbeit!», sagte Tom. «Wo ist Sally? Sally?»

Er sah zu Sallys Bett hinüber.

Es war leer.

Tom sah die anderen Kinder fragend an. Ihre betrübten Gesichter sprachen Bände.

«Was?», fragte der Junge. «Wo ist Sally?»

«Als du weg warst, Tom», begann Amber, «ging es Sally plötzlich schlechter.»

«O nein», sagte Tom. In all der Aufregung über ihren Plan hatte er ganz vergessen, wie krank das kleine Mädchen war.

«Darum haben sie sie auf die Isolierstation gebracht», fügte Robin hinzu.

«Aber was ist mit ihrem *Traum?*», drängte Tom.

Alle Kinder schüttelten den Kopf.

«Nicht heute Nacht, Tom», antwortete Amber. «Das geht nicht.»

«Sorry, Tom», sagte George und legte seinem Freund die Hand auf die Schulter.

«Zumindest haben wir es versucht», murmelte der Pfleger. «Aber ich fürchte, es ist vorbei.»

Schweigen senkte sich über die Kinderstation.

DONG!

Big Ben schlug die Mitternachtsstunde.

DONG!

Alle Kinder lauschten …

DONG!

… und senkten die Köpfe.

DONG!

Die Zeit lief ihnen davon.

DONG!

Schnell.

DONG!

Der Moment glitt ihnen aus den Händen.

DONG!

Sie mussten etwas unternehmen!

DONG!

Für Sally!

DONG!

Das kleine Mädchen hatte es verdient, dass sein Traum in Erfüllung ging …

DONG!

… mehr als alle anderen.

DONG!

Es musste doch einen Weg geben!

DONG!

Und genau beim letzten Glockenschlag sagte Tom laut: «**Ihr irrt euch.**»

KAPITEL 54
ALLE GEMEINSAM

Jetzt geht's los ...», murmelte Robin.

«Sprich weiter», sagte Amber prompt. Sie war leicht angesäuert, denn sie hatte es nicht gern, wenn man ihr sagte, sie habe sich geirrt.

«Wenn Sally auf die Isolierstation gebracht wurde, dann ist das nur noch ein Grund mehr, warum wir es heute Nacht tun müssen», sagte Tom. «Ich habe ihr schon mal etwas versprochen und es dann nicht gehalten. Ich kann sie nicht noch einmal im Stich lassen.»

«Aber wenn sie auf der Isolierstation ist, Tom, dann ist sie zu krank!», rief Amber.

«Sally sollte entscheiden, ob sie es will oder nicht», antwortete Tom. «Schaut, wir wissen alle, dass wir wieder gesund werden. Robin, du wirst bald wieder sehen können. Amber, deine Arme und Beine werden wieder heilen. Georges Operation ist gut verlaufen, auch wenn er weniger Schokolade essen sollte.»

«Ich weiß!», antwortete George. «Von jetzt an esse ich bloß noch eine Pralinenschachtel am Tag.»

Tom lächelte, auch wenn George es ganz ernst meinte.

«Sally weiß aber nicht, ob sie wieder gesund wird. Das hat sie uns selbst gesagt. Die Tatsache, dass sie auf die Isolierstation geschickt wurde, macht mir Sorgen. Das bedeutet, dass es ihr schlechter gehen muss. Wir müssen Sallys Traum darum heute Nacht in Erfüllung gehen lassen!»

«Der Junge hat recht», stimmte der Pfleger zu.

«Ja, ja, ja», sagte Amber, «Aber ihr Traum von einem ganzen, erfüllten Leben, der ist so ...»

«Groß?», schlug George vor.

«Ja!», meinte Amber. «Die Mitternachtsbande hat ja schon einige tolle Sachen gemacht, und wir hatten alle großen Spaß ...»

«Ich bin nie geflogen», beschwerte sich George.

«Klar, irgendjemand ist immer unzufrieden», murmelte Robin.

«... aber das hier ist so viel mehr als das», fuhr das Mädchen fort.

«Darum müssen wir es ja versuchen. Für Sally»,

sagte Tom. «Geben wir ihr das *große, erfüllte Leben*, das sie verdient hat. Kommt schon, bitte! Zusammen können wir das schaffen. Als Bande. Ich weiß, dass wir es können. Lasst uns abstimmen. Wer ist dabei? Der hebt die Hand!»

Der Pfleger und die beiden Jungen reckten die Hand in die Luft. Dann sahen alle Amber an.

«Amber?», fragte Tom. «Bist du dabei?»

«Ja, natürlich bin ich dabei!», rief das Mädchen. «Aber ich kann wohl schlecht die Hand heben, oder?»

«Okay, Mitternachtsbande», sagte Tom. «Wir werden uns mit einem lauten **KNALL** verabschieden!»

KAPITEL 55
IN DEN KISSEN

Tom erklärte den anderen Kindern, wie sie Sallys Traum wahr machen konnten. Alle Mitglieder der Mitternachtsbande, auch ihr Gründer, der Pfleger, steuerten Ideen bei.

Als Nächstes nahm der Pfleger Amber, George und Robin mit hinunter in den OP, um alles vorzubereiten. Währenddessen schlich sich Tom allein zur Isolierstation, um Sally zu holen. Sein Herz klopfte vor Aufregung. Doch nichts konnte ihn auf den Anblick vorbereiten, der ihn dort erwartete.

Nachdem er am Schwesternzimmer vorbeigekrochen war, presste der Junge das Gesicht gegen das Glas, hinter dem Sallys Zimmer lag. Ein Durcheinander aus Kabeln und Schläuchen schlängelte sich um ihr Bett. Das Zimmer war voll mit piepsenden silbernen Maschinen und blinkenden Computerbildschirmen. Sie zeichneten die Herztöne und den Blutdruck und die Atmung auf. In der Mitte von allem war ein kleines Mädchen. Sallys kahler Kopf lag in den Kissen, und sie hatte die Augen geschlossen.

Tom zögerte. Er hatte das Gefühl, es sei falsch, sie zu stören. Vielleicht sollte er lieber wieder gehen und den anderen sagen, dass Sallys Traum doch nicht in Erfüllung gehen konnte?

Gerade als Tom sich umdrehen und wieder gehen wollte, schlug das Mädchen die Augen auf. Als sie das Gesicht ihres Freundes erkannte, huschte ein winziges Lächeln über ihr Gesicht. Mit einer kleinen Kopfbewegung bat sie den Jungen herein.

Leise und vorsichtig öffnete Tom die Tür, damit die Stationsschwester auch ja nichts merkte. Er trat ein und näherte sich vorsichtig dem Bett.

Sally schaute ihn direkt an und sagte: «Wo bist du so lange gewesen?»

Tom grinste.

Es konnte losgehen!

KAPITEL 56
NIEMAND SCHLAFE

Der OP war ein riesiger, glänzender Raum mit einem breiten Glasfenster an einer Seite. Große Lampen waren an der Decke montiert, deren Licht so hell schien, dass man nicht hineinschauen konnte, ohne Sterne zu sehen.

Tom rollte Sally in ihrem Bett in die Mitte des Raumes.

«Ich bin so aufgeregt!», sagte Sally.

«Gut. Wir wollen auch gleich anfangen. Sind alle so weit?», fragte Tom.

«Ja!», antworteten Amber, Robin und der Pfleger.

«Noch nicht ganz!», rief George, der mit irgendeinem Gerät herumfummelte. «So, jetzt bin ich auch so weit.»

«Hast du die Musik ausgesucht, Robin?», rief Tom.

«Ja!», antwortete Robin. «Wenn sie einsetzt, können wir sofort beginnen.»

Robin legte eine seiner CDs in den CD-Player, und die anderen nahmen im OP ihre Plätze ein.

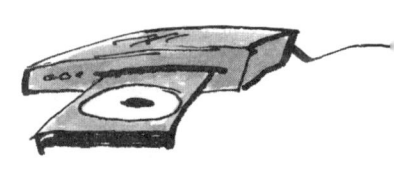

Die Musik begann. Es waren die unverwechselbaren Klänge der berühmten Opernarie «*Nessun Dorma*» von Puccini aus der Oper *Turandot*.

Die Übersetzung von «*Nessun Dorma*» lautet «Niemand schlafe», was gut zu der Mitternachtsbande passte. Die Oper wurde auf Italienisch gesungen, und die Worte lauten übersetzt:

Keiner schlafe! Keiner schlafe!
Auch du, Prinzessin, schläfst nicht
in deinen kalten Räumen,
blickst auf die Sterne, die flimmern,
von Liebe und Hoffnung träumen!

Mit diesen Worten hätte Sally gemeint sein können. Es war eine wunderschöne und passende musikalische Begleitung für die nächsten Minuten, die ein ganzes Leben darstellen sollten.

Aus ihrem Bett heraus betrachtete Sally staunend, wie die Kinder um sie herum arbeiteten. Robin stand hinten im Zimmer und betrieb einen Diaprojektor. Als er seine geliebte Opernarie hörte, drückte er auf einen Knopf am Projektor, und die Maschine erwachte brummend zum Leben. Das erste Bild wurde direkt vor Sally an die Wand geworfen.

Darauf war zu lesen: **ABITURZEUGNIS**.

Sally kicherte. «Oje!»

Tom setzte Sally einen viereckigen kleinen Hut auf den Kopf, der aus einer Cornflakes-Schachtel gebastelt worden war. Als Nächstes reichte er ihr eine Papierrolle, um die eine rote Schleife gebunden war. Sally rollte ihr «Abiturzeugnis» auf und sah zu ihrer Freude, dass sie in allen Fächern eine 1+ bekommen hatte.

«Ja!», rief sie. «Ich wusste immer, dass ich ein Genie bin! Bisher hat es nur kein anderer gewusst!»

Robin drückte den Knopf für das nächste Dia: **ERSTES AUTO**.

Der Pfleger gab Tom einen Teller, den er an Sally weiterreichte. Der Teller war mit einem schwarzen Filzstift bemalt worden, sodass er aussah wie ein Steuerrad. Die Worte «Aston Martin», die berühmte Luxus-Automarke, standen darauf. Dann drehten sie Sallys Bett im Kreis herum, während Sally so tat, als würde sie fahren. Um das Gefühl für die Geschwindigkeit noch zu verstärken, lief George in entgegengesetzter Richtung an Sallys Bett vorbei und hielt dabei kleine Plastikweihnachtsbäume in die Luft.

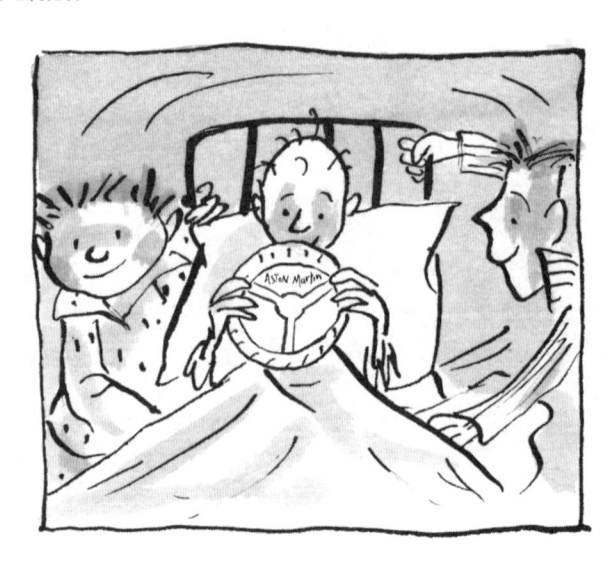

Als Nächstes folgte: DER ERSTE KUSS.

Der Pfleger überreichte Tom einen Blumenstrauß und schob den Jungen näher an Sally heran. Doch der Junge sträubte sich bei dem Gedanken und reichte die Blumen schnell an George weiter. Doch auch George war offensichtlich kein begeisterter Küsser, denn er gab die Blumen an Amber weiter. Amber übernahm die Angelegenheit und forderte Tom auf, sie näher an Sally heranzufahren. Dann übergab sie ihrer Freundin die Blumen und gab ihr einen Kuss auf die Wange.

Und schon wurde ein neues Kapitel in Sallys Leben aufgeschlagen:

FERIEN AM STRAND.

Der Pfleger holte zwei Essenstabletts hervor, die George und Tom mit Fäden an Sallys Füßen befestigten. Dann reichte der Pfleger dem Mädchen ein Stück Seil mit einem Griff am Ende. Das andere Ende des Seils war an Ambers Rollstuhl festgebunden. Und dann schob der Pfleger den Rollstuhl voran, und Sally wurde auf die Tabletts gezogen.

Sie fuhr Wasserski!

Sally lachte über diesen guten Einfall.

Als Nächstes kam: HOCHZEITSTAG

Als Sally sich wieder ins Bett gesetzt hatte, hängte Tom ihr einen Schleier über den Kopf. Der Schleier bestand aus vielen vielen Taschentüchern. George reichte Sally noch einmal die Blumen, und sofort sah das Mädchen aus wie eine Braut an ihrem Hochzeitstag.

Der Pfleger holte einen schwarzen Zylinder hervor, der eigentlich ein Eimer war. Dieser war für den Bräutigam. Aber wer sollte Sally heute Nacht heiraten?

Der Pfleger setzte den Hut auf Toms Kopf, der ihn auf Georges Kopf setzte, der ihn auf Robins

Kopf setzte, der keinen Kopf fand, auf den er den Hut setzen konnte.

«Was ist los?», fragte Robin.

«Du heiratest», sagte George.

«Ein Mädchen?», fragte der Junge.

«Ja!»

«Das wird niemals geschehen!», antwortete Robin. Er nahm den Zylinder ab und reichte ihn George zurück, der ihn Amber aufsetzte.

«Sieht so aus, als ob du Amber heiratest», meinte der Pfleger zu Sally.

«Wie schön!», antwortete Sally.

Der Pfleger reichte Amber einen großen Metallring, den sie Sally an den Finger steckte. Auch wenn er nicht aus Gold war und nicht wirklich passte und offensichtlich von einem Duschvorhang stammte, lief Sally eine Träne die Wange hinab. Die Hochzeit war vielleicht nicht real, aber das Gefühl dazu schon. Tom und George hielten kleine Säckchen mit Reis in der Hand, den sie über das glückliche Paar warfen. Der Pfleger schaltete das Licht an und aus, um das Kamerablitzen zu mimen. Es war das perfekte Hochzeitsbild.

«Sagt mir, was ihr seht!», rief Robin eifrig.

«Sally weint», gab Tom zurück.

«Vor Glück oder vor Kummer?»

«Vor Glück!», rief Sally und wischte sich die Tränen ab.

Robin lächelte und drückte den Knopf für das nächste Lebenskapitel: BABY.

Als Sally dieses Wort sah, begann sie zu kichern. Wie wollten sie ein Baby herbeizaubern? Sie hatten doch hoffentlich keins aus der Geburtsstation «geborgt»?! George setzte sich eine Schwesternhaube auf und reichte dem Mädchen ein Bündel, das in ein Laken gewickelt war. Sally spürte, wie sich das Bündel bewegte, und sie schlug das Laken auf. Darin fand sie die Taube Einstein. Die Taube trug ein kleines Babyhäubchen auf dem Kopf, das aus einem Gummihandschuh gebastelt worden war. Als Sally in das kleine Vogelgesicht blickte, strahlte sie und streichelte sanft über seinen Kopf. Die Taube gurrte.

Dann fuhr die Mitternachtsbande mit dem nächsten Kapitel in Sallys Leben fort: **JOB**.

Der Pfleger bedeutete den Jungen, einen Wandschirm hervorzuziehen, der normalerweise als Trennwand zwischen den Krankenhausbetten stand. Er war bemalt worden und sah jetzt aus wie die Tür zur Downing Street Nr. 10, das berühmte Haus der britischen Premierministerin. Sie stellten den Wandschirm hinter Sally auf, und sie lachte.

«Ich wusste schon immer, dass ich Karriere machen werde!»

Währenddessen setzte der Pfleger eine Krone auf Ambers Kopf. Diese war aus einer Cornflakes-Packung gebastelt und mit glänzenden Pralinenpapieren beklebt worden. Die schillernden Papiere in Weiß, Grün und Rot sahen aus wie Diamanten, Saphire und Rubine. Robin knipste das Licht an und aus.

KLICK!

Es war wie ein Kamerablitz, der ein Bild von der Premierministerin schoss, als sie sich gerade mit der Königin traf.

ENKEL stand auf dem nächsten Dia.

«So schnell!», rief Sally, als man ihr sechs kleine Babytäubchen in einem Handtuch reichte, die gerade eben geschlüpft sein mussten. Einstein war Mutter geworden, und Sally war Großmutter!

«Sechs Babys!», rief Sally.

«Sechslinge», meinte Amber.

«Aber keine echten Babys, hoffe ich!», rief Robin.

«Baby-Tauben», erklärte Sally. «Ich liebe sie alle!»

Als «Nessun Dorma» sein großes Crescendo erreichte, stellte sich die Mitternachtsbande um das Bett ihrer Freundin und nahm noch einmal alle Requisiten und Kostüme zur Hand. Amber setzte sich die Krone wieder auf. George schob die Tür zur Downing Street Nr. 10 herum und herum. Der Pfleger nahm die sechs Babytauben an sich und zog am Seil, damit das Mädchen noch einmal Wasserski fahren konnte.

«Nessun Dorma» kam zu seinem herrlichen Ende, und der Opernsänger hielt den letzten Ton eine gefühlte Ewigkeit. Sally verbeugte sich.

«Das ist mein Leben!», rief das Mädchen.

Alle jubelten ihr zu.

«*HURRA!*»

In diesem Moment sah Tom etwas aus dem Augenwinkel. Auf der anderen Seite des großen

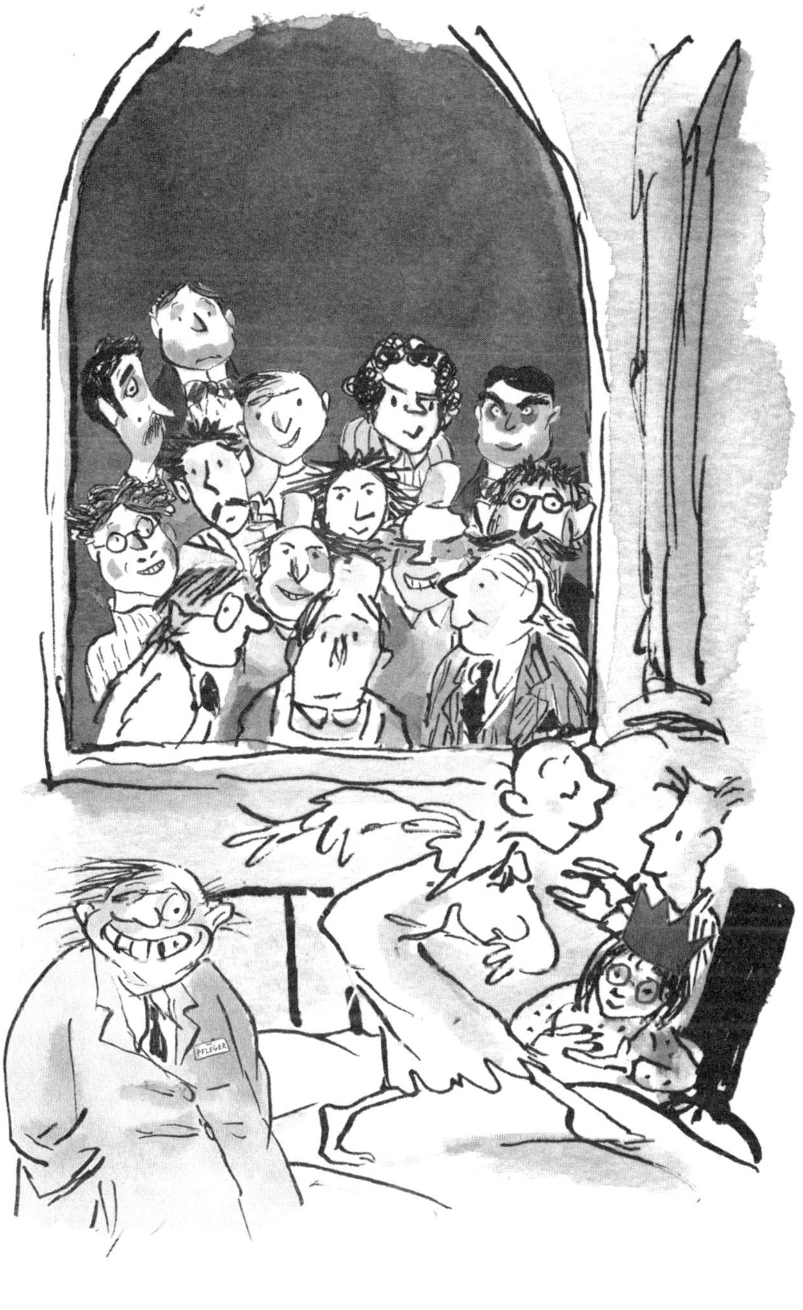
PFLEGER

Fensters vom Operationssaal hatte sich eine Menschenmenge versammelt. Der Krankenhausdirektor Sir Quentin Strillers stand vorn, und hinter ihm hatte sich ein Dutzend oder mehr ernst dreinschauende Ärzte und Schwestern versammelt, die alle zu ihnen hereinstarrten.

Der Pfleger merkte, dass Tom abgelenkt war.

«Was ist los, Tom?», flüsterte er.

«Seht doch!», antwortete der Junge.

Der Pfleger, Amber, George und Sally folgten Toms Blick und sahen die Menschen hinter der Scheibe stehen.

«O nein», sagte Tom. «Jetzt stecken wir **richtig** in Schwierigkeiten!»

KAPITEL 57
EIN LÄCHELN AUF IHREM GESICHT

Eine Weile herrschte eine unheimliche Stille, während die beiden Gruppen sich durch das Fenster anstarrten, das den Operationssaal vom Zuschauerraum trennte.

Dann geschah etwas Unerwartetes.

Der Krankenhausdirektor Sir Quentin Strillers begann zu klatschen. Die Ärzte und Schwestern fielen mit ein. An ihren Gesichtsausdrücken konnte man erkennen, dass sie tiefbewegt waren.

«Was ist los?», fragte Robin.

«Es sieht so aus, als wären wir doch nicht in Schwierigkeiten», antwortete Tom.

Strillers rauschte, flankiert von seinen Ärzten und Schwestern, in den OP.

«Das war wundervoll!», rief er. «Atemberaubend schön!»

«Danke», sagte Amber. «Es war vor allem meine Idee.»

Tom sah zu George und dem Pfleger und verdrehte die Augen.

«Nun, dann gratuliere ich dir sehr, junge Dame. Weißt du, was der bewegendste Teil gewesen ist?»

«Als ich die Knöpfe am Diaprojektor gedrückt habe?», fragte Robin.

Der Direktor hatte keinen Sinn für den trockenen Humor des Jungen und antwortete ernsthaft: «Nein, junger Mann, auch wenn dein Knöpfedrücken wirklich erstklassig war. Aber wirklich wundervoll war es, meine kleine Patientin hier lächeln zu sehen.»

Und damit tätschelte er Sally unbeholfen den Kopf. Das Mädchen hatte bisher gelächelt, doch nun war Sally ziemlich genervt davon, dass dieser Mann, den sie kaum kannte, sie wie ein Hund tätschelte.

«Alle Ärzte und Schwester hier im **LORD FUNT**

Krankenhaus haben sich so angestrengt, um der kleinen Susie zu helfen ...»

«Sally», sagte Sally.

«Bist du sicher?», fragte Strillers.

«Ja», antwortete Sally. «Mein Name ist Sally. Definitiv. Daran werde ich mich wohl erinnern.»

«Sie kann ihren Namen natürlich in Susie ändern, wenn Ihnen das hilft, Sir Quentin», bot Robin an.

«Nein, das ist nicht nötig, Junge», sagte der Direktor, der den Witz wieder nicht verstand. «Aber was wir alle nicht geschafft haben, woran wir nicht mal gedacht haben, war, ihr ein Lächeln aufs Gesicht zu zaubern.»

«Vielen Dank, Sir Quentin», sagte Amber, die das ganze Lob auf sich bezog. «Ich heiße übrigens Amber, falls Sie darüber nachdenken sollten, jemanden zum Ritterschlag vorzuschlagen.»

«Sir Quentin, es ist sehr wichtig, dass Sie wissen, dass wir all das nicht ohne diesen Mann hier hätten schaffen können», sagte Tom und legte den Arm um den Pfleger. «Der Mann, den Sie gefeuert haben!»

«Ja, ja», murmelte Strillers. «Also, diese Entscheidung hat mich den ganzen Tag verfolgt. Immerhin war es der große Lord Funt selbst, der diesen Mann als Baby aufgenommen hat.»

Der Pfleger lächelte.

«Er ist hier aufgewachsen», fuhr Sir Quentin fort. «Und hat viele Jahre hier gearbeitet.»

«Vierundvierzig Jahre!», sagte der Pfleger.

«Wirklich? Nun, man kann wohl sagen, das **Lord Funt Krankenhaus** ist Ihr Zuhause. Das war es immer. Und das wird es immer sein. Als ich den freudigen Ausdruck auf Sallys Gesicht gesehen habe, dachte ich, dass Sie wohl die fähigste Person hier im Krankenhaus sein müssen. Vergeben Sie mir, meine Damen und Herren, aber dieser Mann hier ist mehr wert als hundert Ärzte und Schwestern.»

Die Ärzte und Schwestern murmelten unzufrieden vor sich hin.

«Danke, Sir Quentin!», antwortete der Pfleger stolz.

«Wir kümmern uns hier im Krankenhaus um die Krankheiten und Verletzungen», fuhr Strillers fort, «doch wir tun viel zu wenig dafür, dass die Patienten froh sind. Pfleger, wie lautet Ihr richtiger Name?»

«Ich weiß es nicht», sagte der Pfleger. «Ich habe nie einen bekommen.»

«Was? Wieso?» Der Direktor war fassungslos. **«Aber jeder hat einen Namen!»**

«Meine Mutter gab mich am Tag meiner Geburt weg», fuhr der Pfleger fort. «Und niemand hat mich je adoptiert. Also hat wohl niemand je daran gedacht, mir einen Namen zu geben.»

«Das ist nicht in Ordnung!», sagte Robin, der es ausnahmsweise mal ernst meinte.

«Wir müssen Ihnen einen Namen geben», sagte Sir Quentin. «Gibt es einen, den Sie besonders mögen?»

«Ich mag Thomas!», antwortete der Pfleger.

Tom grinste verlegen.

«Dann also Thomas!», gab der Direktor bekannt. «Und natürlich haben Sie hier einen Job fürs Leben, Thomas. Versprechen Sie mir nur, dass es keine Vorfälle mehr mit fliegenden nackten alten Damen geben wird.»

Thomas senior lächelte. «Ich bemühe mich.»

«So, es ist schon spät», sagte Sir Quentin mit einem Blick auf seine goldene Taschenuhr, die ihm vor der Weste hing. «Ich möchte, dass ihr jetzt alle zurück ins Bett geht.»

«Ja, Sir», murmelten die Kinder.

«Ich rufe die Oberschwester an, damit sie euch abholt», schlug der Direktor vor.

«O nein!», rief Tom ein wenig zu schnell, weil ihm einfiel, dass die Oberschwester wie ein Seestern auf dem Fußboden lag. «Unser Freund hier, *Thomas senior,* kann uns doch bringen.»

«Na dann los. Und ich möchte heute Nacht keinen Piep mehr von euch hören.»

Thomas senior lächelte und rollte Sally aus dem OP, während die anderen vier Kinder folgten.

«Nein, Sally muss zurück auf die Isolierstation», befahl Sir Quentin.

Die Kinder sahen alle enttäuscht aus.

«Aber ich will nicht», protestierte Sally. «Ich möchte mit meinen Freunden zusammen sein. **Bitte.»**

Der Direktor sah sehr unsicher aus. In Gegenwart all seiner Ärzte und Schwestern musste er das Richtige tun. Das Mädchen war krank – das Krankenhaus hatte die Pflicht, sich um ihr Wohlergehen zu kümmern. Der Mann schaute sich um.

Dann hörte er die Ärzte und Schwestern murmeln: «Lassen Sie sie doch bei ihren Freunden sein», «das Mädchen soll froh sein» und «geben Sie ihr, was sie möchte».

«Nun gut!», dröhnte der Direktor. «Sally, du kannst mit auf die Kinderstation. Aber nur für heute Nacht.»

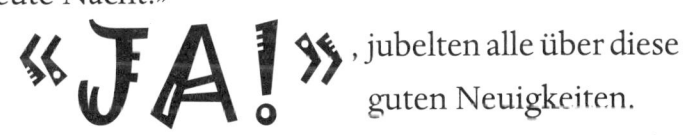

«JA!», jubelten alle über diese guten Neuigkeiten.

«Aber ich will, dass ihr sofort das Licht ausmacht und schlaft.»

«Als ob wir auch nur im Traum daran denken würden, etwas anderes zu tun», antwortete Robin grinsend.

KAPITEL 58
HEUTE NACHT FÜR IMMER

Als die Mitternachtsbande endlich wieder auf ihrer Station war, war es bereits drei Uhr morgens.

Die Oberschwester lag immer noch auf dem Fußboden, und auch wenn sie stets gemein zu ihnen gewesen war, hatten die Kinder doch ihretwegen ein schlechtes Gewissen. Und so legten sie sie mit Thomas seniors Hilfe auf eines der Betten, damit sie sich richtig ausschlafen konnte. Sie deckten sie sogar zu. Thomas senior selbst setzte sich in das Zimmer der Oberschwester, um ein Nickerchen zu halten.

Während die Oberschwester schnarchte ...

«ZZZZZ, ZZZZZ, ZZZZZ, ZZZZZ, ZZZZ

... spielte die Mitternachtsbande Spiele, teilte Süßigkeiten miteinander und erzählte sich Geschichten. Als die Aufregung sich ein wenig gelegt

OBERSCHWESTER

ZZZZZZZZ

«ZZZZZZZZ»

hatte und George, Robin und Amber schließlich eingeschlafen waren, wandte Sally sich an Tom.

«Danke, Tom», sagte sie. «Es war so nett von dir, dass du mir deinen Traum geschenkt hast.»

«Darum geht es bei der Mitternachtsbande», antwortete der Junge. «Seine Freunde immer an erste Stelle zu setzen.»

«Nun, du bist jedenfalls der allerbeste Freund gewesen.»

«Danke. Aber jetzt solltest du auch ein wenig schlafen.»

«Ich wollte dich nur noch etwas fragen …»

«Ja?»

«Was wäre dein Traum gewesen? Der Traum, den du gern wahr gemacht hättest?»

«Ich weiß, es klingt albern, vor allem im Vergleich zu deinem Traum, aber …»

«Was?»

«Ich wollte einfach nur gern meine Eltern sehen.»

«Das ist doch nicht albern.»

«Ich vermisse sie so sehr.»

«Wo sind sie denn?»

«Weit weg. Irgendwo in der Wüste. Als ich mich im Keller versteckte, habe ich gehört, wie die Oberschwester erzählte, sie habe immer wieder aufgelegt, wenn sie angerufen haben.»

«Was?»

«Und mein Schuldirektor hat all ihre Briefe verbrannt.»

«Das ist ja schrecklich!»

«Ich weiß. Ich dachte immer, sie interessieren sich gar nicht für mich.»

«Nein, bestimmt tun sie das.»

«Ich hoffe es, Sally. Ich möchte sie einfach nur gern sehen.»

«Das wirst du. Ich weiß es», sagte Sally mit glitzernden Augen. Und dann fügte sie hinzu: «Ich muss sagen, das war eine unglaubliche Nacht, Tom. Das Abenteuer eines ganzen Lebens.»

«Gut. Du hast es verdient. Du bist jemand ganz Besonderes. Aber jetzt musst du schlafen.»

«Ich will nicht. Ich möchte, dass die Nacht nie zu Ende geht.»

Aber das war unmöglich.

Nichts ist für immer.

Und so gern alle Kinder auf der Station die Zeit angehalten hätten, damit sie diesen Augenblick für immer genießen konnten, leuchtete die Morgensonne bereits durch die hohen Fenster.

Die Nacht war vorüber.

KAPITEL 59
«MEIN HINTERN TUT WEH!»

Bei Tagesanbruch war es endlich still auf der Kinderstation. Doch als Tom die Augen schloss, um endlich etwas Schlaf zu finden, hörte er eine bekannte Stimme durch die Station hallen.

Es war Sir Quentin Strillers.

«Oberschwester!», brüllte er. «Was liegen Sie denn hier im Bett herum?»

Tom öffnete ein Auge.

«Wachen Sie gefälligst auf!», schrie Strillers. «Ich bezahle Sie nicht dafür, bei der Arbeit zu schlafen!»

Die Oberschwester rührte sich. «Wo bin ich?»

«Im Bett!»

«Zu Hause?»

«Nein, im Krankenhaus!»

«Bin ich krank?», fragte sie. Das Schlafserum, das Tom ihr injiziert hatte, musste sie wirklich umgeworfen haben. «Mein Hintern tut weh!»

«Nein, Sie sind nicht krank, Oberschwester! Aber Sie stecken in riesigen Schwierigkeiten!»

Die anderen Kinder wachten auf. Sie konnten kaum ihre Freude darüber verbergen, dass ihre Feindin so ausgeschimpft wurde.

«Es tut mir so leid, Sir», sagte sie.

«‹Es tut mir leid› reicht nicht, Oberschwester! Ich übernehme umgehend persönlich die Kinderstation, und Sie werden bis auf weiteres das Klo putzen!»

«Ja, Sir. Tut mir leid, Sir», antwortete die Oberschwester. Sie kletterte umständlich aus dem Bett, und dann stolperte sie aus der Station, wobei sie sich ihren wunden Hintern hielt.

Als Sir Quentin sich seinem Bett näherte, schloss Tom schnell die Augen und gab vor zu schlafen.

«Junge? Wach auf! Du wirst abgeholt.»

Doch Tom tat weiter so, als ob er schliefe. Er

wollte die Kinderstation nicht verlassen. Nicht jetzt. Niemals. Erst als ihm ein Finger gegen den Arm tippte, wusste er, dass er sich nicht länger schlafend stellen konnte.

«Aber ich will nicht zurück an mein schreckliches Internat, Sir», bat der Junge.

«Das ist nicht schlimm. Es ist auch nicht dein Direktor, der dich abholen will.»

«Nein?» Tom fiel niemand ein, der ihn sonst abholen könnte.

«Nein. Es sind deine Eltern.»

KAPITEL 60
LÄNGST VERGESSENES SCHOKOLADENEIS

Die großen Doppeltüren am Ende der Kinderstation flogen auf, und Toms Eltern stürzten herein.

«**TOMMY!**», schrie seine Mutter. Sie breitete die Arme aus, und Tom rannte auf sie zu.

Seine Mutter schlang die Arme um ihn und drückte ihn an sich. Toms Vater war nicht so gut in solchen Dingen und klopfte ihm auf den Rücken.

«Schön, dich zu sehen, Sohn», sagte er.

Toms Eltern waren tief gebräunt von der Wüstensonne und trugen Kleider, die eher dorthin passten als nach England. Es war offensichtlich, dass sie sich mit dem Kommen sehr beeilt hatten.

«Ein junges Mädchen namens Sally hat uns angerufen und gesagt, dass wir kommen sollen», sagte Mum.

«Sally?!», rief Tom.

«Ja! Ein nettes Mädchen. Sie hat unsere Telefonnummer irgendwo in den Unterlagen der Oberschwester gefunden. Ich und dein Dad haben uns ja solche Sorgen um dich gemacht!»

«Das da ist Sally – da drüben!», sagte Tom und deutete auf das Mädchen in der Ecke der Station.

«Guten Morgen, Mr. und Mrs. Charper!», rief Sally.

«Guten Morgen, meine Liebe!», antwortete Toms Mum. «Du musst uns unbedingt besuchen kommen.»

«Das würde ich toll finden», sagte Tom.

«Ich auch», sagte Sally.

«Diese **schreckliche Oberschwester** hat jedes Mal wieder aufgelegt, wenn wir angerufen haben, um mit dir zu sprechen!», sagte Dad. «Wir mussten doch endlich wissen, wie es dir geht. Die Schulsekretärin hat uns angerufen, nachdem dir der Cricketball auf den Kopf gefallen ist. Wir haben das Krankenhaus bestimmt hundertmal angerufen. Wie geht es deiner Beule?»

«Viel besser, danke, Dad», antwortete Tom lächelnd.

«Gut, gut.»

«Und Mum, Dad, ich wusste gar nicht, dass ihr mir Briefe geschrieben habt.»

«Jede Woche schicken wir dir einen Brief ins Internat», sagte Mum. «Hast du die Briefe denn nicht bekommen?»

«Nein. Nicht einen.»

«Das ergibt keinen Sinn», meinte Dad. «Sie können doch nicht alle verschwunden sein.»

«Mr. Thews, mein Direktor, hat sie alle ver‐brannt.»

Dad sah so wütend aus, wie Tom ihn noch nie gesehen hatte.

«Wenn ich **diesen Mann erwische ...**»

«BERUHIGE DICH, MALCOLM!», rief Mum.

Dad atmete ein paar Augenblicke heftig ein und aus und beruhigte sich.

«Nun, Sohn, du kannst sicher sein, dass wir dich nicht zurück an dieses schreckliche Internat schicken werden», sagte er.

«HURRA!», rief Tom.

«Wir werden von nun an alle zusammen sein», sagte Mum. «Wie eine richtige Familie.»

«Komm, Sohn», sagte Dad.

In diesem Moment kam Tuutsie mit ihrem Frühstückswagen herein.

«Guten Morgen! Guten Morgen! Guten Morgen euch allen!»

«Mist», murmelte Tom. «Jetzt verpasse ich das Frühstück.»

Der Junge zog den Vorhang zurück.

«Thomas! Willst du uns verlassen?», rief sie.

«Ja. Und leider kann ich nicht mal mehr bis zum Frühstück bleiben.»

«Wie schade! Und heute Morgen hatte ich alles im Angebot!»

«Na klar. Vielleicht ein anderes Mal.»

«Ja. Oh, und ich glaube, ich habe deinen Schuldirektor getroffen – Mr. Thews», fügte Tuutsie hinzu.

«Wann? Wo?», fragte Tom.

«Heute Morgen. Im Tiefkühlraum.»

«Was?»

«Irgendwie muss er dort heute Nacht eingeschlossen gewesen sein.»

«Er hat mich letzte Nacht da drin gesucht. Dieser furchtbare Mann! Aber er hat bekommen, was er verdient hat!», rief Tom. «Und wo ist er jetzt?»

«Genau hier!», sagte Tuutsie und zog ein langes Tuch von ihrem Frühstückswagen.

Und dort lag tatsächlich Mr. Thews und zitterte. Er war mit einer Eisschicht überzogen, wie ein längst vergessenes Schokoladeneis.

«H-h-i-h-i-l-f-e-e!», murmelte der Schuldirektor. Er konnte kaum sprechen, so sehr klapperten ihm die Zähne.

«Ich sollte ihn wohl runterbringen, damit die Ärzte und Schwestern ihn auftauen», sagte Tuutsie.

«Es hat aber keine Eile», antwortete Tom grinsend.

KAPITEL 61
EIN ZARTER KUSS

Thomas senior humpelte aus dem Schwesternzimmer auf die Station. Nach den Abenteuern der letzten Nacht hatte er geschlafen und wirkte noch ein wenig wackelig auf den Beinen. Doch als er den Krankenhausdirektor Sir Quentin Strillers auf der Station sah, wurde er schlagartig hellwach.

«Oh, ähm, hm, guten Morgen, Sir Quentin!»

«Ah! Guten Morgen, Thomas senior!»

«Sie sind sich also absolut sicher, dass ich meinen Job behalten kann, Sir Quentin?»

«Nein!», antwortete Sir. Quentin. «Es tut mir leid, Ihnen sagen zu müssen, dass ich meine Meinung geändert habe.»

«Aber Sie haben doch gesagt –!», protestierte Tom.

«Ich war noch nicht fertig, Junge», sagte Strillers.

«Nachdem ich gesehen habe, wie glücklich Sie die Kinder gemacht haben, habe ich beschlossen, Ihre Aufgaben in diesem Krankenhaus zu ändern.»

«Ja, Sir Quentin?»

«Ja. Sie werden ab sofort für die Kinderstation zuständig sein. Ich denke, Ihr Titel sollte lauten ‹Doktor für Spaß!›»

«HURRA!», riefen die Kinder.

«Oh, danke, Sir Quentin! Das gefällt mir sehr gut!», strahlte Thomas senior.

Tom lief zu seinem Freund, um ihm zu gratulieren. Der Junge warf seine Arme um den neu erkorenen Doktor für Spaß.

«Ich freue mich ja so für Sie!», rief er.

«Oh, danke!», antwortete der Mann, und dann eilten auch die anderen Kinder zu ihm, um ihn zu umarmen. Amber hatte es ein wenig schwer mit ihren Gipsarmen, aber auch sie fand einen Weg.

«Und ich finde, Sie sollten nicht mehr im Keller wohnen», fügte Sir Quentin hinzu.

«Nein, Sir Quentin», antwortete Thomas senior. «Es tut mir sehr leid, Sir.»

Tuutsie ging zu ihm hinüber. «Nun, wenn du mal einen Platz zum Schlafen brauchst, dann kannst du immer auf meinem Sofa schlafen.»

«Wirklich?», fragte Thomas senior.

«Ja!»

«Das ist ja so nett von dir. Ich hatte noch nie ein richtiges Zuhause.»

«Mit Frühstück!», antwortete Tuutsie.

«Ich frühstücke normalerweise nicht», schwindelte der Mann. «Aber danke für das Angebot mit dem Sofa. Das wäre wirklich wunderbar.»

«Nun, offenbar hat sich eine Menge verändert, seit du eingeliefert wurdest, Junge», begann Sir Quentin. «Und nur zum Besseren. Ich muss sagen, es war eine große Freude, dich im **Lord Funt Krankenhaus** zu haben, Tim.»

«Ich heiße Tom», antwortete Tom.

«Bist du sicher?»

«Ganz sicher, Sir. Und danke.»

«Wir sollten jetzt wirklich gehen, Sohn», sagte Toms Vater.

«Warte noch, Dad», antwortete der Junge. «Ich muss meinen Freunden noch auf Wiedersehen sagen.»

Und damit eilte er zuerst zu Sally.

«Dein Traum ist also doch wahr geworden, Tom», sagte Sally. «Was habe ich dir gesagt?»

Tom lächelte. «Das habe ich nur dir zu verdanken, Sally.» Der Junge schaute hinüber zu seinen anderen Freunden. «Ich werde euch alle sehr vermissen.»

«Und wir werden dich vermissen», sagte George. «Obwohl es mehr Pralinen für mich gibt, wenn ich sie nicht mehr mit dir teilen muss.»

«Ohne dich wird die Mitternachtsbande nicht mehr dieselbe sein», fügte Amber hinzu.

«Ich wünschte, du müsstest nicht gehen, Tom», sagte Sally.

Tom gab seiner Freundin einen zarten Kuss auf den kahlen Kopf. «Tut mir leid. Aber ich muss.»

«Kommst du mich mal im Krankenhaus besuchen?», fragte Sally.

«Ja», antwortete Tom.

«Versprochen?»

«Ich verspreche es. Und diesmal halte ich es auch.»

Die beiden lächelten sich an.

«Und ich werde dich nie vergessen», sagte Robin und witzelte: «Entschuldige, wie war noch mal dein Name?»

«HA! HA! HA! HA!», lachten alle.

«Auf Wiedersehen, Mitternachtsbande», sagte Tom. «Ich werde jede Nacht um Mitternacht an euch denken. Wo immer wir sind. Was immer wir tun. Wir werden uns in unseren Träumen treffen. Und die wildesten Abenteuer erleben!»

Damit ging er zur Doppeltür. Dort schob er seine Hände in die seiner Eltern und hielt sie ganz fest. Nun, wo sie wieder eine Familie waren, wollte er sie am liebsten nie wieder loslassen.

Er drehte sich um und warf einen letzten Blick auf seine Freunde – dann ging er.

EPILOG

Augenblicke später flogen die Doppeltüren der Kinderstation wieder auf. Ein Mann im Schlafanzug und mit verbundenen Fingern stürmte herein.

«Ich habe eine schwerwiegende Beschwerde abzugeben!», gab Raj wütend bekannt.

«Was?», fragte George.

«Ich habe meine Bestellung nie bekommen!»

«A-a-aber-?»

«Ich wiederhole noch mal: Papadams ...»

Das für dieses Buch verwendete Papier ist FSC®-zertifiziert.